치유의 빛

강화길 장편소설　　　치유의 빛

은행나무

차례

프롤로그   11

1부   23
2부   113
3부   143

에필로그   370

작가의 말   380

있잖아. 그때 왜 죽지 않았어?

마침 그 회당에 더러운 영이 들린 사람이 있었는데,

그가 소리를 지르며 말하였다.

"나자렛 사람 예수님, 당신께서 저희와 무슨 상관이 있습니까?

저희를 멸망시키러 오셨습니까? 저는 당신이 누구신지 압니다.

당신은 하느님의 거룩하신 분이십니다."

예수님께서 그에게

"조용히 하여라. 그 사람에게서 나가라" 하고 꾸짖으시니,

더러운 영은 그 사람에게 경련을 일으켜놓고

큰 소리를 지르며 나갔다.

_마르코복음 1장, 23~26절

프롤로그

교복 이야기부터 하고 싶다.

열다섯 가을, 살이 찌기 시작했다. 그리고 20센티미터 넘게 자랐다. 지금 생각해도 꽤나 황당한 일인데, 정말로 단 몇 달 만에 그렇게 됐다. 조짐이 없었던 건 아니다. 그래. 분명히 있었다. 언제부터인가 가슴에 멍울이 지며 통증이 일었고, 밤마다 종아리가 저렸다. 무릎과 허리가 아팠다. 그러더니 어느날 갑자기 눈높이가 달라졌다. 어른들을 볼 때 더 이상 고개를 들어올릴 필요가 없었다. 그들은 그냥 내 앞에 있었다. 처음부터 그렇게 작았던 것처럼.

가장 큰 변화는 식욕이었다. 나는 시시때때로 배가 고팠다. 조금만 걸어도 배가 고프고, 잠을 자다가도 배가 고파서 깼다. 늘 뭔가를 먹어야 했다. 그냥, 하루 종일 먹는 생각밖에 안 났다. 마요네즈를 듬뿍 바른 식빵. 노란색 치즈를 얹은 뜨거운 라면. 문방구에서 파는 컵 떡볶이. 기름이 뚝뚝 흐르는 닭꼬치. 갓 튀겨낸 핫도그. 지렁이 모양의 젤리. 악어 모양의 레몬 맛 사탕. 파인애플 향이 나는 쿠키. 밥. 김치. 김. 두부조림. 닭볶음탕. 사과. 딸기. 땅콩버터. 그러나 부족했다. 항상 부족했다. 그래서 나는 한밤중에 수시로 부엌에 들어가 밥솥을 열고 참기름과 간장을 부었다. 정신없이 아주 게걸스럽게 먹었다. 그렇게 밥 한 솥을 먹어치우고 나면, 허망한 수치심과 함께 어떤 불길한 예감이 찾아오곤 했다. 그러니까 내가 감당할 수도, 견딜수도 없는 어떤 미래가 다가오고 있다는 불안한 확신.

첫눈이 왔다. 나는 초경을 했다.

그날부터였다. 급속도로 살이 찌기 시작했다. 몸의 부피 자체가 달라졌다. 두툼하고 풍만하게, 길고 거대하게. 이전까지 나는 149센티미터 언저리를 겨우 웃돌던 빼빼 마른 여자아이였다. 그래서인지 보는 사람마다 걱정 아닌 걱정을 내비치며 부모님에게 이런저런 잔소리를 했다. "저렇게 작아서 어쩌려고 그래? 한약이라도 먹여야 하는 거 아냐?" 그 말들이 신경 쓰였던 건지, 아니면 본인들도 걱정이 되기는 했던 건지, 초등학교 6학년이 되자마자 부모님은 갑자기 나를 수영 강습에 보냈다. 성장판을 자극하는 데는 수영만 한 운동이 없다는 조언을 들은 모양이었다. 우리 집 형편치고는 꽤 큰 투자였는데, 불행히도 효과가 없었다. 나는 1센티미터도 자라지 않았다. 나의 몸이, 원하는 때 원하는 방식으로, 그리하여 모두가 사랑할 수밖에 없는 형태로 만들어진다면 얼마나 좋을까. 그러나 내 성장판은 움직일 기미를 보이지 않았다. 그런데 어느 날, 느닷없이 거대해진 것이다. 가슴과 엉덩이가 몇 배로 커지고, 허벅지와 종아리가 굵어지다 못해 발목까지 두툼해지더니 두 사람을 똑바로 마주보고 섰다. 아니, 내려다보았나?

갑자기 이런 말을 하는 게 좀 그렇지만, 사실 내 부모님, 이수지와 박이환은 마음이 잘 맞는 부부가 아니었다. 그들은 자주 싸웠고, 무슨 일이 생기면 아주 쉽게 서로를 탓했다. 나를 수영장에 보낼 때도 그랬다. 엄마는 돈을 더 들여서 개인강습을 시켜보자고 말했고, 아빠는 운동은 단체로 함께 배우는 거라며 말도 안 되는 소리 하지 말라고 했다. 두 사람은 옥신각신거리다 짜증을 내며 거의 동시에 서로에게 이렇게 외쳤다.

"그래서 쟤 키 안 크면 누가 책임질 거야. 네가?"

하지만 그해 어느 주말 아침, 내가 곰처럼 거대한 몸을 이끌고 거실로 나갔을 때, 나는 이수지와 박이환에게서 처음으로 똑같은 표정을 봤다. 그래. 단 한 번도 마음이 일치해본 적 없는 두 사람에게서 같은 얼굴을 봤다. 질린다는 표정. 조금 무섭다는 얼굴.

이렇게.

굳이 이렇게까지?

그리고 다른 사람들의 얼굴도 보게 됐다. 거리에서 우연히 만난 친구들의 표정. 명절 때 마주친 친척들의 시선. 사촌들의 입 모양. 키득거림. 목소리들. 덕분에 나는 알 수 있었다. 비대 해진 내 몸은, 무지막지한 내 식욕은, 내 부모가 외동딸을 키우면서 기대한 어떤 것과는 아주 거리가 멀다는 것을. 그리고 사람들이 어린 여자아이에게 바라는 그 무엇과도 아주 멀리 떨어져 있다는 것을. 그럼 나는 무엇이었나. 어떤 존재였나. 공포였나? 파괴였나? 그 모든 것이었나? 그래, 그랬던 것 같다. 나는 덩어리였다. 주변 모두를 겁먹게 하고, 실망시키는 무지막지한 몸 덩어리. 덩어리 그 자체.

그래도 새 교복이 생긴 건 좋았다.

그때까지 내가 입었던 교복은 초등학교 동창의 언니에게서 물려받은 것으로, 깔끔하긴 했지만 입학하던 해 출시된 신상 교복과는 약간 달랐다. 내 교복은 팥죽색 원단에 초록색 체크 무늬가 커다랗게 들어가 있는, 허리 부분이 강조되지 않은 일자 라인의 원피스였다. 반면 신상 교복은 허리 라인이 살짝 잡혀 있었다. 원단은 밝은 버건디색이었고, 체크무늬도 옅어서 훨씬 세련되어 보였다. 같은 옷이었지만 다른 옷이었다. 교복

브랜드 나름의 전략 덕분이었다. 해마다 조금씩 디자인을 바꾸는 것. 그래서 신상 교복을 사도록 유도하는 것.

영직동, 특히 주공 아파트 아이들이 물려받은 옷을 입는 건 드문 일이 아니었다. 나는 그중 한 명이었을 뿐이다. 아주 평범한 아이. 하지만 글쎄, 언니 옷만 입는 아이들, **조칠현 교회**에 다니는 아이들, "신은 우리에게 자유의지를 주었다. 의지는 인간적인 것이다. 우리의 의지로 조칠현을 믿는다." 이 말을 읊으며 조칠현에게 의지의 노래를 바치고 기적의 샘물을 받아 마시는 아이들. 조칠현의 허락이 있어야만 병원에 갈 수 있는 아이들. 왜냐하면 모든 병은 마음에 달린 것이고, 조칠현의 축복을 통해 충분히 나을 수 있으니까. 병원에 갈 수 있는지 없는지는 조칠현이 판단하는 것이니까. 그리하여 병원에 간다 해도 신실한 신도가 운영하는 민덕병원에만 가야 하는 아이들. 나중에 대학에 가거나 취직을 하기보다는 교회에서 일하거나 봉사하는 게 꿈인 아이들. 어쩌다 교회를 빠져나간다 해도 사회에 적응하지 못하고, 결국은 돌아오는 아이들. 조칠현이 선택한 사람과 결혼하게 될 여자아이들. 그럼 남자아이들은? 글쎄, 걔들에 대한 소문은 모르겠다. 아니다! 있었다. 일찍 죽는다고 했다. 그래. 영직동의 남자들은 삶을 오래 견디지 못한다고.

'우리'라고 해서 좋았을까. 이런 소문의 주인공으로 사는 일이 말이다. 무엇보다 나는 억울했다. 부모님과 나는 조칠현 교회에 다니지 않았다. 영직동을 사이비 소굴로 만들었다는 그

괴이한 교회의 일원이 아니었다. 부모님은 그 교회를 경멸했고, 신자들을 무시했다. 엄마는 말했다. "멍청해. 멍청하니까 저런 것에 휘둘려 사는 거야." 아빠는 또 이렇게 말했다. "지수야, 우리는 이 동네에 절대 오래 살지 않을 거다."

그런데 물려받은 교복이라니. 헌 옷이라니. 철 지난 디자인이라니. 이래서는 다를 바 없지 않은가. 조칠현 교회의 아이들. 생명을 연장시켜준다는 그 샘물을 받아 마시는 아이들. "나는 내 의지로 그분을 모시는 거야! 내 의지로 샘물을 마시는 거야!" 나도 새 교복을 입고 싶었다. 그래. 누구보다도 새 옷을 입고 싶었다. 하지만 부모님에게 어떻게 말한단 말인가. 자식에게 수영 강습을 시키는 것도 부담스러워하며 싸우는 부모에게, 옷 타령을 하라고? 나는 조칠현의 신자가 아니었지만 그런 면에서는 그들과 비슷하게 행동했다. 조용히 입을 다물고 시키는 대로 가만히, 아주 가만히 있는 것.

그래. 그건 내 의지였다.

그런데 졸업을 1년 앞두고 갑자기 새 교복이 생긴 것이다.

엄마는 꽤 화가 났다. 예상치 못한 지출이 줄줄이 이어졌으니까. 교복은 물론 구두, 티셔츠와 바지, 심지어 생리대까지.

그래. 싫었겠지. 쉬는 날도 없이 매일 일하는데, 쌓이는 건 없고 나가는 건 많고, 남편은 마치 아무 일도 일어나지 않은 것처럼 굴었으니까. 그리고 딸은…… 나는 가끔 궁금하다. 부모의 사랑이란 뭘까. 그리고 부부의 사랑이란 또 뭘까. 물론 사랑은 당연히 있겠지. 그런데 그 사랑은 어떻게 표현해야 하는 걸까. 어떻게 느끼게 해야 하지? 한결같은 모습을 보여야 하나, 아니면 나약한 모습까지 다 드러내야 하나. 그런 모습을 보고도 인간은 서로를 견딜 수 있나? 아, 견딘다고 생각하는 순간부터 이미 사랑이라고 말할 수 없는 걸까.

그래도 생각하려 한다.

나를 낳았을 때 이수지는 겨우 스물네 살이었고, 박이환은 스물여섯 살이었다. 나는 정말로 이 사실을 자주 기억하려 한다.

저녁 식사 도중 엄마가 아빠에게 물었다.

"혹시 당신 집안에 덩치 큰 사람 있는 거 아니야?"

억지였다. 아빠 쪽 식구들도 외가 식구들 못지않게 비쩍 마른 이들이 대부분이었으니까. 엄마는 그냥 싸움을 걸고 있었다. 기분이 안 좋아서, 화를 내고 싶어서, 무슨 이유인지는 모르겠지만 무언가에 의해 치밀어올라서. 이에 아빠는 평소의 그답게 대응했다.

"미쳤나? 너희 식구들부터 살펴봐. 처형만 해도 덩치 있잖아."

"무슨 소리야? 언니가 무슨 덩치가 있어. 보통 몸매지."

"그게 어딜 봐서 보통 몸매야?"

"그럼 어머님은? 어머님은 날씬해?"

그날 두 사람은 내가 그 모든 장면과 대화를 직접 보고 듣고 있다는 걸 완전히 잊은 것 같았다. 아니, 들어도 상관없다고 생각했던 것 같다. 내 부모님은 나만큼 키가 크지 않았고, 살이 찌지도 않았으니까. 그러니까 몰랐던 것이다. 그런 말들이 자식의 마음에 똬리를 틀고 영원히 사라지지 않을지도 모른다는 사실을. 그래. 몰랐던 것 같다.

그렇게 생각하고 싶다.

때문에 나는 부모님에게 체육복이 필요하다는 말을 하지 않았다. 그냥 버텼다. 아프다는 핑계를 대며 체육 수업을 두 번 빠졌고, 세 번째 시간에는 집에서 몰래 가져온 아빠의 트레이닝복을 입었다. 결국 나는 체육 선생님의 호출을 받았다. 그녀의 이름을 여전히 기억한다.

김이영.

그녀는 나를 쳐다보지도 않았다. 책상 위 서류를 뒤적이며 냉담한 목소리로 이렇게 말했을 뿐이다.

"이번이 마지막이다. 다음 시간부터는 체육복 제대로 입어."

울컥 화가 치밀어올랐다. 당신이 뭘 알아? 그저 입으라고 말만 하면 끝이지. 도와준 적도 없고 그럴 생각도 없으면서 명령만 하면 다야? 하지만 정작 내 입에서는 아주 정중하고 공손한, 거의 애원에 가까운 목소리가 흘러나왔다.

"선생님, 혹시 선배들이 버리고 간 체육복 있나요?"

김이영 선생이 고개를 들었다. 나를 빤히 쳐다봤다. 그때 알았다. 그 여자의 눈동자는 갈색이었다. 이후 아주 오래도록 기억하게 될, 옅은 빛깔의 눈동자. 그녀는 내게서 금세 시선을 거두었다. 서랍에서 열쇠 꾸러미 하나를 꺼내 건넸다.

"체육실에 가봐라."

나는 그녀에게 고개 숙여 인사한 뒤 밖으로 뛰어나갔다. 체육실은 운동장 끝에 있는 작은 창고형 건물로, 반장이나 체육부장이 아닌 이상 딱히 들어갈 일이 없는 곳이었다. 나는 열쇠들을 하나씩 찬찬히 훑었고, 자물쇠에 맞는 것을 찾아냈다. 찰칵. 소리와 함께 잠금이 풀렸다. 묵직한 철문이 끼익 소리를 내며 열렸다.

먼지가 내 얼굴을 확 덮었다. 나는 기침을 하며 어둠 속으로 걸어 들어갔다. 교실보다 조금 작은 공간이 눈에 서서히 들어왔다. 한쪽에는 사다리나 뜀틀, 그리고 정체 모를 큼지막한 물건들이 있었고, 반대쪽에는 손잡이 구멍이 뚫려 있는 플라스틱 상자들이 아무렇게나 가득 쌓여 있었다. 나는 재빨리 그 상자들을 하나씩 살폈다. 줄넘기. 배구공. 탁구공. 오래된 물파스. 부메랑. 요요. 붕대 뭉치. 유통기한이 지난 상비약. 오래된 수건. 과자봉지. 민트 껌. 나는 그 잡동사니 혹은 쓰레기 더미 사이를 뒤적이며 체육복을 찾았다. 어깨 부분에 검은 줄무늬가 새겨져 있는 파란색 체육복. 얼마 전까지만 해도 죄수복 같다고 투덜대며 아무 곳에나 처박아두었던 옷. 역시나 물려받은 낡은 옷. 한 번도 소중하게 여겨본 적 없는 그 옷이 그렇게 간절할 줄이야. 시간이 얼마나 걸렸는지는 잘 모르겠다. 단숨에 찾아낸 것 같기도 하고, 온종일 뒤적이다 겨우 발견한 것 같기도 하다. 아무튼 나는 체육실 귀퉁이에 있던 작은 상자 안에서 체육복 몇 벌을 끄집어냈다. 대부분 다 심하게 낡았고, 소매가 찢어지거나 곰팡이가 핀 것도 있었지만 그런 건 별로 문제가 되지 않았다. 입을 수 있는지 없는지 그것만이 중요했다. 다행스럽게도, 내가 입을 만한 옷이 한 벌 있긴 있었다. 상의와 하의 딱 하나씩.

문제도 있었다. 사이즈가 달랐던 것이다. 상의는 이전의 내가 입었다면 담요를 두른 것처럼 펑퍼짐해 보였을 라지 사이즈였다. 하지만 이제는 몸에 딱 맞을 터였다. 바지는 미디엄 사이즈였다. 입어보지 않아도 알 수 있었다. 작을 것이다. 아니, 작다. 나는 그 체육복을 입은 나를 상상해보았다. 종아리 중간 즈음에서 밑단이 툭 끊긴 바지. 꽉 끼는 엉덩이. 커다랗고 불룩한 가슴 굴곡이 그대로 드러나는 딱 붙는 상의. 줄넘기나 팔 벌려 뛰기 같은 운동을 할 때면 옷이 위로 올라갈 것이다. 뱃살이 드러날 것이다. 커다란 가슴이 흔들릴 것이다. 아이들은 키득거리며 수군댈 것이다. 쟤 좀 봐, 야 저것 좀 봐.

나는 잠시 그 자리에 앉아 있었다.

그리고 체육복을 들고 밖으로 걸어 나왔다.

열여섯, 중학교 3학년 봄.

나는 그렇게 자라는 중이었다.

신상 교복. 꽉 끼는 체육복. 커다란 가슴을 동여맨 브래지어. 불룩한 뱃살과 두툼한 허벅지. 끝없는 허기와 무시무시한 식탐.

언제 어디서든 눈에 띄는 거대한 덩치. 덩어리.

그런데, 사실 이것이야말로 가장 큰 변화였다.

시선을 끄는 존재가 되었다는 것.

몸이 커진 후, 사람들은 이전보다 훨씬 더 자주 나를 불렀다. 지수야, 옆으로 좀 비켜줄래? 지수야, 조용히 좀 해줄래? 지수야, 혹시 이거 네가 먹었어?

"얘, 지수야."

바로 내 몸 때문이었다. 내가 거대해졌기 때문에, 모두의 눈

에 너무나도 잘 띄게 되었기 때문에, 그날 해리아도 나를 알아
볼 수 있었던 것이라고.

내 **이름**을 부를 수 있게 된 것이라고.
나는 지금도 확신하고 있다.

그래, 사실은 이 이야기가 하고 싶었다.

1부

1

그리고 이번에는 5년 전 이야기다.

서른두 살 가을, 나는 176센티미터에 50킬로그램이었다. 감기몸살에 걸렸다. 두통과 근육통은 물론 소화불량과 설사에 시달렸다. 불면증도 찾아왔다. 아니, 일종의 발작이라고 해야 하나. 잠이 스륵 밀려온다 싶으면 갑자기 정신이 확 깨어나며 눈이 번쩍 떠졌다. 피곤해 죽을 것 같은데 몸은 나를 재워줄 생각이 없는 듯했다. 그 증상이 밤새도록 반복됐다. 잠에 들다 깨고, 들다 깨고, 아주 미칠 노릇이었다. 의사에게 하소연했더니 수면제와 신경안정제를 처방해줬다. 좀 나았다. 그래. 약간 나았을 뿐이다. 얕은 잠에 잠긴 채 꿈속을 어지러이 떠다니다 2시간 만에 깼고, 5시간 만에 깨어나곤 했으니까.

다행히 추석 즈음이었다. 주말도 겹쳐 있었다. 좀 쉬면 나아지지 않을까 싶어 안진 본가로 내려갔다. 그러나 일주일이 다되도록 별 차도는 없었다. 소화제에 지사제, 해열제, 근육이완제, 수면제, 신경안정제. 안 먹는 약이 없는데도 그랬다. 짜증이 났다. 어서 회복해 서울로 돌아가고 싶었다. 태인과 시간을 보내거나 밀린 일을 처리하며 남은 연휴를 보내고 싶었다. 하지만 몸은 전혀 나아질 기미를 보이지 않았고, 나는 바랐던 것들 중 그 어느 것도 시도하지 못했다. 긴 연휴가 허무하게 끝나가고 있었다.

반면에 엄마는 무척 바빴다. 은퇴한 지 반년이 조금 넘은 해였던 것으로 기억한다. 그녀는 요가원, 이탈리아어 회화 교실, 등산 모임, 프랑스 자수 클래스, 볼링 동호회에 나갔고, 수영을 배웠으며 특히 자연요리 연구회 —채수회茶守會— 에 열성적으로 참여했다. 갑작스레 주어진 많은 시간을 활용하는 엄마만의 방식이었다. 명절 연휴라고 예외는 아니었다. 친척들과의 교류가 끊어진 지는 오래였고, 새 친구들을 사귄 지는 얼마 안된 때였다. 엄마는 매일매일 밖으로 나가 그들과 함께 뭔가를 배우고, 만들고, 놀라워하고, 조금은 실망하고, 그러나 다시 시도하며 시간을 보냈다. 때문에 추석 당일 점심에 묵은지를 잔뜩 넣은 수제비를 끓여 먹은 걸 제외하면, 엄마와 나는 연휴 내내 거의 함께 있지 않았다. 서운하지는 않았다. 엄마가 곁에 있어주지 않는다고 섭섭해할 나이는 진작 지났고, 어차피 예고 없이 내려온 사람은 나였으니까. 명절은 각자 내키는 대로 보낼 것. 서로에 대한 의무에 지나치게 얽매이지 말 것. 그게 엄마와 내가 연휴를 보내는 방식이었다.

아빠가 돌아가신 후 그렇게 됐다.

그때도 마찬가지였다. 엄마는 일정대로 밖에 나갔고, 나는 텅 빈 집에서, 그러니까 그로부터 7년 전 부모님이 기적적으로 마련한 신시가지 주상복합아파트 15층 거실 소파에 누워 멍하니 하루를 보냈다. 밖에 나갈 기운도 없었고, 딱히 가보고 싶은 곳도 없었으며, 보고 싶은 사람도 없었다. 나는 소파에 누워 끙끙대며 앓고, 그때그때 필요한 약을 삼키고, 까무룩 낮잠에 빠져들었다가 헉 소리를 내며 화들짝 깨어났다. 빠르게 뛰는 심장 부근을 손바닥으로 쓸어내리며 바깥을 바라봤다. 언제나 낙엽이 지고 있었다.

그렇게 일주일 정도 지나자 기분이 조금 이상했다. 비현실적이었다고 해야 하나. 겨우 며칠 쉬었을 뿐인데, 온종일 사람들과 부대끼며 대화를 하고 이메일과 문자에 답장을 하며 보내던 모든 일상이 죄다 꿈처럼 느껴졌다. 정말로 그게 나의 삶이었나? 나의 생활이었나? 그게 진짜 나였나? 혹시 다른 사람의 인생을 내 것으로 착각한 것은 아니었나? 그러다 보면 어느 순간 불안감이 확 치솟았고 다시 심장이 두근거렸다. 당장 사무실로 돌아가 밤새 커피를 들이키며 일을 하다 약간 죽을 것 같은 느낌을 받아야 할 것 같았다. 그래야 안심할 수 있을 것 같았다.

태인은 나와 다툴 때마다 이렇게 말했다.

"너한테는 항상 일이 전부지. 일 이외에 의미 있는 게 있기나 해?"

있었다. 왜 없었겠는가.

그에게 말하지 않았을 뿐이다.

그리고 그래. 일은 내게 무척 의미가 있었다. 경력을 향한 목표. 성취감과 쾌감. 숨 막힐 정도로 빡빡한 일정을 소화한 끝에 누리는 강렬한 자극. 나는 그게 좋았다. 내 모든 것을 완벽하게 통제하는 기분. 스스로 몸을 묶어, 깊고 어두운 동굴 속으로 밀어넣은 뒤 한계를 시험할 때의 희열. 그런데 추석을 앞둔 그날, 느닷없이 몸이 축 늘어졌던 것이다. 대체 왜? 하필이면 지금? 나는 화가 나서 견딜 수 없었다. 중차대한 시기였다. 전에 없던 규모의 기업체 전시를 준비하고 있었던 것이다. 나는 그 어느 때보다 열심히 일했다. 매 순간 온 힘을 다해 집중했다. 어떻게 해야 아름다워 보일까. 무엇으로 매혹시킬 수 있지? 그런데 갑자기 그 모든 의욕이 훅 빠져나갔다. 먹을 수도 없었고, 잘 수도 없었고, 제대로 걸을 수도 없었다. 두들겨 맞은 것처럼 온몸이 아팠고, 머릿속은 멍했다. 동굴? 근처에도 갈 수 없었다. 몸을 묶을 기운조차 없었으니까.
태인이 말했다.

"너 언젠가는 그럴 줄 알았어. 번아웃이야. 너무 걱정하지 말고 좀 쉬어."

쉬라고? 지금? 너 같으면 그렇게 할 수 있겠니? 하지만 나는 아무 말 안 했다. 대꾸할 기운도 없었다. 증상은 점점 더 심해졌다. 무엇에도 집중할 수 없었다. 때문에 나는 전시 부스를 오픈하기 전까지 매일 수치스러운 사죄와 다급한 수정. 송구스러운 부탁과 진짜최종마감 사이를 유령처럼 배회했다. 항상 똑같은 소리를 들었다.

"지수 씨! 요즘 왜 이래! 정신 나갔어?"

나간 것 같았다. 중요한 미팅이나 약속에 번번이 지각했고, 제시간에 도착해도 멍하니 앉아 있는 경우가 많았다. 머릿속에 뿌연 먼지가 가득 차 있는데 어떻게 일을 한단 말인가. 밤마다 겁이 났다. 내가 왜 이럴까. 내일도 이럴까. 모레도? 영원히? 어째서?

……혹시 나 어디 아픈가?

그 생각에 도달했을 즈음 행사 오픈일이 다가왔다. 당일 아침, 나는 심한 편두통과 함께 잠에서 깨어났다. 또 다시 심장이 두근거렸다. 오한과 발열, 기침이 이어졌다. 배가 부글거렸다. 곧장 화장실로 달려갔다. 설사를 했다. 도저히 출근할 상태가 아니었다. 그래도 가야 했다. 포기할 수 없었다. 나는 상비약을 있는 대로 입에 털어넣고 집을 나섰다. 악착같이 버텼다. 무슨 정신으로 오전을 보냈는지 모르겠다. 점심시간에 병원에 다녀

왔는데, 심한 감기몸살이라고 했다. 주사와 비타민 수액을 맞고, 약을 처방받았다. 그래도 그날은 안도했다. 아픈 건 언젠가는 나아지니까. 무엇보다 겨우 '감기몸살'이었으니까. 그래. 그때는 정말로 그렇게 생각했다. 단 한 번도 크게 앓아본 적 없는 삼십대 초반의 젊은 몸. 아무리 몰아붙여도 고장 한 번 나지 않던 내 몸에 대한 자신감과 믿음. 나는 그저 나를 피곤하게 만든 원인이 권태나 번아웃이 아니라는 것에 감사할 뿐이었다. 그래. 나는 괜찮아. 그저 아픈 것뿐이야. 아픈 건 별게 아니야. 바뀌는 건 아무것도 없어. 다 괜찮아질 거야.

그러니까 이번에는 좀 쉬자. 한번 쉬어보자.

그래서 연휴가 시작하자마자 안진으로 갔던 것이다.

*

그런데 왜 집에 가야겠다고 생각했던 걸까.

*

안진을 떠난 지 10년도 넘은 때였다. 그간 나는 고향을 그리워하거나 집에 가고 싶다고 생각한 적이 거의 없었다. 이십대의 모든 기억이 서울에 뿌리를 내리고 있었다. 그리고 이제 어떤 의미에서 안진은 더 이상 고향이라 할 수 없었다. 부모님도 결국 영직동을 떠났으니까.

내가 대학을 졸업한 해인가. 아니, 어느 기업에 인턴으로 들어간 해였나. 그해 이수지와 박이환은 당신들의 중년 인생 대부분이 고스란히 박제되어 있는 그 주공 아파트를 '드디어' 박차고 나왔다. 떠나버렸다. 이후 나는 고향이 낯설어졌다. 안진의 가장 가난한 마을. 볼품없이 작은 동네. 영직동이 아닌 곳. 그러니까 낡은 아파트가 늘어서 있지 않은 곳. 오래된 상가 건물이 다닥다닥 붙어 있지 않은 곳. 기적의 샘물 포스터가 보이지 않는 곳. 조칠현을 위한 노래가 울려퍼지지 않는 곳. 그를 위해 무릎이 부서질 때까지 기도하는 사람들이 없는 곳. 시금치 알레르기 진단을 내리는 병원이 없는 곳. 만개한 벚꽃과 붉은 벽돌 길. 철조망으로 대충 둘러 세운 아파트 단지 벽. 그 앞에 주차되어 있던 양계장 트럭. 작은 철장 안에 짓눌려 있던 닭들. 겁먹은 눈으로 바깥을 바라보며 똥을 싸던 가엾은 짐승들. 그 모든 것이 존재하지 않는 곳.

깨끗하고 단정한 신도시는 내게 안진이 아니었다.

그래서인지 나는 누군가 안진에 대한 질문을 해올 때면 머뭇거리며 잘 대답하지 못했다. 맛집은 어디인지, 볼거리는 어디에 있는지, 사람들은 주로 어디서 만나는지 말할 수 없었다. 아는 게 없었으니까. 말할 수 있는 장소라고는 오직 영직동. 내고향.

딱 한 번, 그 동네를 떠날 기회가 있었다.

중학교를 졸업한 지 얼마 되지 않았을 때였다. 그날 아빠는 주택 청약을 신청하러 갔다. 엄마는 아빠의 등에 대고 몇 번이나 신신당부했다. 반드시 32평에 넣어라. 그 아파트가 맞는지 꼭 확인해라. 평소처럼 덜렁대지 마라. 실수하면 안 된다. 아빠는 똑같은 이야기를 몇 번 하는 거냐고 눈을 부라리며 짜증을 냈고, 등을 구부린 채 집을 나섰다. 그리고 54평을 신청했다. 실수였다.

엄마의 분노는 대단했다. 나는 납득이 되면서도 모르겠다 싶었다. 엄마는 아빠가 제대로 신청했다면 32평 아파트에 '분명히' '아주 확실하게' 당첨되었을 거라는 식으로 이야기했는데 글쎄, 그게 가능한가? 그렇게 쉬운 일이었나? 나는 어렸지만 그 정도는 알았다. 그건 정말 기막힌 운이 작동해야 얻을 수 있는 기회라는 것. 그러니까 엄마가 아빠에게 억지를 부리고 있다는 것. 일전에 그에게 이런 식으로 책임을 물었던 것처럼. **"혹시 당신 집안에 덩치 큰 사람 있는 거 아니야?"** 물론 가장 큰 골칫덩어리는 아빠였다. 사과할 줄도 모르고 그저 뻔뻔하게만 굴면 자존심을 지킬 수 있다고 믿었던 남자. 그는 엄마에게 짜증스럽게 대꾸했다.

"어쩌다 보니 그렇게 됐어. 뭘 어쩌겠어. 응?"

부모의 언행이 자식에게 어떤 영향을 미치는지 전혀 관심 없었던, 아니, 잘 알지 못했던 나의 어른들은 역시나 내 앞에서 며칠 내내 소리를 지르며 싸웠고, 한 달 가까이 서로에게 말을 안 했다.

그런데 당첨이 됐다.

말이 되냐고? 된다. 우리 집이 그랬으니까. 세상에, 신도시 54평 주택 청약에 당첨이 됐다. 너무 오랫동안 무주택이었던 조건이 유리하게 작용했나? 입주는 2년 후였다.

그 소식에 나는 부모님 못지않게 흥분했다. 그러니까 2년만 참으면, 영직동을 떠날 수 있다는 거야? 내 십대의 마지막 시절을 다른 동네에서 보낼 수 있다는 거야? 그때 나는 처음으로 가슴이 부푼다는 말을 이해했다. **다시 시작할 수 있다. 새것을 가질 수 있다.** 그 희망에 걸맞게, 부모님은 이전과 완전히 달라졌다. 정말로 변했다. 그때까지 이어지던 거대하고도 소소한 모든 싸움을 멈춘 것이다. 세상에, 그들은 하나가 됐다. 의견이 안 맞는 날이 없었다. 누군가 된장찌개가 먹고 싶다고 하면 그러자 했고, 누군가 산책을 가자고 하면 역시나 또 그러자 했고, 누군가 웃으면 같이 웃었다. 그제야 나는 깨달았다. 그동안 그들은 마음이 안 맞았던 게 아니다. 살가운 성격이 되지 못했던 게 아니다. 그러니까, 내가 살이 쪄서 그런 게 아니다. 아니었다. 그냥 다 돈 때문이었다. 돈 때문에 힘들어서, 버거워서, 하루하루 불안해서 힘든 걸 숨기지 못했던 것이다. 그리고 바로 그 돈 때문에 부모님은 해괴한 선택을 했다.

이사를 가지 않겠다고 했다.

돈을 더 벌려면 이사를 가면 안 된다고 했다. 이게 무슨 미친 소리인가. 나는 부모님의 설명을 단 한마디도 알아들을 수 없었다. 아무튼 중요한 건, 정말로 우리가 이사를 가지 않았다는 사실이다. 부모님이 '우리 집'을 전세로 내놓고, 그리하여 그 집에 다른 사람들이 사는 동안, 나는 영직동의 주공 아파트에서 내 십대를 끝마쳤다. **다시 시작하지 못했다. 새것을 갖지 못했다.** 돌이켜보면 그 사건이 내게 어떤 계기가 되었던 것 같다. 부모님과 함께 이 동네를 떠나는 것이 불가능하다면, 나 혼자서라도 박차고 나가야겠다고 생각하게 되었으니까. 그리하여 스무 살. 나는 서울로 대학을 가며 영직동을 떠났다.

그리고 매번 되돌아왔다. 이수지와 박이환이 계속 살고 있었으니까. 두 사람은 우리가 살지 않는 '우리 집'의 가격이 해를 넘길 때마다 계속 오른다고 좋아했다. 그렇게 좋아하면서 계속 그곳에 살았다. 나의 고향. 안진. 영직동. 주공 아파트. 116동 402호.

그렇게 몇 년이 흘렀던가. 5년? 6년? 어느 날 느닷없이 부모님은 그 아파트를 깨끗하게 팔아 치웠다. 그리고 도시 반대편 신시가지의 주상복합아파트로 이사했다. 차익을 얼마 남겼다고 했더라? 모르겠다. 그냥 어느 날 갑자기 아빠에게 전화가 걸려온 것만 기억난다. "딸! 앞으로 신시가지로 와라. 이제 정말로 이사 가는 거야!" 그로부터 반년 뒤, 전국의 집값이 폭등했다. 새로 이사 간 집은 말할 것도 없었다. 나는 이게 다 뭔가 싶었다. 그리고 부모님이 처음으로 조금 어른처럼 느껴졌다. 매일 내 앞에서 날을 세우며 싸우던 철없는 사람들이 아니라, 비정한 세상살이에 통달한 그런 어른들.

시간이 꽤 흐른 후, 엄마는 그때의 선택에 대해 이렇게 말했다.

"아니, 죄다 운이야. 아무것도 몰랐어. 그냥 갑자기 이사 가야겠다는 생각이 들더라고. 그래서 네 아빠에게 말했더니 바로 알겠다고 하더라? 그때는 그랬다. 서로 척하면 척이었지. 그런 시절이었어."

그렇게 두 사람은 영직동을 완전히 떠났다. 아, 그런데 이사 직전에 아빠는 건강검진을 받았다. 비록 조칠현 교회의 신자는 아니었으나, 그 동네 사람들 대부분이 그랬듯 관성적으로 그냥 민덕병원에 갔다. 가깝고 익숙한 병원이었으니까. 매해 검진을 받아온 곳이었으니까. 병원의 모든 의사가 조칠현 교회의 신자는 아니었으니까. 어쨌든 아빠는 민덕병원 가정의학과 박근만 박사에게 건강검진을 받았다. 피검사, 위내시경, 대장내시경, 복부초음파 등을 받았고 건강에 별 이상이 없다는 소견을 들었다. 한 가지. 가끔 찾아오는 두통의 원인에 대해, 시금치 알레르기라는 진단을 받았다. 아빠는 박근만의 말을 믿었다. 엄마도 믿었다. 그날부터 두 사람은 식단에서 시금치를 제외했다.

척하면 척이었으니까.

2

　연휴 마지막 날, 엄마가 저녁을 먹자고 했다. 그래도 이렇게 헤어지는 건 좀 그렇지 않냐면서. 엄마와 헤어진다는 표현이 낯설어서 나는 조금 웃었다. 그러곤 또 웃었다. 엄마가 등산 모임 후 채수회에 들러 '살이 안 찌는 음식들'을 만들어 오겠다 했던 것이다. 현관에 앉아 등산화 끈을 묶고 있는 엄마를 내려다보며 나는 말했다.

　"풀도 많이 먹으면 살쪄."

　어지러웠다. 나는 벽에 한쪽 머리를 기대며 덧붙였다.

　"그래도 7시 전에 먹으면 괜찮아. 6시면 더 좋고."

　"아이고, 알았다. 시간 맞춰 올게."

　엄마는 끙, 하는 소리를 내며 자리에서 일어났다. 그러더니 나를 돌아보며 물었다.

　"그런데 지수야. 7시, 6시 너 그거 언제까지 할 거야?"

36

나는 말했다.

"평생."

엄마가 잠시 나를 쳐다보았다. 뭔가 할 말이 있다는 듯, 망설임이 느껴지는 어떤 표정으로. 하지만 그녀는 곧 고개를 돌렸고, 문을 밀어 열었다.

"아무튼 일찍 올게."

"응."

나는 엄마에게 손을 흔들었다. 문이 닫혔고 주위가 조용해졌다. 나는 그대로 벽에 몸을 기댄 채, 이제 익숙해졌고 분명 그렇다고 믿고 있지만 사실은 무척 낯선 것들에 대해 생각했다.

고즈넉한 동네. 커다랗고 깨끗한 창문. 푹신하고 부드러운 푸른색 소파. 높은 천장. 엄마의 웃음소리. 다정한 목소리. 나도 모르게 찾는 박이환. 아빠. 그의 부재. 동시에 떠오르는 어떤 얼굴. 눈물, 슬픔, 증오. 그리고 나의 몸. 길쭉하고 날씬한 다리. 가느다란 허리와 팔뚝.

엄마는 무슨 말이 하고 싶었던 걸까.

그녀 역시 실수로 아빠를 부르려던 걸까.

아니면.

이제 그만 신경 써도 된다고? 평생 이렇게 살 필요 없다고?

하지만 엄마, 내가 살쪘을 때, 화내지 않았어?

나는 거실 소파에 누워 기지개를 켰다. 태인에게 전화를 해
볼까 싶었다. 오전 10시였다. 아마 한창 수업 중일 것이다. 이
번 학기에 무슨 수업을 한다고 했더라. 고전 소설에 대한 강의
였는데. 분석 세미나? 강독?《박씨전》을 읽는다고 했었지. 못
생겨서 냉대받다가 허물을 벗은 뒤에야 사랑받을 수 있었던
여자의 이야기. 그리고 그 여자는 나라를 구하지.

나는 핸드폰을 만지작거리다 바닥에 내려놓았다. 그즈음 우
리는 연락이 뜸했다. 내가 아파서 그러기도 했고…… 그냥, 그
가 결혼 이야기를 꺼낸 직후부터 대화가 어색해졌다. 그는 말
했다.

"얼마든지 심사숙고해. 나는 괜찮아."

글쎄. 태인아.

대답은 이미 정해져 있는 것 같은데.

너 말이야, 아름답지 않은 걸 사랑할 수 있겠어?

나는 천장을 향해 두 팔을 쭉 뻗어올렸다. 최근 잘 먹지 못하고 잠도 못 자서 그런지 안진에 내려왔을 때보다 살이 더 빠졌다. 아마 47킬로그램쯤 나갈 것 같다. 나는 손으로 양쪽 팔뚝을 그러쥐었다. 가늘다. 손에 힘을 주어 팔뚝을 다시 꽉 잡았다. 역시 가늘다. 이번에는 손을 가슴으로 가져갔다. 얕은 굴곡을 천천히 매만지며 그대로 쓸어내려갔다. 납작한 가슴과 배. 나는 계속 손을 아래로 내렸다. 툭 튀어나온 골반뼈가 느껴졌다. 웃었다. 그래. 이거지. 이거야. 이게 서른두 살의 박지수지.

태인은 열여섯 살의 박지수를 몰랐다.

때문에 그는 내가 6시나 7시 이후로는 물 한 모금 마시지 않는다는 것도 몰랐다. 평소 끼니 양이 매우 적다는 것 역시 전혀 알지 못했다. 밥 몇 숟가락에 반찬 조금. 아니면 빵 한 조각. 계란 하나. 당근이나 오이. 방울토마토. 그게 나의 주식이라는 걸 절대 몰랐다. 그와 함께 있을 때는 평범한 사람들처럼 먹었으니까. 밥 한 공기를 야무지게 싹싹 먹어치웠으니까. 몸무게를 신경 쓰는 여자처럼 보이고 싶지 않아서 그랬다. 아니, 원래 마른 몸을 가지고 있는 사람처럼 보이고 싶어서 그랬다. 응. 나는 원래 말랐어. 원래 아름다웠어. 나는 나를 바꾸기 위한 어떤 노력도 한 적이 없어. 나는 타고났지. 그래서 나는 아등바등하지 않아. 원래 이런 몸을 가지고 있으니까. 아, 삶을 바꾸기 위해 노력한다는 건 뭘까? 나는 그런 여자들의 마음을 모르겠어. 어떤 마음? 그러니까 박탈감. 허탈감. 압박감. 강박. 어떻게든 허물을 벗고 싶다는 그 발버둥. 몸부림. 악다구니. 그래서 그와 함께 있을 때는 야식도 먹고 술도 마셨다. 대신 다음날 종일 굶고, 3시간 넘게 걸었고, 배가 고프면 물만 마셨다. 그러다 부득이하게 약속이 생기거나 회식이 잡히면? 역시 먹었다. 그리고 다음날 또 굶고 걸었다. 근처 학교 운동장이나 공원을 뛰었다. 헬스장에 갔다. 그래도 성에 차지 않으면? 만족스러울 때까지 굶었다. 그게 가장 빠르니까. 효과적이니까. 그리하여 이만하면 충분히 통제했다는 생각이 들 때까지, 내 몸이 정상으로 돌아왔다는 느낌이 들 때까지 버텼다. 잠들기 전, 허기가 밀려오며 배에서 꼬르륵 소리가 날 때면 무척 뿌듯했다.

아, 오늘 하루 정말 잘 보냈네.

이것이 바로 일 이외에 의미가 있는 나의 또 다른 전부였다.

만일 태인이 진실을 알게 된다면…… 나는 그의 반응을 어렵지 않게 예상할 수 있었다. 그는 충격을 받을 것이다. 분노할 것이다. 내가 아니라 이 사회를 향해서. 그러니까 여자들이 마른 몸에 집착하도록 하는 이 쓰레기 같은 세상을 향해. 아, 그는 분명 쓰레기라는 표현을 쓸 것이다. 분노를 터뜨리겠지. 그리고? 나를 사랑하게 된 자신의 운명. 그러니까 사회의 억압에 짓눌려 자신의 몸을 부정하며 살아온 가엾은 영혼에 대한 연민과 애정을 기꺼이 받아들일 것이다. 책임을 지려 할 것이다.

그는 진정한 사랑이 무엇인지 깨닫게 되리라.

태인은 그런 남자였다.

나는 그게 좋았다.

여름이었나. 사귀는 건 아니고 그렇다고 사귀지 않는 것도 아니었던 그런 즈음의 어느 날. 손님이 없는 고깃집에서 그와 낮술을 마신 적이 있었다. 그가 고른 가게였다. 음식 맛이 형편없었다. 삼겹살은 기름이 너무 많았고, 밑반찬은 대부분 짰다. 된장국에서는 조미료 맛이 강하게 났다. 그래도 싫지 않았다. 사실 음식이 뭐 중요한가. 마주 앉아 있는 게 좋은 거지. 차라리 깨작거리게 되어 다행이라고 생각했다. 이 사람이 먼저 맛없다고 했으니 내가 굳이 열심히 먹을 필요 없지. 그럼, 오늘 밤에는 꼬르륵거리는 소리를 들을 수 있겠구나. 그래서인지 그가 하는 이야기에 조금 더 귀를 기울이게 됐다. 특별한 건 없었다. 그냥 일상. 어린 시절. 앞으로의 계획. 아르바이트. 전공. 좋아하는 영화. 그는 어린 시절 자신이 보이스카우트였다고 말했다. 하지만 아무것도 기억나지 않는다고 했다. 딱 하나. 인장이 달린 푸른색 모자를 무척 아꼈다는 사실만 빼고. 그는 그 모자를 너무 사랑해서 고등학교 때까지 갖고 있었다.
"그럼 지금은 안 갖고 있어요?"

나는 턱을 괴며 그에게 물었다. 그와 눈이 슬쩍 마주쳤다. 순간, 어떤 감정이 마음을 빠르게 채웠다. 들떴다고 해야 하나. 내가 상대에게 매력적으로 보인다는 걸 눈치챈 순간의 설렘. 누군가를 매혹시키는 데 성공했다는 걸 알아챘을 때의 희열. 자신감과 우월감. 일종의 확인.

그때, 그가 얼굴을 찌푸렸다.

나는 턱에서 손을 뗐다. 내가 뭘 잘못했나? 턱을 괼 때 목살이 접혔나?

태인이 암담하다는 목소리로 말했다.

"너무 안타까워요."

"네?"

나는 긴장했다. 뭐가 잘못된 거지? 어디서부터? 어떻게? 태인이 이어 말했다.

"어떻게 저런 언론이 여전히 신뢰를 받을 수 있는 걸까요."

무슨 말인지 전혀 알아들을 수 없었다. 그는 천천히 소주 한 잔을 마셨고, 애잔한 눈빛으로 내 어깨 너머를 응시했다. 나는 그를 따라 시선을 돌렸다. 넓은 식탁 한가운데 보수 성향의 신문 세 개가 나란히 겹쳐 놓여 있었다. 태인의 목소리가 다시 들려왔다.

"지수 씨, 우리 여기 다시는 오지 말아요."

그의 목소리는 생각보다 커서, 부엌에 있는 가게 사장님에게도 들릴 것 같았다. 아니, 들렸을 것이다. 나는 이게 무슨 상황인가 싶어 잠시 가만히 있었다. 재미있는 농담을 들었다는 듯 웃어야 하나? 아니면 진지하게 대답해야 하나? 하지만 곧 아무 말도 할 필요 없다는 걸 깨달았다. 그는 취해 있었다. 소주 한 병이 거의 다 비어 있었으니까. 나는 그를 가만히 바라보았다. 이렇게까지 취한 남자를 본 건 처음이었다. 술에 취해 있고, 신념 어린 말을 하는 것에도 취해 있고, 여자와의 분위기에도 취해 있고, 무엇보다 그런 자기 자신에게 취해 있는 남자. 이 모든 것이 진심인 남자. 그때 나는 생각했다.

어쩌면 이 남자에게는 들키지 않을 수도 있겠네.

그러니까, 이 사람은 나의 일상, 습관, 취향, 강박, 애써 숨기는 어떤 것들을 눈치채지 못할 것이다. 내가 동굴 안에 들어가기 위해 어떤 짓을 하는지 절대 모를 것이다. 왜냐하면 그는 나보다, 나를 사랑하는 자기 자신에게 더 관심이 많을 테니까. 그런 자신을 사랑할 테니까. 그럴까. 정말 그럴까. 그래서 나는 그를 한 번 더 만났다. 다음에 또 만났다. 계속 만났다. 그렇게 사귀는 내내 그는 정말로 나에 대해 거의 알지 못했다. 가끔 식욕이 없냐고 물어봤고, 일에 지나치게 몰두하는 거 아니냐며 서운함을 드러냈지만, 그게 전부였다. 그는 나를 몰랐다. 그렇다고 해서 그가 나를 사랑하지 않았다는 뜻은 아니다. 그는 나를 아꼈고 우리의 관계를 소중히 여겼다. 나는 그게 고마웠다. 그래. 고마웠다.

하지만 결혼이라니.

서로에게 무엇도 숨길 수 없는 삶으로 들어가는 것. 다이어트에 대해서는 솔직히, 들켜도 상관없다고 생각했다. 가끔은 궁금하기도 했다. 독하게 굶고 운동하는 나를 보며 그는 어떤 표정을 지을까. 그가 나를 얼마나 견딜 수 있는지 시험해보고 싶기도 했다.

그래.

정말로 내게 그 문제만 있었다면, 나의 의미가 오직 그것뿐이었다면, 태인의 삶 위에 내 인생을 겹쳐놓는 걸 그렇게까지 망설이지는 않았을 것이다.

내게는 다른 문제가 있었다.

내가 절대 통제하지 못하는 것.

대학교 3학년 1학기 때 시작됐다. 너무 오래 굶어서였나. 칼로리가 낮은 음식만 계속 먹어서 그랬나. 모르겠다. 내가 똑바로 기억하는 건, 갑자기 어느 순간 햄버거가 먹고 싶었다는 것뿐이다. 나는 공부하다 말고 도서관에서 뛰쳐나왔다. 지하철을 타고 가장 가까운 버거킹 매장을 찾아 들어갔다. 와퍼 세트 세 개를 주문해서 그 자리에서 다 먹어치웠다. 먹지 말아야 한다는 생각. 참아야 한다는 생각. 살이 찔까봐 무섭다는 생각. 그 어느 것도 머릿속에 떠오르지 않았다. 아니, 아무 생각도 없었다. 먹어야 된다. 그래서 먹는다. 계속 먹는다. 그 본능만이 존재했다. 꼭 열여섯 살 때로 돌아간 것 같았다. 갑자기 몸이 불어나던 그날들처럼.

혹시 돌아가려는 거야?

버거킹 2층 한구석에서 나는 주먹으로 허벅지를 콱 내리쳤다. 중얼거렸다. '미쳤니?' 그날 저녁 나는 학교 대운동장을 열바퀴 뛰었고, 다음날은 온종일 굶었다. 괜찮았다. 다시 정상으로 되돌아온 듯했다. 하지만 어느 순간 딸깍, 하고 고리가 풀렸다. 원인이 뭔지는 모르겠다. 그냥 갑자기 풀렸다. 떡볶이가 먹고 싶었다. 먹고 싶어 아주 미칠 노릇이었다. 그래서 먹었다. 아주 많이 먹었다. 그 후로 종종 그런 순간들이 찾아왔다. 예상할 수도 없었고, 그래서 대비할 수도 없었다. 그냥 먹어야 했다. 배달 음식을 7인분쯤 시키기도 하고, 라면을 연속으로 여섯 개 넘게 끓인 후 밥까지 말아 먹고, 빵집이든 슈퍼든 어디든 들어가 먹을거리로 가득 채운 봉투를 양손에 꽉 쥐고 나왔다. 족발, 떡볶이, 피자, 치킨. 먹을 게 없을 때는 전자레인지에 햇반 여러 개를 돌려서 간장만 뿌려 먹었다. 계속 먹었다. 아마 음식물 쓰레기도 먹을 수 있었을 것이다. 그래. 나는 176센티미터에 ……킬로그램이 나갔던 때처럼 먹었다. 아니, 그때와는 달랐다. 이건 성장기의 어떤 폭발이 아니었다. 묶어둔 고리가 풀리는 느낌. 나를 묶은 어떤 끈이 확 끊어지는 느낌. 그래서 모든 통제를 잃어버린 느낌. 그 순간이 나를 덮치면, 나는 노예가 됐다. 지칠 때까지 먹어야 했다. 혀의 감각이 사라지고 위장이 터질 때까지 먹었다. 먹고. 먹고. 먹고. 또 먹고. 먹으면서 밤을 새우고 새벽을 맞이하고 약속을 취소했다. 그러다 정신을 차린 후에는? 나는 더 이상 허벅지 따위를 때리지 않았다. 대신, 목구멍에 손가락을 집어넣어 먹은 걸 다 토해냈다. 빨리 게워내야 했다. 소화되기 전에, 내 몸에 스며들어 지방으로 들러붙기 전에 다 내뱉어야 했다. 역겨웠다. 나는 내가 정말 역겨웠다.

그리고, 나는 역겨운 채로 남아 있고 싶었다.

그래. 이게 진짜 문제였다. 태인에게 절대 들키고 싶지 않은, 그리고 들키지 않을 자신이 없는 나의 또 다른 의미.

나는 열여섯 살 때로 돌아가고 싶지 않았다. 그래서 가능한 한 적게 먹고, 굶고, 많이 움직였다. 하지만 가끔 찾아오는 폭식의 충동을 참을 수가 없었다. 그래서 일단 먹었다. 토할 때까지 먹고, 정말로 토해냈다. 그리고 다이어트 약을 처방받았다. 충동이 밀려오는 순간을 최대한 지연하고 싶어서, 예상할 수 없는 순간을 어떻게든 통제해보고 싶어서 그 약을 먹었다. 나비 날개 모양의 작고 새하얀 알약. 펜터민. 식욕을 달아나게 하고 정신을 바짝 차리게 만드는 나의 나비. 나비 약을 입에 넣으면, 그 이후로는 정말로 아무것도 먹고 싶지 않았다. 대신 어지럽고, 입이 마르고, 생리가 멎었다. 가끔은 헛것이 보이기도 했다.

아빠의 얼굴.

옛 기억.

눈길들. 목소리들.

그래서 약을 끊으면 또 얼마 뒤에 식욕이 폭발했다. 정말로 나비가 날아왔다 사라지는 것과 비슷했다. 먹었다가 굶고, 먹었다가 굶고, 또 먹었다가 굶고. 내 몸은 똑같이 반응했다. 살이 쪘다가 빠지고, 쪘다가 빠지고, 쪘다가 빠지고.

어쨌든, 빠진다는 게 중요했다.

내가 내 몸을 장악하고 있다는 게 핵심이었다.

내 몸을 마음대로 휘두르고 원하는 대로 만들어낼 수 있다는 것. 그렇게 만든 몸을 지켜본다는 것. 느낀다는 것. 내 몸이 내 것이라는 걸, 분명하게 인식하는 것.

나는 계속 그렇게 살고 싶었다. 때문에 내 몸에 대한 기준을 누군가와 타협하고 싶지 않았다. 하지만 결혼하게 되면 합의하게 될 것이다. 태인은 그걸 요구할 사람이었다. 나의 절식과 폭식을 번갈아 바라본 뒤, 책상 서랍에 가득한 나비들을 목격한 뒤 창백한 지식인의 얼굴로 내게 말할 것이다. "당신은 지금 정상이 아니야." 애원도 할 것이다. "당신에게는 도움이 필요해." 그 이후에는 어떻게 될까. 그는 설득하고, 나는 버티고, 그러다 먹게 되고, 안 먹게 되고, 나비를 끊고…… 그런 날이 올 수도 있지. 반면 폭식을 멈추지 못할 수도 있다. 매일매일 참을 수 없는 충동에 시달리며 냉장고를 파먹고 있을지도 모른다. 그러다 만에 하나, 정말 만에 하나. 다시 살이 찐다면? 176센티미터에

……킬로그램이 된다면? 태인아, 그런 나를 계속 사랑할 수 있겠어? 거대해진 나를 보며 너의 환상을 유지할 수 있겠니? 주위의 모든 것들을, 그러니까 화목함, 칭찬, 자신감, 부드러운 인사, 삶을 평범하게 만드는 모든 것들을 닥치는 대로 먹어치우는 나를? 그리하여 어느 날, 수많은 사람들 앞에서 "저 돼지 같은 년이 나를 가로막았다고!"라는 소리를 듣게 되는 나를?

나는 태인에게 전화하지 않았다.

그리고 엄마는 8시를 넘겨 집에 돌아왔다.

*

당연히 굶을 생각이었다. 하지만 엄마는 밥 한 순가락이라도 먹으라며 식탁에 상을 차리기 시작했다. 짜증이 났다. 하지만 냄새가 났다. 그래. 냄새. 전자레인지 안에서 데워지고 냄비에서 보글보글 끓기 시작한 음식들의 냄새.

엄마가 그릇에 음식을 담으며 설명했다. 조청을 넣어 만든 연근조림. "조청은 엄마 스타일이야. 알지?" 유기농 들깻가루를 넣어 만든 버섯찌개. "이건 회원 한 분한테 배웠다." 직접 만든 두부. "수제는 맛이 확실히 달라. 어서 먹어봐." 강낭콩과 귀리를 넣어 지은 현미밥. "귀리가 장에 그렇게 좋다더라." 그리고 콩으로 만든 비건 미트볼. "이거 고기랑 맛이 똑같아. 진짜 특이해." 끝도 없었다. 톳당근볶음. 우거지된장무침. 갓 짜낸 참기름을 두른 잡채. 어느새 입안에 침이 고였고, 나는 감지했다. 아, 이러다 그 순간이 올지도 모르겠다.

생각했다. 방에 들어가자. 문을 닫자. 더는 이 음식들을 쳐다보지 말자. 아예 냄새를 맡지 말자. 한 입 먹는 순간 끝이야. 끝장을 보게 될 거야. 하지만 하루 종일, 아니 거의 며칠 내내 제대로 먹은 게 없는 나의 위장이 이미 요동치고 있었다. 나는 홀린 기분으로 식탁 앞에 앉았다.

오만 가지 계획이 다 떠올랐다. 조금만 먹고 산책을 다녀오자. 아니, 달리기를 하자. 칼로리가 낮은 것들만 먹자. 연근. 버섯. 이 두 가지만 먹자. 모레까지 굶자. 출근을 해야 하니, 그날 아침까지만 굶고 점심을 가볍게 먹으면 될 것이다. 태인과의 저녁 약속은 취소하자. 아니면 나비 용량을 늘릴까. 그러면 될 것이다…… 그러지 말고 그냥 다 먹을까. 엄마가 만들어준 음식은 정말 오랜만인데. 나는 상을 차리는 엄마를 힐끔 쳐다봤다.

열일곱 살 때부터, 나는 끼니 양을 줄였고 시시때때로 굶었다. 밤마다 달리기를 하거나 줄넘기를 3천 개씩 했다. 순식간에 키가 크고 살이 쪘던 것처럼 빠른 속도로 살이 빠졌다. 그때부터 부모님은 자꾸만 내게 뭘 먹으라고 했다. 너무 안 먹는다. 살이 너무 빠진 것 같다. 그렇게까지 안 먹으면 안 된다. 나중에 큰일 난다. 하지만 나는 알았다. 부모님은 내가 다시 살찌는 걸 원하지 않았다. 두 사람은 날씬해진 나를 사람들 앞에 은근슬쩍 내세우며, 기어코 어떤 말들을 얻어내곤 했으니까. 정말 늘씬하다. 모델 같다. 미스코리아 내보내도 되겠어. "딸내미 잘 키웠네." 누구나 원하는 외동딸의 모습. 모양. 형태. 나를 사랑하는 두 사람은 그렇게, 내가 잘 먹기를 원했고, 또 살이 찌지 않기를 원했다. 두 가지가 공존할 수 없다는 걸 아는 사람은 나뿐이었다.

나는 버섯탕에 밥을 말았다. 한 숟가락 크게 떠서 입에 넣었다. 고소하고 기름진 들깨와 버섯 특유의 향이 입안에서 조화롭게 어우러졌다. 부드러웠다. 오래 굶주린 위장이 따뜻하게 데워졌다. 엄마가 내 밥그릇에 연근조림 하나를 얹어주며 말했다.

"천천히 먹어. 천천히."

그리고 덧붙였다.

"미안해. 늦으려고 늦은 게 아니야. 그 친구가 늦게 왔거든."

나는 고개를 가볍게 끄덕이며 밥 한 숟가락을 입에 넣었다. 강낭콩이 입안에서 부드럽게 으깨졌고, 귀리가 톡톡 씹혔다. 엄마 말대로 비건 미트볼은 고기와 비슷했다. 맛있었다. 그래. 정말 맛있는 고기를 먹는 기분이었다. 먹는 속도가 점점 빨라졌다. 자제해야 했다. 엄마는 내가 굶는 건 많이 봤지만, 미친 사람처럼 먹어대는 건 본 적이 없었으니까. 그리고 모조리 다 토해내는 것도 본 적이 없지. 하지만, 한 번쯤은 봐도 좋지 않을까? 엄마, 엄마 딸이 이렇게 컸어. **대단하지 않아**?

엄마가 또 말했다.

"평소에는 늦는 일이 없는데, 오늘 일이 좀 있었대."

나는 물었다.

"누가?"

"야채 공급해주는 남자애가 한 명 있어. 네 또래야."

"그런 사람도 있어? 동호회인데?"

"어머, 애 좀 봐. 우리 동호회 아니다. 영양학과 교수한테 정식으로 음식 배우는 세미나야. 곧 레시피 책도 출간할 거야."

"책?"

"응. 엄마 레시피 하나가 들어갈 거야."

엄마는 즐거워 보였다. 다행이었다. 영양학이라…… 그래, 엄마 나이의 사람들에게는 의미 있는 동호회가 될 수 있겠지. 간암 진단을 받은 후, 1년을 채 버티지 못했던 아빠를 생각하면 더더욱 그럴 수 있을 것이다. 나는 톳당근볶음을 입에 넣었다. 엄마가 계속 말했다.

"그래서 야채도 교수님이 아는 곳에서 좋은 걸로 받아. 이거 다 유기농이야. 1년 전에 영직동 쪽에 채식 음식점이 하나 생겼거든. 거기 사장이 그 남자애야. 사람이 괜찮아. 항상 우리 세미나 시간 맞춰서 싱싱한 야채를 갖다주거든."

"그렇게까지 해줘?"

"그럼, 세미나라니까. 뭐 교수님 인맥도 있고, 우리가 그 음식점에서 모임도 자주 하니까 더 신경 써주는 거겠지."

나는 고개를 끄덕이며 연근조림을 베어 물었다. 조청 맛이 입안에 스며들었다. 맞았다. 엄마 스타일이었다. 계피 향이 살짝 배어 있는 은은한 단맛. 내가 좋아하는 맛이었다.

"그런데 지수야."

"응."

"그 친구 와이프가 너랑 중학교 동창이라더라?"

"그래?"

나는 잡채 그릇을 앞으로 가져왔다.

"응, 오늘 그 와이프 때문에 늦은 거야."

"집에 무슨 일이 있었나보네."

"그렇긴 한데, 좀 복잡해."

"뭐가?"

"그…… 와이프 친구한테 일이 좀 생겼나? 그래서 도와주고 오느라 늦었대."

"중요한 일이었나보네."

"글쎄다……."

엄마의 목소리 톤이 살짝 낮아졌다. 뭐지? 나는 엄마를 쳐다봤다.

"사실 말이야. 그 남자애 성격이 완전 아줌마야, 아줌마. 그래서 우리가 뭐 만들거나 하면 꼭 한 그릇씩 먹으면서 수다 떨고 갔거든. 그런데 언제였더라. 느닷없이 이런 말을 하는 거야. 와이프에게 친한 친구가 있는데, 그 여자 일이라면 만사를 제쳐두고 나서서 좀 피곤하다고."

"그래서 오늘도 그랬다는 거야?"

"응, 와이프가 그 친구 일 좀 도와달라고 난리를 피웠다는 거야. 뭐, 병원에서 일한다나?"

나는 잡채를 먹기 시작했다. 맛있었다.

"그런데 지수야."

"응."

"걔도 네 중학교 동창이라더라?"

"누구?"

"그 와이프 친구 말이야."

나는 젓가락을 멈췄다. 엄마는 이야기를 멈추지 않았다.

"걔가 걔더라고. 그 공부 잘하던 애. 우리 영직동 주공 살 때, 107동 살던 걔 말이야."

먹는 것. 굶주리는 것. 게워내는 고통. 그 느낌에 젖어드는 것. 잠겨 있는 것. 그래서 아무 생각도 하지 않게 되는 것.

돌이켜보면 사실, 나는 그 감각을 좋아했던 것 같다.

"지수야."

엄마가 또 나를 불렀다. 그리고 물었다.

"너도 걔랑 친하지 않았니?"

3

개랑 친했냐고?

세상에, 엄마.

*

  나는 눈을 번쩍 떴다. 등이 아팠다. 정확히는 오른쪽 날개뼈 아래 부근. 살갗 아래, 깊지도 얕지도 않은 어느 부분이 따가웠다. 가시에 찔린 것처럼 따끔하고 욱신거렸다. 나는 손을 등 뒤로 가져갔다. 툭 불거진 날개뼈가 느껴졌다. 살점이라고는 거의 없었다. 뼈 위에 가죽이 덧씌워져 있는 것 같았다. 나는 손끝으로 날개뼈 아래쪽, 통증이 느껴지는 부분을 더듬었다. 긁고 문질렀다. 그러자 따가움이 가라앉았다. 대신 이제는 잠이 오지 않았다.

　요즘 몸이 왜 이 모양인지 모르겠네.

　거실로 나왔다. 조용했다. 하긴 시끄러울 일이 뭐가 있겠는
가. 새벽 3시가 넘었다. 온 세상이 조용했다. 대부분 사람들은
이 시간에 언제나 잠들어 있다. 지친 마음을 달래고 다음날
을 기약하며 온몸의 힘을 풀어놓는다. 그리고 생각하지 않는
다. 마음을 지치게 만드는 것들. 기억들. 가슴을 쿡쿡 찌르는
단어들. 그런 것들로부터 멀리 떨어져 무의식이라는 따뜻하
고 포근한 이불을 둘둘 말고 있다. 부러워. 그렇게 쉴 수 있는
사람들. 마음 편히 잠들고 개운하게 일어나 하루를 시작하는
사람들.

　나는 소파에 앉았다. 멍하니 바닥을 내려다보다 길게 숨을
내쉬었다. 뭘 어떻게 해도 부대꼈다. 몸과 마음이. 머릿속이.
뱃속이. 그냥 다 좋지 않았다. 결국 나는 자리에서 일어나 냉장
고 문을 열었다. 저녁에 먹고 남은 음식들이 가지런히 정리되
어 있었다. 살이 찌지 않는다는 음식들. 영양소가 가득한 귀한
음식들. 그러나 지금 나는 다른 걸 원했다. 나는 최대한 조심스
레 냉장고 문을 닫은 뒤, 안방 쪽으로 슬쩍 고개를 돌렸다. 엄
마가 깊이 잠들어 있기를 바랐다.

　찬장을 하나씩 차례차례 열기 시작했다. 각종 티백과 인스
턴트 커피, 비닐봉지, 간장, 꿀. 그리고 호박즙, 양파즙, 양배추
즙…… 이런 건 냉장 보관 안 해도 되나? 나는 일단 호박즙 다

섯 팩을 챙겼다. 그나마 이게 달짝지근할 테니까. 계속 뒤적였다. 더 자극적인 건 없나. 엄청나게 달고, 짜고, 인공적인 어떤 맛. 이 긴긴밤을 견딜 수 있게 해줄 무엇. 술은 아니었다. 잘 마시는 편이 아니어서 그렇기도 했지만, 술은 언제나 너무 가벼웠다. 내가 원하는 건 묵직함. 몸을 짓누르는 어떤 무게 같은 것.

찬장 한구석에서 조청유과 한 봉지와 진라면 세 봉지, 스팸 세 캔을 발견했다. 나는 그것들을 모두 꺼냈다. 최대한 바스락 소리가 나지 않도록 조심하며 부엌을 빠져나왔다. 하지만 부족하다는 느낌을 지울 수 없었다. 뭔가 더 찾아내야 해. 혓바닥을 씹어 먹고 싶은 기분이 들기 전에, 그걸 바로 입에 쑤셔넣어야 할 테니까.

그때, 어두운 거실에서 불빛이 깜빡였다.

엄마 핸드폰이었다. 이 새벽에 누가 문자를 보내나. 엄마 주변에도 밤을 새우는 사람이 있나? 나는 엄마의 핸드폰을 집어 들었다. 그대로 방으로 돌아왔다. 곧장 라면 세 봉지를 바닥에 내리쳤다. 생라면이 부서지는 소리가 바닥을 울렸다. 라면 봉지들을 겹쳐놓고 주먹으로 두드렸다. 수프봉지를 찾아 찢었다. 매콤하고 고소한 냄새가 코를 확 찔렀다. 침이 고였다. 나는 수프를 재빨리 봉지 안으로 털어넣었고, 손으로 밀봉한 뒤 세차게 흔들었다. 두 번째와 세 번째 라면도 똑같이 만들었다. 이어 봉지를 활짝 뜯어 바닥에 펼쳐놓았고, 그 위에 조청유과를 쏟았다.

후, 이제 시작해볼 수 있겠군.

나는 침대 다리에 등을 기댄 뒤, 우선 호박즙 한 팩을 마셨다. 이어 한 손으로 과자와 생라면을 집고, 다른 손으로는 엄마의 핸드폰을 켰다.

비밀번호가 뭘까.

엄마의 생일을 눌렀다. 0425. 아니었다.

내 생일. 0527. 아니었다.

라면 조각을 입에 넣었다. 수프가 뭉친 부분이 씹혔다. 입안에서 가루가 확 퍼졌다. 나는 콜록콜록 기침을 해대며 다급히 호박즙 하나를 더 뜯었다. 눈에 눈물이 고이고 코끝이 매웠다.

기침을 멈추고 나니 집 안이 유독 더 조용하게 느껴졌다.

숫자를 눌렀다. 1022.

맞았다.

아빠 기일이었다.

막상 확인하고 보니 문자는 별게 아니었다. 어느 쇼핑몰에서 온 할인 쿠폰 문자였다. 하지만 나는 핸드폰을 내려놓지 않았다. 계속 과자를 집어 먹으며 엄마 핸드폰에 설치된 이런저런 어플을 눌렀다. 농협, 국민은행, 신세계면세점, 롯데마트, 버스노선도. 그리고 카카오톡 친구 목록.

이름 옆에 모두 괄호가 있었다. 이일명(요가원), 이순애(채수회), 박영지(프랑스 자수), 김영자(교회)…… 교회? 엄마가 교회를 다니나? 나는 고개를 갸웃거리며 과자와 라면 조각을 입에 잔뜩 욱여넣었다. 친구 목록이 참 길기도 했다. 엄마는 이 사람들을 언제 다 만나고 다니는 거야. 아니, 만날 수나 있나? 오가며 만난 모든 사람들의 번호를 다 저장하는 건가? 뭐 하러? 그 순간, 어떤 이름 하나가 눈에 띄었다.

김재천(채수회 납품).

이 사람이구나. 엄마의 '세미나'에 신선한 야채를 공급해준다는 사람. 아주머니들과 어울리며 이런저런 이야기를 늘어놓는다는 사람. 채식 가게를 운영하고, 아내의 친구 때문에 고민이 있다는 남자.

나는 그의 프로필 사진을 눌렀다. 남자와 여자가 끌어안고 있는 모습이 보였다. 서로의 볼을 맞대고 카메라를 들여다보고 있는 두 사람. 아이도 있었다. 이제 겨우 돌이나 지났을까. 사내아이 같았다. 단란해 보였다. 나는 차분히 여자를 바라보았다. 환한 미소. 통통한 볼과 짙은 쌍꺼풀. 살짝 각진 턱. 숱이 많은 단발머리.

나는 중얼거렸다.

"안녕, 신아야."

핸드폰을 내려놓았다. 과자와 라면을 입에 잔뜩 몰아넣었다. 다 씹기도 전에 삼켰다. 먹을 것들은 눈앞에서 금세 사라졌다. 아쉬웠다. 나는 라면봉지를 반으로 접어 입에 가져갔다. 가루까지 탈탈 털어넣었다. 혀끝으로 잇몸과 치아를 핥았다. 참 뻔했다.

어쩌면 이렇게 모든 것이 예상대로니 신아야. 세월이 이만큼 지났는데 말이야. 너나 나나 참, 어쩌면 이렇게 똑같을 수 있니.

아니지. 나는 아니야. 나는 달라졌어. 너는 모르겠지만 나는 알아.

내가 달라졌다는 걸 말이야. 신아야. 응?

하지만 전혀 변하지 않은 것도 있었다. **이신아는 언제나 내 관심사가 아니었다는 것.** 그랬다.

사실 나는 다른 걸 확인하고 싶었다. 그래서 엄마의 핸드폰을 들고 온 것이다. 이신아의 친한 친구. 이신아가 만사를 제쳐두고 나서 돌볼 사람. 남편까지 신경 쓰이게 만들 사람. 같은 중학교를 나온 친구. 107동에 살던 개.

단 한 사람밖에 없었다.

*

개랑 친했냐고?

세상에 엄마, 나는 해리아를 사랑했어.

*

그 시절 영직동에서 해리아를 모르는 사람은 없었다. 그래. 그랬다. 그녀는 초등학교 6년 내내 단 한 번도 1등을 놓친 적이 없었고, 그 기록은 중학교 3학년 가을까지 계속됐다.

해리아가 모두의 주목을 받았던 건 꼭 성적 때문만은 아니었다. 그녀는 초등학교 6학년 때 키가 이미 167센티미터를 넘어섰고, 몸무게는 50킬로그램이 되지 않았다. 그러나 전혀 병약해 보이지 않았는데, 육상선수처럼 단단하고 날렵해 보이는 종아리 근육 때문이었을 것이다. 실제로 그녀의 특기는 달리기였다. 중학교 1학년 체력장 때, 해리아는 50미터를 7초 30 안에 달렸다. 체육 특기생이 없는 여자중학교에서는 독보적인 기록이었다.

해리아와 다른 반이었을 때, 나는 그녀가 달리는 모습을 몰래 훔쳐보곤 했다. 아니다. 그 모습은 그냥 보여졌다. 해리아는 점심시간에 혼자서 운동장을 달리곤 했으니까. 다른 아이들이 그랬으면 왜 저러나 싶었을 텐데, 해리아가 달리는 모습은 매일 보고 싶을 정도로 근사했다. 그랬다. 마르고 긴 다리로 운동장 저편까지 빠르게 달려가는 그녀를 보고 있으면, 완벽하고 아름다운 존재의 어떤 무언가를 느낄 수 있었다. 때문에 그녀가 가쁜 숨을 내뱉으며 학교 건물로 돌아오는 순간마다, 까무잡잡한 피부에 살짝 맺힌 땀방울이 햇빛에 반사되어 반짝거리는 찰나를 볼 때마다, 나는 그녀에게 매번 조금씩 더 반하곤 했다. 그리고 소원을 빌었다. 다음 해에는 꼭 저 아이와 같은 반이 되게 해달라고. 조금 더 가까이에서 저 애를 지켜보게 해달라고.

중학교 3학년 봄, 해리아가 교실 안으로 걸어 들어왔다.

*

"얘, 지수야."

그래. 해리아가 먼저 내게 말을 걸었다.

*

상대를 똑바로 쳐다보던 검은색 눈동자, 바람에 날리던 짧은 앞머리, 약간 튀어나온 앞니, 매끈한 피부와 눈 밑의 갈색

주근깨, 둥글고 붉은 입술, 마르고 길쭉한 다리. 하얀 양말. 검은색 로퍼. 푸른색 수영복.

뒷모습.

물 위에 가볍게 떠올라, 앞으로 쭉 뻗어나가던 날씬한 뒷모습.

돌이켜보면 해리아는 별로 십대답지 않았다. 대체로 그 나이에는 돋보이고 싶어 하지 않는가. 아이들은 자신이 어떻게 보일지, 남들이 자신을 어떻게 생각할지 고민하고 또 고민한다. 그래서 끝없이 설명한다. 나는 이런 사람이야. 이런 목소리를 가졌어. 나는 좀 특별한 것 같아. 남들과 좀 달라. 그렇지?

해리아는 그런 적이 없었다. 자신이 도드라지는 사람이라는 걸 이미 알고 있었기 때문일까. 오히려 해리아는 늘 경청했다. 그래, 지루하기 짝이 없는 긴 설명들을 말이다. 그리고 모두를 평등하게 대했다. 친절하고 다정하게. 누군가에게 유별나게 굴지 않았다. 물론 가까이 지내는 무리가 있기는 했다. 항상 옆자리에 앉고, 점심을 같이 먹는 아이들. 그러니까 해리아와 같은 교회를 다니는 아이들. **조칠현 교회의 신자들.** 그중에서도 이신아는 해리아의 곁에 조금 더 가까이 붙어 있었다.

하지만 그건 누가 봐도 일방적인 구애였다. 나는 신아가 해리아를 붙잡고 이런저런 이야기를 하는 건 자주 봤지만, 해리아가 먼저 신아를 찾는 건 못 봤다. 해리아는 주위의 모든 아이들을 함께 챙겼고, 무엇이든 다 같이 하려고 했다. 어쩌면 해리아는 '가장 친한 친구'의 자리를 일부러 비워두려고 했던 것 같기도 하다. 이유는 모른다. 마음이 약해서 그랬을 수도 있고, 모두에게 공평해야 한다는 의무감 때문이었을 수도 있다. 어쨌든 해리아를 원하는 아이들에게는 당연히 자극적인 태도였다. 아마 그 때문에 신아가 더 발버둥을 쳤던 것 같고.

나도 자극을 받았다. 언제나 비어 있는 그 자리를 한없이 열망했다. 매일 밤, 내 망상의 대상은 해리아였다. 그 애와 말 한마디 해본 적 없었던 때부터 늘 그랬다. 어느 날, 우연히 해리아가 내 옆에 앉는다. 해리아는 모두에게 친절하지만 사실 말못 할 고민으로 무척 마음고생을 하고 있다. 그녀는 그걸 드러내지 않으려 하지만, 나는 알아챈다. 상상 속의 나는 남들보다 눈치가 빠르고 섬세하니까. 그러나 나는 굳이 아는 척하지 않는다. 대신 무언가를 건네준다. 그 무언가는 매번 바뀐다. 생리대. 수건. 아이스크림. 진통제. 립밤. 아니면 손. 그래. 손을 가장 많이 건넨다. 그리고 해리아는 결국 내 손을 잡는다. 깨닫는다. '얘는 나를 이해하는구나. 드디어 나를 이해하는 사람을 만났구나.' 그렇게 우리는 서로에게 유일한 사람이 된다.

그러나 해리아를 원했던 사람은, 꼭 아이들뿐만은 아니었다.

소문에 의하면 그랬다.

1학년 때인가, 3반인가 7반에서 김이영 선생이 물었다.

"곧 크리스마스인데 너희들 뭘 할 거니?"

조숙한 아이들은 그런 이야기 앞에서 눈치 빠르게 입을 다문다. 이야기를 떠벌려봤자 소문만 이상하게 날 뿐 좋을 게 없다는 걸 알고 있으니까. 목소리를 높이는 쪽은 뭘 모르는 아이들이다. 자신이 하는 말이 무슨 뜻인지도 모르면서, 일단 손을 드는 아이들. 어디서 들어본 단어를 줄줄 읊는 아이들. 관심을 위한 허세. 무지로 다듬은 해맑은 말투.

누군가 외쳤다.

"남자친구 만나야죠!"

아이들 사이에 와락 웃음이 터졌다. 동시에 또 다른 누군가의 목소리가 들려왔다.

"야, 만나서 뭐 할 건데?"

이 순간이 중요하다. 소문의 다양한 버전이 바로 이때 탄생했으니까. 키스라는 단어가 당연히 언급되었고, 여자아이들이 절대 말해서는 안 되는 단어도 등장했다. 몇몇 아이들 사이에서는 와자지껄한 웃음이 흘러나왔고, 어떤 아이들은 질색하는 표정을 지었다. 또 다른 아이들은 귀를 빨갛게 물들이며 눈빛을 주고받았다. 물론 어떤 반응도 하지 않은 아이들도 있었다. 앞에서 무슨 소리를 하든 영어 5형식 구문을 외우던 안지연 같은 아이들.

교실이 시끄러워졌다. 김이영 선생은 출석부로 교탁을 두드리며 조용히 하라고 소리쳤다. 하지만 화를 내지는 않았다. 다른 선생님들 같았으면 그런 '상스러운' 말을 한 아이를 따로 불러내 준엄하게 꾸짖었을 것이다. 하지만 김이영 선생은 달랐다. 별소리를 다 한다는 듯 살짝 미소를 지으며 그 말 자체를 무시해버렸다. 의미 없는 말로 만들어버렸다. 그리고 곧장 수업을 시작했다. 안지연도 영어 교과서를 집어넣고 체육 책을 폈다. 교실은 그렇게 잠잠해졌다.

실제로 김이영 선생은 화를 낸 적이 별로 없다. 그녀는 언제나 이성적인 편이었다. 잘못한 일에 대해서만 냉정하게 지적했고, 감정적으로 목소리를 높인 적이 없었다. 사실 그녀는 굳이 목소리를 크게 낼 필요가 없는 사람이기도 했다. 뭐라고 해야 할까. 사람을 주눅 들게 만드는 분위기를 가지고 있었다. 딱 벌어진 어깨와 근육질의 다리. 냉정해 보이는 입매와 시선. 날카로운 하이 톤의 목소리. 보기 드문 여자 체육 교사여서 그랬을까. 아니면 도 대표 수영 선수였다는 이력 때문에 그랬을까. 아니면 학교에서 가장 젊은 교사여서? 박사 과정을 밟고 있는 중이어서? 물론 그런 것들이 어느 정도는 다 영향을 미쳤을 것 같긴 하다. 하지만 내 기억에 그녀는 그냥 어려운 사람이었다. 그래, 무섭다기보다는 어쩐지 대하기 어려운 사람. 심기를 거스르면 안 될 것 같은 사람. 자꾸만 눈치를 보게 만드는 사람.

며칠 후, 김이영 선생이 또 물었다.

"그럼 너희들은 크리스마스 선물로 뭘 받고 싶니? 너희 또

래는 뭘 원하나?"

아이들이 웅성거렸다. 온갖 것들이 다 쏟아져나왔다. 불경한 단어들이 또 등장했다. 진짜 욕심이 스며들어 있는 외침도 쏟아졌다. 선물보다는 같이 밥을 먹고 싶은데요! 영화를 보고 싶어요! 로맨스! 아니, 그래도 선물이지. 크리스마스잖아. 나는 목도리! 아디다스! 워크맨! 시디플레이어! 물론 그걸 이미 가지고 있는 아이들도 있었다. 그러니까 다른 동네 아이들. 학군 뺑뺑이를 돌리는 바람에 우연히 이 중학교에 입학하게 된 아이들. 영직동에 살지 않는 아이들. 다른 동네 아이들. 신상 교복을 입고 이미 워크맨을 갖고 있는, 비싼 학원에 다니는 아이들. 전교 30등까지 차례차례 차지하고 있던 아이들. 하지만 그들도 그날은 비슷했다. 원하는 걸 외쳤다.

불경한 단어? 어쩌면 그들이 먼저 말했을지도 모른다. 그러고 보니 그중 한 명이었던 Q는 훗날 유명한 문화평론가가 되었고, 언젠가의 팟캐스트에서 말했다. 졸업한 중학교와 그 주변 동네를 무척 싫어했다고 말이다. '부끄러운 말이지만 그건 가난과 계급을 향한 정말 순수한 혐오였어요. 그 경험이 지금의 저를 만들었죠.'

아수라장이 된 교실 속에서 누군가 외쳤다.

"지갑이요!"

김이영 선생이 대답했다.

"지갑? 그거 좋네. 무슨 색?"

"당연히 빨간색이죠. 크리스마스잖아요."

김이영 선생이 웃었다. 기분이 좋아 보였다. 정답을 찾았다는 듯한 표정이었다. 며칠 뒤, 해리아가 빨간색 지갑을 들고 학교에 왔다. 해리아는 이른 크리스마스 선물을 받았다고 했다. 누구의 선물인지는 말하지 않았다. 이후 소문이 났다. 그 소문의 여러 버전에서, 한 가지 부분만은 동일하다. 해리아의 빨간색 지갑. 붉은 지갑을 꼭 끌어안고 있는 해리아.

그 소문의 의미를 굳이 다 설명할 필요는 없을 것 같다.

물론 김이영 선생은 당연히 해리아를 예뻐했다. 하지만 모든 선생들이 다 해리아를 귀여워했다. 전교 1등을 예뻐하지 않는 교사도 있나? 만일 귀여워하지 않는다면…… 글쎄, 아마 그 교사는 외면이라는 방식으로 자신의 관심을 드러낸 거겠지. 적어도 내가 겪은 교사들은 다 그랬다. 그러니까 김이영 선생은 그중 한 명이었을 뿐이다. 심지어 해리아는 운동을 잘했다. 발이 빠르고 순발력도 좋았다. 언젠가 배구 수업을 하는 날이었다. 선생이 서브를 넣으면, 건너편의 다른 아이들이 공을 받아서 선생 쪽으로 넘기는 게 규칙이었다. 해리아가 속한 조의 차례가 되었다. 수업이 진행됐다. 그런데 갑자기 선생이 호루라기를 불더니 이렇게 말했다.

"조장 빼고 다 옆으로 가서 엎드려뻗쳐."

왜? 조장인 해리아만 편애해서? 아니었다. 다섯 명의 아이들 중 선생이 서브한 공을 받기 위해 여기저기 열심히 뛰어다닌 학생이 오직 해리아밖에 없었기 때문이었다. 다른 아이들은 그 자리에서 적당히 움직이며 공이 오가는 걸 쳐다보기만 했다. 그래서 선생은 다른 아이들에게만 벌을 준 것이다.

물론 편애인지 아닌지 애매하게 행동한 적도 있긴 있었다.

해리아가 생리통으로 힘들어하자 먼저 나서서 쉬라고 말했을 때, 체육부장도 반장도 아닌 해리아에게 시험 범위를 알려주며 학생들에게 전달하라고 했을 때, 어쩐지 1시간 내내 해리아만 바라보면서 수업을 하는 것 같을 때.

그런 순간들.

그래, 있긴 있었다. 때문에 그 소문의 저의는 아주 명백했다. 김이영 선생의 딱 벌어진 어깨와 해리아의 날씬한 종아리를 연결시켜 만들어낸 어떤 이미지. 해리아의 낮은 중저음과 김이영 선생의 또랑또랑한 목소리가 뒤섞이는 순간을 비집고 들어간 어떤 욕망. 음험하고 비밀스러운 목표. 비밀. 환상. 그리고 비아냥도 숨어 있었다. 그러니까 조칠현 교회를 향한 어떤 조롱. 아! 여기서 Q의 표현을 인용해도 좋을 것 같다. 혐오. 그래. 진짜 혐오. 모태 신앙이고, 엄마가 교회에서 주요 직책을 맡고 있으며, 본인도 조칠현 교리공부 모임의 일원이면서, 교회 밖에서는 믿음에 대한 이야기를 단 한마디도 꺼내지 않는 여자아이에 대한 혐오. 교회에서 그렇게 중요한 역할을 맡고 있으면서, 영직동을 우스꽝스럽고 한심하게 만든 교회의 신자인 걸 드러내지 않는 여자아이에 대한 혐오. 조칠현에게 세뇌되고 그가 판매하는 샘물에 중독되었으면서, 그렇지 않은 척하는 여자아이에 대한 혐오. 공부 잘하고 선생님들에게 사랑받아봤자, 조칠현 교회의 신자에 불과한 소녀에 대한 비웃음.

그래봤자, 인생 뻔하지.

그 시절 우연히 본 어떤 영화에 이런 대사가 나온다.

왜 너만 빠져나가려고 하지?

단언컨대 만일 해리아가 조칠현 교회의 다른 아이들처럼 자신의 신실함을 드러냈다면 김이영 선생과 그렇고 그런 사이라는 소문은 없었을 것이다. 나는 확신한다. 해리아가 다른 교회의 아이들에게 "너는 지옥에 갈 것이다"라고 이야기하고, 언젠가 자신도 조칠현 목사님이 지정해주는 남자와 결혼할 거라 말하고 다녔다면, 그리고 이 모든 건 "나의 의지야"라고 말했다면, "내 힘으로 천국을 선택했어"이런 말을 하고 다녔다면, 절대로 그런 소문은 나지 않았을 것이다.

사람들은 왜 동경하는 만큼 사랑하고, 사랑하는 만큼 질투하고 증오할까. 그래서 갖고 싶어 하고, 가질 수 없으면 부숴버리고 싶어 하고. 불쌍해하다가 미워하고, 안타까워하다가 꺾어버리고 싶어 할까. 그들에게 김이영 선생은 해리아에게 딱 어울리는 상대였다. 갈색 눈동자의 그 여자 역시, 그 시절 '우리'가 원했던 아름다움, 그러니까 날씬하고, 이목구비가 뚜렷하고, 활발하지만 고분고분한 성격. 어떤 야심도 드러내지 않으나 적당히 뭐든 잘하는 다소곳한 재능. 그런 것들로부터 완전히 멀리 떨어져 있는 것 같았으니까.

저 여자는 왜 저렇게 튀는 거야?

하지만 김이영은 그런 반감 어린 시선에 별로 콤플렉스를 느끼는 것 같지도 않았다.

그러니까 거슬렸겠지. 그래. 나도 그랬다. 화가 났다. 그러나 공교롭게도 나는 어떤 의미를 알아차려서 그런 게 아니었다. 나는 뭘 모르는 아이 쪽에 속했으니까. 나는 그저 해리아를 원하는 사람이 한 명 더 있고, 그 사람이 하필 교사라는 사실이 너무 싫었다. 해리아에게 특별한 의미를 지닐 수 있는 사람은, 눈에 띄지 않는 조그마한 여자애보다는 운동과 지식을 가르쳐주는 김이영 선생님이었을 테니까.

하지만 결국 나는 김이영 선생에게 감사하게 된다.

그리고 아주 오래도록 증오하게 된다.

4

딱 한 번, 김이영 선생을 다시 본 적이 있다. TV 채널을 돌리다 우연히 본 다큐멘터리에서였다. 프로그램 제목은 '부상당하는 아이들'이었다. 스포츠 선수로 훈련을 받는 아이들이 어떤 경위로 부상을 당하고 선수를 그만두게 되는지, 그 이후의 삶은 어떤지를 다룬 다큐멘터리였다. 지나치게 혹독한 경쟁과 욕심 많은 어른들, 특히 학부모의 과욕에 대해 날카롭게 지적했는데, 인터뷰 장면에서 전문가로 등장한 사람이 바로 김이영 선생이었다. 조금 나이가 들긴 했지만 여전히 그녀다웠다. 넓은 어깨, 날카로운 눈빛, 또랑또랑한 목소리. 다가가기 어려운 사람 특유의 냉정한 분위기. 그녀는 수도권 인근 대학의 스포츠 관련 학과의 교수로 재직 중이었다. 인터뷰에서 김이영 선생은 부상을 입은 아이들이 느끼는 절망감을 분석해 설명했고, 지나친 경쟁을 부추기는 스포츠계의 관행에 대해 지적하며 아이들을 보호할 방안을 마련해야 한다고 주장했다.

아이들.

그녀가 그 단어를 발음하는 순간, 열여섯 살 때의 풍경이 떠올랐다.

그래. 아이들에게 둘러싸여 있던 김이영 선생.

그해 그녀는 우리에게 수영을 가르쳤다.

그녀는 많은 사람들, 그러니까 학부모, 교장, 교감, 수영복을 입는 게 죽기보다 싫었던 아이들, 그러니까 나 같은 아이들의 반대를 무릅쓰고 전교생에게 수영을 가르쳤다. 일주일에 두 번. 그리고 하루에 두 반씩. 돌이켜보면 정말 대단했다. 그녀는 대략 60명의 아이들을 대형 버스에 태워 수영장으로 데려간 뒤 물에 뜨는 법을 가르쳤고, 다리를 움직여 앞으로 나아가게 했다. 애들아, 다리를 더 빨리 움직여! 발목을 쓰지 마. 허벅지 힘으로 물을 누른다고 생각해! 몸의 힘은 빼고! 그래, 그렇게 앞으로 가는 거야. 더 빨리 갈 수 있어.
무서워하지 마, 애들아. 너희 힘으로 다 할 수 있어.
해낼 수 있어.

참 알 수 없다. 처음에는 다들 분명 질색했다. 여자 선생님이 여자인 우리를 더 이해하지 못한다고 원망했다. 어떻게 우리에게 서로의 알몸을 보게 할 수 있어? 어떻게 친구 앞에서 이런 끔찍한 몸뚱이를 그대로 드러내게 할 수 있어? 하지만 시간이 지날수록 수영장에 가는 일이 당연하게 여겨졌다. 아니, 수영장 가는 날을 기다리게 되었다. 서로의 알몸을 보고, 웃고 감탄하고, 혹은 놀려대고. 그러다 서로의 다리를 붙잡아주고, 물속에 잠겼다 떠오르며 환호성을 질렀다.

와, 뜬다! 떠! 굉장하다! 시원해! 정말 시원해!

그리고 10월 26일. 시험을 봤다.

그날 김이영 선생은 냉정한 표정을 유지하지 못했다. 나는 기억한다. 그녀의 갈색 눈동자에 놀라움이 가득 차고, 곧 이어 공포와 절망이 깃들던 그 순간을.

나는 지금도 가끔 그 눈동자를 꿈에서 본다.

때문에 늘 궁금했다. 이신아와 안지연이 아니라, 김이영 선생이 궁금했다. 교사를 그만둔 후 선생은 어디서 무엇을 하고 있을까. 나는 그녀가 불행하기를 바랐다. 모두 그녀 탓이라 생각했으니까. 그녀가 굳이 수영 수업을 고집하지 않았더라면,

다른 학교 체육 선생님들이 그러듯 적당히 줄넘기나 달리기로 실기 시험을 봤더라면, 우리에게 뭔가를 가르쳐주려고 노력하지 않았더라면, 그 사고는 일어나지 않았을 텐데. 너희들도 무엇이든 할 수 있어. **자유로워지렴.** 이 물속에서처럼. 그따위 꿈을 심어주지 않았더라면 좋았을 텐데. 하지만 사실 나는 알고 있었다. 그녀는 호루라기를 불었을 뿐이고, 사고는 25미터 끝에서 벌어졌다. 그때 그 자리에서 김이영 선생이 할 수 있는 건 아무것도 없었다.

해리아 옆에 있던 사람은 나였다.

"야! 박지수 뭐 해! 도와줘! 도와주란 말이야!"

신아가 내게 외쳤다. 나는 그 소리를 들었다. 하지만 움직이지 않았다. 손을 뻗으면 바로 닿을 거리에 해리아가 있었는데 나는 그대로 있었다. 몸을 축 늘어뜨린 채 물 위에 둥둥 떠 있는 해리아의 뒷모습을, 그저 바라보고만 있었다. 물에 잠긴 해리아의 얼굴에서 붉은 피가 흘러나왔고, 푸른 물속으로 서서히 번져나갔다. 핏물이 불룩한 내 배에 와 닿았다. 띠를 그리듯 내 몸 주위를 둥글게 에워쌌다. 나는 몸을 웅크렸다. 물속으로 더 들어갔다. 그러자 핏물이 마치 날개처럼 내 등 뒤로 쭉 번져나갔다.

뭐 해! 너 뭐 하는 거야! 박지수! 빨리 잡아! 어디든 잡으란

말이야! 머리가 멍했다. 축 늘어진 해리아의 몸. 수영장 끝에서 달려오던 김이영 선생. 그녀의 하얗게 질린 얼굴. 갈색 눈동자. 그 뒤를 따라오던 이신아. 사람들이 해리아를 물 밖으로 끌어냈다. 신아가 해리아의 손을 잡았다. 추웠다.

*

다큐멘터리에서 김이영 선생은 말한다.

"사고는 어떤 방식으로든 아이에게 영향을 미치게 됩니다. 아이는 자신이 실패했다는 좌절감에 시달리고, 목표를 잃어버려 방황하죠. 체계적인 상담과 관리가 필요합니다. 아이들이니까요."

*

다친 사람은 내가 아니었다. 실패한 사람 역시 내가 아니었다. 내게 일어난 사고가 아니었다. 내가 겪은 일이 아니었다.

*

이후 나는 영직동에서 멀리 떨어진 고등학교에 지원했다.

학교까지 가는데 버스로 1시간 10분이 걸렸다. 부모님과는 상의하지 않았다. 내가 일방적으로 내린 결정이었다. 중학교 동창들이 거의 없는 학교에 다니고 싶어서 그랬다. 수군거림이 조금이라도 덜 들리는 곳에 가고 싶었다. "그 돼지 같은 년은 개가 죽든 말든 신경도 쓰지 않더라고. 그렇게 친한 척하더니." 어차피 부모님도 나와 상의하지 않고 '우리 집'을 남에게 내주지 않았던가. 나는 어떻게든 동네를 벗어나고 싶었다. 벗어나야 했다. 중학교가 바로 앞에 있는 동네. 해리아가 살고 있는 107동이 있는 동네. 다시 시작하고 싶었다. 새것을 갖고 싶었다. 그 어떤 기억에도 사로잡히기 싫었다. 하지만 내 몸은 영직동에 묶여 있었고, 거대하고 뚱뚱했으며, 매일 해리아가 나오는 꿈을 꿨다. 축축하게 젖은 몸. 물 위에 둥둥 떠오른 몸. 그걸 바라보기만 하는 나.

그래서 공부를 했다. 방법은 그것뿐인 것 같았다. 대학을 다른 지역으로 가는 것. 아예 떠나버리는 것. 나는 두 시간 가까이 되는 등하굣길에 영어 단어를 외웠고, 역사 연표도 외웠다. 외울 수 있는 건 다 외웠다. 수학 공식도 외우고, 영어 제5형식 구문도 외웠고, 도덕 개념도 외우고, 시도 외웠다. 그리고 첫 중간고사 때, 중학교 때와는 비교할 수 없을 정도로 높은 성적을 받았다. 신이 났고, 동시에 초조했다. 어쩌면 정말로 여기를 떠날 수 있을지도 모른다. 그러나 이 정도 가지고는 떠날 수 없을 것이다. 그래서 나는 계속 외웠다. 그렇게 교과서를 이 잡

듯이 뒤지며 중얼중얼 외우고 있다 보면 시간이 뭉텅이로 사라져 있었다. 나쁘지 않았다. 옛 기억은 희미해지고, 새로 외운 것들은 뚜렷해졌으니까. 아니, 외우고 있는 동안에는 다른 생각이 떠오르지 않았으니까. 하지만 한계가 있었다. 나는 같은 문제를 틀리고 또 틀렸다. 이해를 못하는 문제는 계속 이해하지 못했다. 그때마다 나도 모르게 해리아를 떠올리곤 했다. 세상에, 너는 이걸 어떻게 다 그렇게 쉽게 해냈을까. 아무리 노력해도 해리아를 넘어설 수 없을 것 같았다. 슬프거나 억울하지는 않았다. 해리아는 내 목표가 아니었으니까. 나는 그저 악착같이 외운 것들이 고스란히 머릿속에 남아 있기만을 바랐다. 내가 공부하는 방식이 그랬기에, 알고 있는 방법이 그것밖에 없었기에, 언제나 시간이 금이었다. 나는 시험 기간에 저녁을 몇 번 건너뛰었다.

그래. 그렇게 시작되었던 것 같다.

성적은 오르지 않았지만 살이 빠졌다. 그때 처음으로 깨달았다. 아, 성적을 올리는 건 어렵지만, 몸을 다루는 건 쉽구나. 한번 굶고 두 번 굶으면, 원하는 숫자가, 금방 나타나는구나. 적어도. 내 몸은, 내가 마음대로 할 수 있구나.

*

그래, 다친 사람은 내가 아니었다. 실패한 사람 역시 내가 아니었다. 내게 일어난 사고가 아니었다. 그러니까 나는 좌절하고 방황하고, 어떤 영향을 받을 자격이 없었다.

*

대학교 3학년, 국어국문학과 수업에서 나는 이런 내용의 글을 썼다.

〈안티오페와 힐라리아〉

아주 옛날, 어느 왕국에 자매가 살았다. 두 사람은 무척 가난했으나 사이가 매우 좋았다. 다만 안티오페는 못생겼고 힐라리아는 아름다웠다. 그들은 똑같이 낡은 옷을 입었고, 똑같이 오래된 신발을 신었으며, 얼굴에는 늘 호숫가의 진흙이 묻어 있었다. 두 사람은 하루 대부분을 호수에서 보냈다. 왕국과 이웃나라의 경계에 있는 크고 깊은 호수였다. 왕국에는 이런 전설이 내려왔다. 오직 자신의 힘으로, 두 팔과 두 다리로 호수를 건넌 이에게는 자유가 주어진다고. 이웃나라에서 영생을 누리게 된다고. 그러나 지금껏 그 일을 해낸 사람은 없다고. 어떤 남자도 그 일을 해내지 못했다고. 자매는 결심했다. 우리가 전설의 주인공이 되자. 그리하여 자매는 대부분의 시간을 호수에서 보냈다. 그들은 물속에서 빨리 헤엄치기 위해서는 허벅지가 두껍고 탄탄해야 한다는 걸 알았다. 호흡을 멈추고 기다릴 줄 아는 인내심도 중요했다. 자매는 허벅지 근육을 강화하기 위해 밤낮으로 집 주변을 달렸고, 남자들의 운동을 몰래 따라했다. 물속에서 서로의 다리를 잡아주며 자세를 봐줬다. 매해 그들은 조금씩 더 멀리 헤엄쳤고, 오래 잠수했다. 조금만 더 하면, 정말 조금만 더 노력하면 건너편에 다다를 수 있을 것 같았다. 그때 힐라리아에게 혼담이 들어왔다. 안티오페에게는 들어오지 않았다.

자매는 태어나서 처음으로, 세상이 두 사람을 다르게 대한다는 걸 알았다. 안티오페는 신경 쓰지 않았다. 힐라리아에게 부유한 상인의 청혼이 들어오고 안정된 생활에 대한 이야기를 하는 사람들이 많아졌다는 걸 알았지만 정말로 개의치 않았다. 안티오페는 자매를 믿었다. 오래된 꿈보다 중요한 게 어디 있단 말인가. 하지만 어느 날부터 힐라리아는 호수를 찾지 않았다. 그녀는 자신에게 구애한 남자들을 모두 다 만났고, 그들의 건강과 재력을 꼼꼼하게 평가했다. 힐라리아가 없는 시간 내내, 안티오페는 혼자 호수에 들어갔다. 헤엄쳤고, 물속에서 숨을 참았다. 그리고 알아차렸다. 혼자서는 절대로 호수 끝까지 가지 못하리라고.

결국 안티오페는 평범한 농부와 결혼했다. 농부는 솜씨가 좋지 못했다. 수완이 뛰어나지도 않았다. 그래서 그들은 왕국에서 가장 가난한 마을에 터를 잡고 살았다. 딸을 하나 낳았다. 딸의 인물 역시 좋지 못했다. 덩치가 컸다. 그들은 좁은 집에서 매일 서로의 얼굴을 보며, 지겨워하고 답답해하고 미워하다가, 끝내는 어쩔 수 없이 의지했다. 살아가려면 그럴 수밖에 없었다. 그러는 내내 안티오페는 단 한 번도 호수를 떠올리지 않았다. 그럴 겨를이 없었다. 한때 그 호수를 건너는 꿈을 가졌다는 걸, 그러기 위해 온 힘을 다한 적이 있었다는 걸 기억하지 못했다. 대신 딸에게 신경을 썼다. 그 아이의 인생은 자신과 조금 다르기를 바랐다. 그래서 안티오페는 남편과 의논했고 중대한 결정을 내렸다. 단 하나. 아이가 진심으로 원하는 것 한 가지를 무조건 해주리라. 딸은 무엇을 원했는가.

왕국을 떠나고 싶다고 했다.

기회가 많고 자유로운 이웃나라로 떠나고 싶어 했다. 안티오페와 농부는 고개를 끄덕였다. 그동안 조금씩 모은 저축금으로 이주비를 마련했다. 하지만 조금 부족했다. 그래서 안티오페는 힐라리아를 찾아갔다. 낯선 일은 아니었다. 안티오페는 힐라리아에게 돈을 자주 빌렸다. 힐라리아의 삶은 안티오페와 달랐으니까. 그녀는 부유한 상인과 결혼했다. 여유 있는 삶을 살았다. 덕분에 힐라리아는 주변을 둘러볼 수 있었다. 부모님의 생활을 도와주었고, 급작스럽게 찾아오는 친척들에게도 도움을 줬다. 그렇다고 해서 힐라리아의 삶이 늘 평안했던 건 아니다. 힐라리아는 까다로운 시부모님과 함께 살았다. 남편의 친구들, 주변 여인들에게 따돌림을 당했다. 그들은 힐라리아에 대해 서슴없이 이야기했다. 가난한 집 출신의 촌부라고 했고, 얼굴 어딘가를 마법으로 손봤을 것이라고도 했다. 게다가, 힐라리아의 자매가 누군지 알아? 안티오페야. 가난한 동네에 사는 못생긴 여자. 그 여자의 딸도 못생겼지. 그러니까 힐라리아가 누리는 모든 건 다 운이야. 그런 이야기를 전해들을 때면, 힐라리아는 늘 호수를 떠올렸다. 얼마나 원했던가. 얼마나 갈망했던가. 오직 자신의 힘으로 그 넓은 호수를 건너가기를. 돌이켜보면 물속에 있을 때 힐라리아는 늘 행복했었다. 물속에 있을 때만 가장 자신다웠다. 하지만 결국 그녀는 여러 남자들 중 한 명을 골랐다. 그것이 호수를 건너가는 일보다 쉽다는 걸 알았으니까. 그리고 힐라리아는 아이를 가지지 않았다. 어떤 열망을 가진 존재를 이 세상에 또 내놓고 싶지 않았다. 그녀는 삶에 초연했고, 지난날을 쓸쓸하게 추억하며 살았다. 아름다움을 누리면서. 그런데 안티오페를 만나자 갑자기 화가 치밀었다. 자매가 너무 미웠다. 항상 돈이 없다고 했으면서. 그래서 친정을 도와줄 돈이 없다고 했으면서. 빌린 돈을 갚은 적도 없으면서. 애를 다른 왕국으로 보내겠다고? 그 아이를 다른 나라로 보낼 돈을 빌려달라고? 심지어 조카는 아름답지 않았다. 덩치가 컸다. 저런 못생긴 년에게 왜 기회를 줘야 하지? 힐라리아로 태어난 자신도 꿈을 접었는데, 감히 조카가? 안티오페의 딸이? 화를 참지 못한 힐라리아는 돈을 빌려줄 수 없다고 말했다. 그리고 안티오페가 보는 앞에서 조카에게 말했다. "얘 조카야. 세상이 많이 달라졌구나. 있는 집 아이들은 검소하게 살고, 없는 집 아이들은 하고 싶은 걸 다 하고 사는구나." 조카가 힐라리아를 바라봤다. 그때 힐라리아는 처음으로 알았다. 조카의 눈동자는 갈색이었다. 아주 오래도록 기억하게 될, 엹은 빛깔의 눈동자. 이후 안티오페는 힐라리아를 찾아오지 않았다. 힐라리아는 자매에 대한 어떤 소식도 듣지 못했다. 조카가 왕국을 떠났는지, 아니면 남게 되었는지, 누구도 그녀에게 알려주지 않았다. 그러던 어느 날 힐라리아는 산책을 나갔다. 오래도록 걸었다. 그리고 호수에 다다랐다. 믿을 수 없었다. 아주 조금, 조금만 노력하면 건너갈 수 있을 것 같았던 그 호수가 이제는 너무나도 깊고 넓었다. 이제 그녀의 허벅지는 얇고 가느다란 나뭇가지 같았다. 걷는 것조차 힘들었다. 누가 그녀를 아름답다 했나. 대체 아름다움이란 무엇인가. 그 순간, 그녀는 아주 저 멀리 헤엄치고 있는 누군가를 목격했다. 누구일까. 조카일까. 아니면 혹시 안티오페일까. 저 사람은 왜 저렇게, 끝까지 포기하지 못하는 것일까. 힐라리아는 그를 지켜보며 아주 오래도록, 그 자리에 서 있었다.

"자, 이 소설에 대해 한번 이야기해볼까요?"

강사가 입을 열었다. 학생들 중 아무도 입을 열지 않았다. 다른 소설에 대해서는 열정적으로 의견을 제시하던 학생들이 마치 약속을 한 것처럼 말이 없었다. 전공생 소설이 아니라서 그런가. 아니면 너무 처참하게 형편없어서 그런가. 아무튼 민망했다. 욕을 해도 상관없으니 누구든 제발 무슨 말이든 해줬으면 했다. 학기의 반이 지난 때였는데, 그제야 수강 취소를 하지 않은 게 후회됐다. 그렇다고 해서 딱히 전공 수업이 그립지는 않았다.

"너는 뭐든 잘 외우는 편이잖니. 가서 사법고시나 행정고시에 도전해봐라."

담임 선생님의 그 말에 나는 별생각 없이 성적에 맞춰서 법학과에 진학했고, 바로 고꾸라졌다. 일단 전공 내용이 너무 어려웠다. 이해가 잘 안 됐다. 그런데 외울 것도 많았다. 언제나 내 한계를 넘어서는 분량이 주어졌다. 그래도 했다. 해야 하니까 했다. 영직동을 벗어난 게 어디냐 싶어서 했다. 공부하지 않으면 낙향하게 될 것 같아서 열심히 했다. 그럴 수밖에 없는 분위기이기도 했다. 선배와 동기, 후배들까지 모두 시험을 준비했다. 몇 명은 이미 7급 이상의 시험에 합격하거나 공기업에 취직했다. 행정고시에 합격한 선배들의 소식도 간간히 들려왔다. 어떤 동기는 조기 졸업하고 로스쿨에 간다며 계절학기 수업까지 꽉꽉 채워서 들었다. 쫓기는 기분이었다. 어서 나도 시험을 봐야지. 무슨 시험을 볼지는 모르겠지만, 아무튼 합격하긴 해야지. 행정고시? 그냥 9급 시험을 볼까? 그러나 솔직히, 합격할 자신이 없었다. 그리고 알고 있었다. 장학금을 받고 이 대학에 진학한 것 자체가 이미 나의 최선이었다는 것을. 영직동을 떠나겠다는 목표가 있었던 시절과 달리, 대학 때는 아무 생각이 없었다. 아, 밥을 굶는 것. 조금 먹고 많이 움직이는 것. 그래서 절대 살이 찌지 않게 하는 것. 그건 잘했다. 때문에 그 외에는 아무것도 의미 있게 다가오지 않았다. 궁금했다. 다른 사람들은 자신의 재능을 어떻게 알아차리는 걸까. 자신이 뭘 잘하고, 뭘 좋아하는지 어떻게 아는 거지? 그렇게 2년을 버티자 너무 지쳤고, 좀 쉬고 싶었다. 하지만 휴학하면 턱걸이로 간신히 받은 학기 장학금이 취소될 거라고 했다.

*

그러니까 딱히 소설을 쓰고 싶었던 것도 아니고, 문학에 관심이 있었던 것도 아니다. 도망친 것이다. 전공 수업을 하나라도 빼고 싶어서, 다른 학과 시간표를 뒤적이다 발견한 과목이었다. 소설을 읽고 쓰는 수업이라고 해서 바로 신청했다. 박지수가 저지를 법한, 그냥 뻔한 일이었다. 뭘 원하는지도 모른 채, 그저 벗어나기만을 원하고 그렇게 달아나지만, 그곳에서도 답을 찾지 못한 채 멍하니 앉아 있는 것. 할 줄 아는 것이라고는 그저 굶는 것. 나를 굶기며 살아 있다는 자극을 받으며, 남몰래 안도하는 것.

"그런데 왜 이름이 안티오페와 힐라리아인가요?"

누군가의 목소리가 들려왔다. 나는 고개를 들었다. 건너편에서 갈색 로퍼를 신은 여학생이 나를 바라보고 있었다. 나는 대답했다.

"어릴 때…… 좋아했던 인물들의 이름을 빌려왔어요."

"어디서요? 하필이면 왜 그 인물들의 이름을 빌려오신 거예요?"

여학생은 정말로 궁금하다는 듯 물었고, 나는 얼굴이 살짝 뜨거워졌다. 그래도 대답했다.

"어떤 소설의 주인공들이었어요. 저는 소설을 처음 써봤는데…… 뭘 어떻게 해야 할지 모르겠더라구요. 그래서 그 이름들을 빌려왔어요. 저에게 중요한 인물들인 것 같아서…… 그들을 통해 제 기억의 어떤 부분을 떼어내보고 싶었습니다."

여학생이 눈을 깜빡였다. 흥미로워하는 것 같았다. 수업의 그런 부분이 재미있긴 했다. 누군가의 이야기에 세밀하게 관심을 갖는 것. 어떤 의미가 있는지 알아내려 하고, 새로운 의미를 부여하며 진지하게 고민하는 것. 나는 단 한 번도 내 이야기에 어떤 의미가 있을 거라 생각해본 적이 없었다. 아니, 나의 이야기라는 게 있을 거라는 생각조차 해본 적이 없었다. 하지만 그 수업의 첫날, 강사는 사람들은 모두 자신만의 이야기를 갖고 있다고 말했다. 슬픈 일, 기쁜 일, 잊을 수 없는 일. 그냥 스쳐지나간 일. 모두 고유한 이야기다. 몇 발자국 떨어진 곳에서 그 순간을 바라보는 일. 이야기는 거기에서 시작된다. **나에게서 나를 떼어놓으면 자유로워진다.** 그 말 때문에 나는 그 수업에 남았다. 그리고 로퍼를 신은 여학생은 내게 또 묻고 있었다.

"그럼 이 소설이 바라보고 있는 건 뭐예요?"

그때 강사가 끼어들었다.

"그 지점이 바로 우리가 읽어내야 하는 부분이겠죠."

여학생이 고개를 끄덕였고, 수업의 방향은 아주 자연스럽게 소설의 의미에 관한 내용으로 넘어갔다. 내 소설에 대해서는 별말 없던 학생들이 그에 대해서는 적극적으로 의견을 내놓았다. 소설의 조건, 독자의 참여, 해석의 자유, 소설과 독자의 거리. 작가와 소설의 거리. 뭐 그런 말이 오갔던 것 같다. 나는 무슨 말인지 거의 알아듣지 못했지만, 실제로는 꽤 적극적으로 그 수업에 참여하고 있었다. 혼자 곰곰이 생각했던 것이다. 내가 전달하려 했던 건 무엇일까. 안티오페와 힐라리아는 왜 내 마음에 남아 있을까. 왜 그 이름을 쓰고 싶었던 걸까. 왜 그들을 나로부터 떼어내서, 멀고 먼 왕국에 세워두었을까. 혹시 내가 떼어낸 인물들이 또 있을까. 나도 모르는 사이에, 내 안에서 훅 떨궈져 나온 인물이 있을까. 그렇게 나동그라진 인물은 대체 누구일까. 매일 거울 앞에서 살이 쪘는지 안 쪘는지 확인하는 사람일까. 배가 고파 밤을 새우고, 아침이 올 때까지 잠을 자지 못하는 사람일까. 꿈속에서 여전히 갈색 눈동자를 보고, 그 꿈을 꾼 날이면 베개에 얼굴을 묻고 우는 사람일까. 그러다 입안 어딘가를 깨물고, 오래전의 피비린내를, 락스 냄새와 뒤섞인 그 냄새를 기억하는 사람일까.

그날 수업이 끝난 후 어떤 학생이 내게 다가왔다. 그는 내 소설이 좋았다고 말했다. 기회가 없어서 발언하지 못했다고, 수업 흐름이 갑자기 바뀌어서 어쩔 수 없었다며 미안하다고 했다.

나는 물었다.

"뭐가 좋았는데요?"

그가 진지한 목소리로 대답했다.

"마음이 느껴져서 좋았어요. 굉장히…… 생생했어요."

"어디가요?"

"과거로 돌아가고 싶다는 구절이요."

"그래요?"

"네. 그때를 그리워한다기보다는, 뭐랄까요. 모조리 다 없애 버리고 싶어 하는 그런 충동 같은 게 느껴졌거든요. 새로운 시간을 간절히 원하는 마음이 느껴졌어요."

나는 말없이 가만히 서 있었다. 기분이 나빠서가 아니었다. 오히려 그 반대였다. 깨어나는 기분이었다. 강사는 말했다. 누구나 고유한 이야기를 갖고 있다고. 그리고 이 사람은 나의 고유한 이야기를 알아챘다. 글을 쓴 나는 전혀 몰랐는데, 이 사람은 알았다. 읽었다. 그리고 그걸 어떻게든 말하고 싶어 했다. 나를 봐요. 나는 읽을 줄 아는 사람이에요. 당신이 매번 새로 시작하고 싶어 하는 사람이라는 걸, 새로운 사랑을 갈구하는 사람이라는 걸 알아요. 그러나 돌이켜보면, 그는 다른 것들은 눈치채지 못했던 것 같다. 내가 사랑을 잊지 못하는 사람이기도 하다는 것. 그 기억을 절대 버리지 못하고, 벗어나지 못하는 사람이라는 것까지.

하지만 놀랍게도 나는 그 사람 덕분에 고시 준비를 깨끗이 포기하게 됐다. 학과 성적에 연연하지 않게 됐다. 진로를 바꿨다. 사람들에게 새로운 걸 소개하는 일을 찾았다. 홍보와 마케팅이 내게는 그런 일이었다. 낡고 비루한 것을 치우고 새로운 것으로 채우고 싶은 마음. 새것을 갖고 싶은 마음. 다시 시작하고 싶은 욕망. 그걸 함께 나누는 일. 하지만 그건 그로부터 몇 년 뒤의 일이다. 그날 그 강의실에서 나는 그저 그와 몇 마디를 더 나누었고, 조금 웃었다. 고맙다고 대꾸했다. 진심이었다. 그리고 함께 학교 건물 밖으로 걸어 나왔다.

나는 그에게 물었다.

"혹시 더 이야기해주실 수 있어요?"

태인이 대답했다.

"얼마든지요."

*

그런데 사실, 〈안티오페와 힐라리아〉는 나의 첫 번째 소설이 아니다. 과제 발표 전에 써둔 글이 있었다. 음, 한 편이 아니었다. 여러 편 있었다. 나는 강사의 말을 충실히 따랐다. 아이디어가 떠오를 때마다, 어떤 장면이 생각날 때마다 그것들을 열심히 떼어냈다. 메모지에도 썼고, 노트에도 썼고, 컴퓨터에도 저장했다. 그리고 어느 주말에 그 기록들을 모두 모은 뒤, 워드로 쭉 정리했다. 그리고 제출을 포기했다. 내가 전공자가 아니어서, 소설을 써본 적이 없는 사람이어서가 아니었다. 그 글은 그냥…… 소설이 아니었다. 일기나 산문도 아니었다. 그 냥 덩어리였다. 떼어냈다고 생각했지만 사실은 무엇도 떨어뜨려놓지 못한 하나의 덩어리. 나의 몸 그 자체.

*

이런 것들이었다.

◐

우리는 나란히 누워 있다. 나는 책을 읽고 있고, 해리아는 눈을 감고 있다. 금요일 저녁, 수영장에 다녀온 뒤 우리는 언제나 이런 식으로 시간을 보낸다. 내 방에서 함께 책을 읽거나 음악을 들으면서.

해리아가 눈을 감은 채 말한다.

"아침에 일어났을 때 집에 아무도 없었으면 좋겠어."

"그래?"

나는 책장에서 눈을 떼지 않은 채, 느긋하게 대답한다. 나는 해리아의 엄마가 아침마다 조칠현의 교리를 외운다는 소문을 들은 적이 있다. 해리아도 기도문을 함께 외운다고, 외워야 한다고 들었다. 그 애 엄마의 소원은 해리아를 조칠현 집안에 시집보내는 것이라고도 했다. 이 역시 소문이다. 나는 해리아에게서 그와 비슷한 어떤 말도 들은 적이 없다. 하지만 해리아가 금요일 오후에만 수영장에 갈 수 있다고 했을 때, 그날만 시간이 된다고 말했을 때, 나는 조칠현 앞에서 기도하는 해리아의 모습을 상상했다. 그래, 주말에는 교회에 가야겠지. 다른 날에는 교리공부를 하러 가야겠지. 또 다른 날에는……

"지수야."

갑작스런 목소리에 나는 살짝 놀란다. 두근거린다. 나도 모르게 떨리는 목소리로 대답한다.

"응?"

"너는 나중에 무슨 일을 하고 싶어?"

"나? 글쎄, 생각해본 적 없는데."

나는 책에서 눈을 떼고 고개를 돌린다. 해리아가 천천히 눈을 뜬다. 나를 바라본다.

◑

이제 안진에 조칠현 교회는 없다. 어느 해, 조칠현 목사 가족이 신자들의 돈을 가지고 사라졌다. 그동안 조칠현은 돈을 불려준다는 명목으로 신자들에게 수십만 원에서 수천만 원까지 돈을 받았다. 이율은 60퍼센트였다. 1년 동안 매달 1일 오전 9시 45분. 조칠현은 단 한 번도 이자 지급을 빠뜨린 적이 없었다. 신자들은 조칠현을 더더욱 숭배했고, 지인들에게 소개했다. 조칠현은 믿지 않아도 좋다. 하지만 그와의 돈거래는 믿어도 된다. 조칠현에게 돈을 맡기는 사람들이 늘어났다. 신자도 있었고 신자가 아닌 사람도 있었다. 액수는 점점 더 커졌다. 전 재산을 맡기는 사람도 있었고 집을 담보로 대출받은 돈을 건네는 사람도 있었다. 조칠현은 약속을 지켰고, 교회는 성황을 이뤘다. 주말뿐 아니라 매일매일 사람들로 넘쳐났다. 조칠현이 나타나면 모두들 손을 들어 환대했다. 그들에게 조칠현의 교리는 설득력이 있었다.

"우리는 자유의지를 타고났다. 모든 것은 의지에 달려 있다. 내 인생은 내가 만들어가는 것이다. 선택하라. 도전하라. 그러면 운명이 바뀐다. 그것이 신의 뜻이다."

우리를 복되게 하시는 분. 배불리 먹이고 돌보시는 분. 사람들은 앞다퉈 조칠현에게 돈을 들고 갔다. 그리고 새해 1월 1일 9시 45분. 이자가 들어오지 않았다. 조칠현의 가족들은 사라졌다. 흔적도 찾을 수 없었다. 해외로 갔는지, 다른 지방으로 갔는지, 아니면 죽었는지 살았는지 아무것도 알 수 없었다. 분노한 사람들이 교회에 돌을 던졌다. 몇몇은 화병을 얻었고, 스스로 목숨을 끊었다. 살인 사건도 일어났다. 네 믿음을 왜 나에게 강요했지? 왜 내게 그를 소개시켰어? 교회는 폐허가 되었다. 그럼에도 불구하고 교회를 찾는 사람들이 있었다. 그들은 악의와 저주만 남은 폐건물에 조용히 앉아 두 손을 맞잡고 오래도록 기도했다. 그들이 누구에게 무엇을 빌었는지, 알 수 있는 방도는 없었다.

◐

10월 26일 해리아는 민덕병원 응급실로 실려 갔다. 조칠현 교회나 병원장과는 관계없는 일이었다. 구급차는 가장 가까운 병원으로 긴급하게 달려갔을 뿐이다. 신아는 계속 해리아의 이름을 부르며 울었고, 김이영 선생은 병원 이곳저곳을 뛰어다니며 도와달라고 외쳤다. 의사들이 여러 명 왔다 갔다 했지만 특별히 어떤 조치가 취해지지는 않았다. 알 수 없는 일이었다. 의사들은 왜 해리아를 내버려뒀을까. 치료할 실력이 없었나? 버젓이 외과를 운영하는 2차 병원이었는데? 아니면 민덕병원은 정말로 시금치 알레르기 같은 것만 판별하는 곳에 불과했나? 아무튼 해리아는 오직 지혈만 받으며 응급실에 1시간 가까이 방치됐다. 그사이 해리아의 아빠가 도착했다. 엄마가 아니라 이혼한 아빠. 일곱 살 이후 아주 가끔씩만 만나는 아빠. 다급히 도착한 해리아의 아빠는 이전에 자신의 아내에게 그랬던 것처럼, 의사들에게 욕을 하며 소리를 질렀고 김이영 선생에게 삿대질을 했다. 거의 때릴 것 같았다. 그는 해리아를 대학병원으로 옮기겠다고 했다. 그때 해리아의 엄마가 도착했다. 그녀는 해리아가 민덕병원을 떠나면 안 된다고 고래고래 소리를 질렀다. 해리아의 아빠가 그녀를 밀쳤다. 아주 오랜만에 그 짓을 했다. 그런데 의외의 일이 벌어졌다. 해리아의 엄마가 그에게 달려들었던 것이다.

"그가 널 벌하실 거다!"

이에 그는 그녀의 얼굴을 주먹으로 때렸다. 돈 년이라고 했다. 그리고 해리아를 대학병원으로 데리고 갔다. 해리아가 치료받는 내내, 엄마는 딸에게 접근할 수 없었다. 법적 명령이 있었던 것도 아니었고, 경찰이 지키고 서 있던 것도 아니었으며, 병원의 권고가 있던 것도 아니다. 해리아의 아빠가 그렇게 했다. 해리아의 엄마를 때리거나 밀쳐서 그렇게 했다. 그사이 해리아는 수술을 두 번 받았다. 그리고 통증에 시달렸다. 의사는 그녀에게 상처가 워낙 깊었고 치료가 늦어졌기 때문에 아마 앞으로도 통증이 계속될 확률이 높다고 말했다. 그 순간 해리아의 아빠는 딸의 어깨를 한 번 잡았다 놓았다. 그러곤 새 부인과 세 살배기 아들이 있는 자신의 집으로 돌아갔다. 해리아의 엄마는 곧장 병원을 바꿨다. 해리아를 민덕병원에 입원시켰다. 치료받는 날보다 치료받지 못하는 날이 더 많았다. 아프지 않은 날보다 아픈 날이 더 많았다. 그래서 해리아는 아빠에게 전화했다. 치료라도 제대로 받을 수 있게 도와달라고 할 생각이었다. 아빠는 전화를 받지 않았다. 사흘 후, 문자가 왔다. 아빠가 아니었다. 그의 아내라고 했다.

"아버지는 충분히 노력하신 것 같다. 이제 다시 네 인생으로 돌아가렴."

노력.

해리아는 그 단어를 오래도록 들여다봤다. 조칠현이 자주 쓰는 단어였다.

◑

이 모든 이야기를 '우리'는 신아를 통해 들었다. 해리아가 오직 신아의 면회만을 허락했기 때문이었다. '우리'에 나는 포함되지 않았다. 그렇다고 '우리' 입장이 나와 크게 달랐던 것도 아니다. 신아는 해리아를 만날 수 있는 아이들을 직접 골랐다. 조건을 걸고, 자신이 선택했다. 해리아를 기쁘게 해줄 것 같은 아이. 용기를 줄 것 같은 아이. 해리아가 싫어하지 않을 법한 아이. 그리고 나를 위선자라고 부르는 아이. 그 말을 절대 부정하지 않는 아이.

나도 부정하지 않았는데.

허락받지 못했다.

"지수야."

나도 해리아를 본다.

"응?"

"나 비밀 하나 말해도 돼?"

해리아가 내게 다가오며 속삭인다. 나는 책을 가슴 위에 올려놓는다.

"말해."

해리아가 미소를 지으며 손끝으로 내 팔뚝을 부드럽게 잡는다. 그리고 말한다.

"나 사실 돈 모으고 있어."

"돈?"

"응. 다른 지역으로 대학 가려고."

"진짜?"

해리아가 고개를 끄덕인다. 그리고 말을 잇는다.

"……미쳤다고 하려나?"

나는 어떻게 대답해야 할지 모르겠다. 감히 누가 널 미쳤다고 할까. 네 엄마? 조칠현? 어쩌다 가끔 용돈을 주며 생색을 낸다는 아빠? 네가 어리다는 이유로, 네 인생에 결정권을 가지고 있다고 믿는 그 사람들? 그래서 네가 은혜를 갚는 인생을 살아야 한다고 믿는 사람들? 물론 이 역시 다 소문이다. 해리아를 둘러싼 무수히 많은 이야기들. 속삭임들. 유혹들. 다들 너를 질투하는 거야. 그래서 **네가 자신들과 같은 수준이 되기를 원하지.** 너를 끌어내리고 싶어 해. 그래서 끊임없이 이야기를 만들어내지.

나는 해리아에게 대답한다.

"너는 서울도 갈 수 있어."

해리아가 웃음을 터뜨린다.

"에이, 그건 현실적으로 힘들지."

나는 몸을 돌린다. 해리아를 마주 본다. 나의 거대한 몸이 커다란 그림자를 만든다. 해리아의 몸을 덮는다. 나는 그녀에게 말한다.

"너는 할 수 있어."

"정말 그렇게 생각해?"

"응. 장학금을 받으면 돼. 너는 과외도 할 수 있고, 학원에서 아르바이트를 할 수도 있어. 그리고 졸업해서 좋은 직장에 들어갈 거야."

진심이다. 조칠현 그 늙은이 따위가 뭐라고. 불치병에 걸려서 뒈져버리라지. 그리고 네 엄마도 멍청이야. 네가 얼마나 대단하고 완벽한지 모르는 천치 같은 기도쟁이 년. 앞으로 4년이 남았다. 4년 동안 돈을 모은다면 충분히 가능하다. 너는 어차피 고등학교에 가서도 공부를 잘할 테니까. 하지만 그건 나의 바람이기도 하다. 아니, 이건 믿음이다. 건강하고 아름다운 소녀. 가장 빠르게 달려 모두에게 돌아오는 너. 나의 해리아.

◐

해리아가 말한다.

"한 달에 100만 원씩만 저축하면서 살고 싶어. 이것도 가능하다고 생각해?"

◐

"당연하지!"

이 대답은 내가 하지 않았다. 신아가 했다. 해리아는 내게 답을 구했는데, 신아가 가로챘다. 그러고서는 흘깃 나를 한 번 쳐다봤다. 우스워하는 것 같았다. 무슨 생각을 하는지 빤히 보였다. 네가 나보다 해리아와 친하다고 생각해? 나는 해리아와 초등학교 때부터 단짝이었어. 너는 아무것도 아니야. 나는 아무말 하지 않았다. 매대에서 받아온 햄버거와 콜라를 두 사람 앞에 내려놓았다. 해리아는 내게 고맙다고 말했다. 신아는 아무말도 안 했다. 내가 음식을 가져온 게 당연하다는 듯 굴었다. 일부러 그러는 게 느껴졌다. 그 역시 뻔했다. 해리아와 계속 놀고 싶어? 그러면 나한테 잘해. 어차피 해리아는 나를 선택할 테니까. 신아는 거만한 표정으로 내가 건넨 콜라를 꿀꺽꿀꺽

잘도 마셨다. 나는 최대한 친절해 보이는 미소를 지었다. 신아야, 너는 상상조차 하지 않는구나. 내가 그 안에 몰래 침을 뱉었을지도 모른다는 걸 말이야. 너는 내가 그런 일을 할 수 있다는 걸 전혀 의심하지 않는구나. 너는 정말 나를 믿는구나.

아마 영원히 그렇겠지. 계속.

◑

그 수업 이후, 나는 두 번 다시 소설을 쓰지 않았다. 하지만 종종 이런 덩어리들은 뱉어냈다. 잔뜩 먹고 토해낸 순간, 지칠 때까지 운동을 하고 구역질을 한 순간, 새벽까지 잠 못 이루다 갑자기 울음을 터뜨린 순간, 아니면 그냥 혼자 있을 때, 혼자 있어서 돌아버릴 것 같을 때, 나는 손에 집히는 대로 노트나 메모장을 펼친 뒤, 아무렇게나 써내려갔다. 한 줄을 쓴 적도 있고, 열 페이지 넘게 쓴 적도 있다.

지금도 쓰고 있다.

이렇게.

◑

10월 26일, 해리아는 수영장 벽에 얼굴을 세게 부딪쳤다. 턱뼈와 어금니가 부서졌고, 오른쪽 볼이 7센티미터 넘게 찢어졌다.

다시는 학교에 돌아오지 못했다.

◑

5

나는 바닥에 누웠다. 어린 시절, 신아의 통통한 얼굴이 눈앞에 떠올랐다 사라졌다. 뭐든 잘 먹고 욕심 많은 여자애였던 것 같은데. 급식 때마다 고기반찬이 있는지 없는지 체크했던 애 같은데, 채식이라…….

나는 멍하니 천장을 바라보다 핸드폰을 집어 들었다. 검색창에 단어를 입력했다. 안진 채식 음식점. '들풀나라'라는 식당명과 함께 블로그 주소가 떴다. 나는 블로그에 들어갔다. 게시글은 딱 하나뿐이었다.

"우리는 자연의 힘을 믿습니다."

나는 게시글을 클릭했다. 별 내용은 없었다. 첫 단락에는 가게 위치를 표시한 약도가 첨부되어 있었고, 그 밑으로 각양각색의 야채 사진들이 이어졌다. 감자, 당근, 알배추, 마, 가지, 상추…… 그리고 비건 미트볼에 대한 소개가 있었다. 주인장의 특제요리. 비건 미트볼 조림!

뭐야, 엄마 혹시 그 미트볼 여기서 사 온 거야?

나는 창을 계속 내렸다. 마지막에 짧은 글이 쓰여 있었다.

우리는 스스로 우리 몸을 다시 만들 수 있습니다.

나는 피식 웃었다. 조칠현 교회가 생각났다. 다른 사람들은 알려나. 이 집 주인이 한때 조칠현의 열렬한 신자였답니다. 기적의 샘물을 먹기 위해 노래를 불렀지요. 하지만 게시글에서는 교회와 관련한 어떤 흔적도 찾아볼 수 없었고, 그냥 그게 전부였다. 들풀나라라는 다소 촌스러운 가게 이름. 누구나 아는 이야기. 야채는 훌륭한 에너지원이다. 채식은 건강에 좋다. 글쎄, 이건 너무 안일한 접근 아닌가? 내가 홍보 담당자였다면, 글 하나만 쓰고 끝내지도 않았겠지만, 이런 구태의연한 문구 역시 쓰지 않았을 것이다. 채식을 특별하게 표현했겠지. 내가 믿는 채식. 아름다운 채식. 나를 아름답게 만드는 채식. 매혹되고, 매혹시킬 수밖에 없는 먹을거리. 그것으로 만들어내는 새로운 나의 몸.

나는 검색어를 바꿨다. 영직동 들풀나라.

후기 몇 개가 보였다. 맛있고 깔끔하다는 의견이 있었고, 가격이 좀 비싸다는 글도 있었다. 음식 혁명이라는 글도 있었고…… 그러나 딱히 주목을 받고 있는 것 같지는 않았다. 여기 장사가 되기는 하나? 나는 계속 검색했다. 똑같은 정보가 반복됐다. 직접 키운 야채로 음식을 만든다는 것. 점심 메뉴는 채식

백반이고, 매일 반찬이 바뀐다는 것. 젊은 부부가 운영하는 가게라는 것. 그러다 기사 하나를 발견했다. 들풀나라가 오픈했을 때, 지방지에 실린 인터뷰 기사였다.

기사에서 김재천은 말한다.

들풀나라를 전국에 알리는 것이 제 목표입니다.

꿈이 크네.

나는 기사를 계속 읽었다. 김재천의 부모는 농사를 지었다. 때문에 그는 어릴 때부터 자연스레 농사에 관심을 가졌다. 그래서 농업 고등학교에 갔고, 농업 대학교에 진학했다. 그는 부모님 세대와 다른 농부가 되고 싶었다. 질 좋은 야채를 생산하는 것만으로는 부족하다고 생각했다. 사람들에게 어떻게 다가갈 것인가. 어떻게 보일 것인가. 그 방법을 고민해야 했다. 그러던 중 지금의 아내를 만났고 그녀의 권유로 채식 음식점을 개업하게 되었다.

들풀나라가 이신아의 생각이었다고?

나는 기사 스크롤을 아래로 내렸다. 계속 읽다가 멈췄다. 들풀나라가 민덕병원과 식자재 납품 계약을 맺었다는 구절 때문이었다.

들풀나라와 민덕병원은 지난달 23일 민덕병원에서 자연 치유 방법을 모색하기 위한 상생 협약을 체결하고 협력을 약속했다. 앞으로 이 두 기관은 함께 상생 사업을 추진하고, 지원 협력 관계를 유지할 예정이다.

민덕병원? 그 민덕병원?

나는 다시 검색어를 바꿨다.

민덕병원.

민덕병원이 리모델링을 마쳤다는 기사가 떴다. 우연인지는 모르겠지만, 들풀나라의 오픈일과 비슷했다. 나는 관련 기사들을 하나하나 살펴보기 시작했다. 「쇄신」 「지역병원의 활성화」 「대학병원 못지않은 치료 수준」 「우수한 인재 영입」 「만성 통증관리」 「재활의학과 확대」 「건강식단교육」. 과거 민덕병원이 조칠현의 안방이나 다름없었다는 기사는 전혀 나오지 않았다. 조칠현이 사라진 이후, 전 재산을 잃은 병원장이 자살했다는 기사도 전혀 나오지 않았다. 그래. 세상에 알려지는 건 늘

극히 일부에 불과하지. 나는 계속 기사를 찾아 읽었다. 그러다 눈길을 끄는 기사 하나를 발견했다. 현재 병원장을 맡고 있는 박근만의 인터뷰.

아빠에게 아무 이상 없다는 결과를 통보했던 가정의학과 담당의.

아니, 시금치 알레르기가 있다고 했었지.

박근만은 말한다.

─만성 통증은 가볍게 볼 문제가 아닙니다. 의학계에서는 통증 문제를 지나치게 당연시하는 경향이 있어요. 진통제 처방은 답이 아닙니다.

─그럼 무엇을 답으로 보는가.

그가 대답한다.

─인간은 스스로를 치유할 수 있는 능력을 이미 갖고 있습니다. 의사들은 그 능력을 끌어내는 전문가들입니다. 의학의 본질은 바로 거기에 있어요. 기본을 강조하는 이유이지요. 철저한 식단 관리와 체계적인 운동. 우리는 스스로 몸을 통제할 줄 알아야 해요. 의지를 가져야 하죠. 약은 보조제일 뿐입니다. 이게 핵심이에요.

그러니까 정리해보자면, 민덕병원은 일종의 통증클리닉이 된 셈이었다. 통증 질환자나 고통이 심한 암 환자들. 그 외 만성질환을 앓고 있는 환자들에게 영양제와 운동 처방을 내리는 병원. 식단과 영양에 관한 수업을 하고 입원 관리도 하는, 호스피스와 병원 그 어딘가쯤에 존재하는 그런 곳. 나는 중얼거렸다.

"⋯⋯돈이 되겠네."

신아의 얼굴을 다시 떠올렸다. 어렸을 때의 통통한 얼굴이 아니라, 엄마의 카톡 프로필 사진에 있던 성인 여자의 얼굴. 책임감과 만족감이 균형 있게 드러나 있던 그 얼굴. 채식을 하고, 채식을 권유하고, 채식을 판매하며, 민덕병원과 함께 일하는 얼굴.

그렇게 욕하더니.

무능한 의사들이 해리아를 방치했다며 울고불고 난리를 피우더니.

그래, **그때의 민덕병원과 지금의 민덕병원은 다르겠지.** 하지만 나는 어린 시절로 돌아가 신아에게 말해주고 싶었다. 신아야, 정말 끔찍한 일이 벌어졌구나. 그런데 말이야. 너는 먼 훗날 그 병원과 함께 일하게 된단다. 그 병원이 네 밥벌이가 되지. 지금 욕 많이 해두렴. 나중에는 한마디도 못할 테니까.

콜라에 침 좀 더 많이 뱉을걸.

잠깐,
그럼 해리아는?

105

나는 손가락을 멈췄다. 신아가 민덕병원과 일하는 걸 해리아는 알고 있나? 알면서도 여전히 친하게 지내는 건가? 물론 그럴 수 있다. **그때의 민덕병원과 지금의 민덕병원은 다를 테니까.** 정말로 다른 것 같으니까. 하지만 마음도 달라질 수 있나? 나는 지금도 시금치 알레르기라는 어처구니없는 병명 때문에 화가 나는데? 그리고 박근만은 어떻게 병원장이 된 거지? 그렇게 형편없는 의사가?

나는 민덕병원과 박근만을 함께 검색했다. 「안진의 첫 번째 가정의학과 전문의」 「민덕병원 영입」 「전통의학과의 공생을 꿈꾸는 의사」 「음식치료 권위자」 「자연 치유 강의」 「자연 치유사 자격증 센터 운영」. 그러다 사진 한 장을 발견했다. 박근만 원장과 통증클리닉 직원들이 함께 찍은 사진이었다. 나는 그 사진을 뚫어지게 바라보았다.

설마.

나는 사진을 클릭해서 핸드폰 창에 크게 띄웠다. 박근만 오른쪽에 서 있는 사람의 얼굴을 확대했다. 키가 크고 날씬한 몸. 까무잡잡한 피부. 붉은 입술. 살짝 튀어나온 앞니. 미소. 까만 눈동자. 단발머리. 나는 단번에 알아봤다. 어떻게 모르겠는가. 늘 생각했다. 언제 어디서든 너를 만나면, 나는 곧장 알아볼 거라고. 그럴 거라고.

그래. 병원에서 일한다고 했었지.

해리아.

잘 있었니.

*

다음날, 엄마와 나는 고속버스 터미널까지 함께 갔다. 엄마는 별말이 없었다. 방바닥에 굴러다니는 라면과 과자봉지, 호박즙봉지, 식탁에 덩그러니 놓여 있는 스팸 세 통, 텅 비어버린 밥솥과 반찬통들. 내가 밤새 먹어치운 모든 것들을 보고도 엄마는 아무 말 안 했다.

혹시 잘 먹어서 다행이라고 생각하는 걸까. 굶는 것보다는 먹는 게 낫다 싶어서?

살이 찔까봐 걱정되지는 않나?

버스 도착 10분 정도를 남겨두고, 엄마가 물었다.

"다음 명절에는 어떻게 할래? 내려올래?"

"아직 모르지, 그때 가봐야 알지."

엄마가 고개를 끄덕였다. 나는 그녀의 옆얼굴을 내려다봤다. 주름진 눈가. 얇은 입술. 인생이라는 것. 세월이라는 것. 그 시간을 계속 살아온 익숙한 사람의 얼굴.

나는 물었다.

"엄마, 혹시 교회 다녀?"

"무슨 소리야?"

"교회 안 다녀?"

"나 원 참, 안 다녀. 교회 다니는 친구는 있다."

"멀쩡한 사람이야? 조칠현 교회 같은 곳 다니는 사람 아니야?"

엄마가 어처구니없다는 듯 웃었다.

"얘가 무슨 이야기를 하는 거야. 이제 그런 데 없어."

"그걸 누가 알아. 얼굴에 사이비라고 쓰고 다니는 것도 아니고."

"쓸데없다 정말. 너는 내가 그런곳 다닐까봐 걱정되니?"

"응."

"왜? 엄마 외로워 보이냐?"

어떻게 대답해야 할지 몰랐다. 할 말이 없는 건 아니었다. 무수히 많은 단어가 마음 깊은 곳에서부터 목구멍까지 차곡차곡 쌓여 있었다. 그러나 나는 언제나 엄마에게 그 단어들을 꺼내지 못했다. 늘 다시 집어넣곤 했다. 이번에도 마찬가지였다. 나는 다른 말을 했다.

"외로우면 그런 곳에 다니게 되는 거야?"

"당연하지. 다 외로워서 그러는 거야. 인간사 복잡한 게 죄다 그것 때문이다."

"언제는 멍청해서 그런 거라더니."

"뭐라고?"

108

"아니야."

나는 말을 멈췄다. 우리는 잠시 침묵했다. 그러나 결국, 내가 먼저 다시 입을 열었다.

"엄마 혹시 외로워?"

엄마는 웃었다. 웃기만 했다. 그래, 그녀 역시 내게 건네고 싶은 말들이 많겠지. 하려다 만 말들이 많겠지. 쌓여 있는 말들. 마음들. 엄마, 나이 든다는 건 어떤 느낌이야? 자식이 나이 들어가는 걸 보는 건 어떤 기분이야? 하지만 이번에도 나는 다른 이야기를 했다.

"아무튼, 이상한 데 다니지 말고, 건강검진 잘 받아요."

"걱정하지 마라."

"민덕병원 같은 데 가지 말고, 좋은 병원 가서 검사해."

엄마가 눈을 깜빡였다. 멀리 어딘가를 응시했다. 나도 그곳을 바라보았다. 아무것도 없었다.

"지수야."

"응?"

"이전부터 말하고 싶었는데 말이야."

엄마의 말투는 무척 부드러웠다.

"꼭 민덕병원 탓은 아니야."

"무슨 소리야?"

그녀가 숨을 살짝 내쉬고, 다시 말을 이었다.

"아빠 말이야. 사실 그때, 민덕병원 말고도 다른 병원 많이

갔어. 대학병원도 갔고, 유명한 개인병원도 갔어. 그런데 다 정
상이라고 했어. 신경성이라고. 너무 예민해서 피곤하고, 그래
서 머리 아프고 배 아픈 거라고. 나도 아빠한테 그랬다. 당신
건강염려증이라고. 그러니까 그냥…… 아무도 발견 못한 것뿐
이야. 그런 경우도 있다더라. 하필이면 네 아빠가 그런 경우였
을 뿐이야. 그 이후로 몇 년간 병원에 안 간 건…… 모르겠다.
애꿎은 시금치만 탓하고 살았지 뭐. 그냥…… 다 운이야."

서울행 버스가 들어왔다. 엄마가 손으로 내 어깨의 먼지를
털어주었다. 내게 말을 더 할지 말지 그녀가 고민하고 있는 게
느껴졌다. 이내 엄마가 천천히 말했다.

"지수야, 먹는 거 조심해. 알았지?"

"응."

나는 대답했고, 버스에 올라탔다. 창 너머 엄마가 내게 손을
흔드는 모습이 보였다. 나도 손을 들어올렸다. 버스가 출발했
다. 그 순간, 등에서 찌릿한 통증이 느껴졌다. 정확히는 오른쪽
날개뼈 아래. 새벽녘 나를 깨운 그 통증이었다. 이번에는 조금
심했다. 나는 인상을 찌푸리며 심호흡을 했다. 자리에 앉아 눈
을 감았다. 나는 궁금해졌다. 아빠는 그 이후로 왜 병원에 가지
않았을까. 다 돌팔이라는 생각이 들어서? 아니면 자신이 지나
치게 예민하다고 생각해서? 운이 좋다는 건 뭘까. 가난에서 벗
어날 길을 찾았지만 병을 찾지는 못했다는 것? 집을 거금에 판
지 얼마 되지 않아 새로 사들인 집 가격이 오르기 시작한 것?

새로 이사한 집에서, 오래도록 꿈꾸던 '우리 집'에 들어가자마자 간암 말기라는 진단을 받은 것? 아빠, 운이 좋다는 건 뭐야? 아빠 생각에 나는 운이 좋은 것 같아? 나는 자세를 옆으로 기울였고, 흔들리는 창가에 이마를 기댔다. 잠을 청했다.

이후 지옥이 시작됐다.

6

5년 동안

무려 5년 동안이나

계속

끝없이

2부

저는 싫습니다. 제가 영원히 살 것도 아니지 않습니까?

저를 내버려두십시오. 제가 살날은 한낱 입김일 뿐입니다.

사람이 무엇이기에 당신께서는 그를 대단히 여기시고

그에게 마음을 기울이십니까?

아침마다 그를 살피시고 순간마다 그를 시험하십니까?

_욥기 7장, 16~18절

그럼 내가 죽었어야 해?

어머니는 언제 돌아가셨나요?

……3년쯤 되었어요.

지병이 있으셨나요?

아니요.

사고였나요?

아니요. 꼭 대답해야 하나요?

수련에 도움이 되는 내용이긴 합니다.

어떻게 도움이 되는데요?

그건 음…… 잠시만요. 성함이…… 박지수 님?

네.

신청서를 자세히 좀 보겠습니다.

네.

등 통증으로 오랫동안 고생하셨네요. 재생수련은 일주일 신청하셨구요.

오른쪽 날개뼈 아래 통증이에요.

고생 많으셨습니다. 저도 마찬가지였어요.

날개뼈 아래가 아프셨나요?

아뇨. 좌골 신경통이요. 안 아픈 날이 없었죠. 앉아 있어도 아프고, 서 있어도 아프고, 누워 있어도 아팠어요.

지금은요? 완치하셨나요?

지수 님.

네.

완치는 없습니다.

......

네. 하지만 재생은 있습니다. **"재생을 향한 치유. 치유를 통한 재생."** 이것이 채수회관의 강령입니다. 사람들은 완치를 너무 좋아해요. 완벽한 건강을 원하죠. 하지만 지수 님, 그런 게 존재하지 않는다는 걸 잘 아시잖아요. 대신 '재생'은 가능합니다. 말 그대로 다시 태어나는 것이죠. 내 스스로, 나의 의지로, **다시 태어나는 겁니다.** 고통의 근원을 찾고, 그에 맞서는 방법을 찾는 것. 그렇게 새로 태어나는 삶.

그래서 사는 것처럼 살게 되는 거죠.

네, 맞아요! 어떻게 아셨죠?

책을 읽었거든요. 채수회관을 소개하는 책이요. 거기에 쓰여 있더군요. "**모든 통증은 기억을 갖고 있다. 최초의 기억을 찾아야 한다. 재생수련은 그 기억을 찾는 과정이다.**"

네, 맞습니다. 오래전 '벗'이 쓰신 책이죠. 통증의 기억. 그게 핵심입니다. 몸은 모든 것을 기억합니다. 통증이 반복된다는 것은, 몸이 그 감각을 계속 기억하고 반응한다는 뜻입니다. 그래서 우리는 재생수련을 통해 **최초의 기억**을 찾으려 합니다. 기억을 되찾게 되면, 벗은 그에 대한 최후의 해결을 들려주시죠. 우리는 그것을 **마지막 동굴**이라고 부릅니다. 동굴 끝에는 빛이 있으니까요. 그 빛을 보며 새로운 삶을 시작하는 거지요. 입소자분들에게 개인적인 사연을 여쭤보는 건 그 때문입니다. 모든 가능성을 염두에 둬야 하니까요.

……심장마비였어요.

네?

엄마요.

네.

지병이 있었던 것도 아니고, 집안 내력도 없었어요. 건강검진에서 주의를 받은 적도 없어요. 일방적이고 급작스런 사고였어요.

그럼 지수 님은 그 이후에 어떻게 지내셨나요?

애인과 1년 정도 같이 살았어요. 그는 결혼을 원했지만 제가 거절했어요. 그렇게 끝났어요.

직장은요?

애인과 헤어질 때 그만뒀어요. 그리고 안진으로 내려왔죠.

결혼을 하지 않은 이유를 여쭤봐도 될까요.

짜증나서요.

네?

그 사람은 건강하고, 나는 아니니까요. 보고 있으면 계속 짜증이 났어요. 그럼 마음으로 결혼할 수는 없잖아요.

지수 님, 이제는 저희가 함께하겠습니다.

……네.

입소 절차 진행할게요. 아시다시피 저희 채수회관은 몸의 자연 치유 능력을 끌어내는 인간의 의지를 믿습니다. 재생수련은 그 의지를 단련하고 실천하는 고차원적인 명상 프로그램입니다. 모든 수련에는 저희 채수회관의 '지우'가 개인 멘토로 함께합니다. 오늘 인터뷰 내용은 앞으로 지수 님을 담당할 지우님에게 제가 전달해드리겠습니다. 일주일 식대와 수강료, 운동명상치료비 등의 비용 모두 합해서 126만 원이고, 숙박비는 1인실을 신청하셨기 때문에 하루 9만 원으로 책정하여 63만 원, 합계는 총 189만 원입니다. 지금 결제하시겠어요? 아니면 당일 결제하실까요?

오늘 할게요.

감사합니다. 이 서류 한번 봐주시겠어요? 규칙이 있습니다. 채수회 수련 방침을 믿고 따라주실 것. 꼭 부탁드립니다. 그리고 채수회관에는 무선 인터넷 설치가 되어 있지 않습니다. 사무실의 유선 인터넷만 유료로 사용하실 수 있습니다. 깊은 산속에 있기 때문에 핸드폰 사용도 쉽지 않으실 거예요. 역시 사무실의 유선 전화를 유료로 이용해주시면 감사하겠습니다. 그리고 무엇보다, 입소하실 때는 다른 약물을 소지하거나 복용하실 수 없습니다. 괜찮으시겠어요?

네.

그럼 다음주 월요일 새벽 6시 30분까지 민덕병원 응급실 앞으로 와주세요. 버스 한 대가 도착할 겁니다.

네. 알겠습니다.

감사합니다. 지수 님.

그런데요.

네.

벗은 언제 만날 수 있나요?

아, 그건 지금 당장 제가 말씀드릴 수가 없어요.

왜요?

그건 언제나 벗의 뜻에 달렸거든요.

8

나는 교복 조끼의 단추를 잠그며 심호흡을 했다. 이제 자켓을 입지 않아도 되는 날씨였다. 오직 치마에 셔츠, 그리고 조끼만 입으면 된다. 내 덩치가 다 드러나는 날이 온 것이다. 감출 방도는 없었다. 두꺼운 팔뚝과 커다란 허벅지, 종아리, 불룩 나온 배. 나는 거울에서 눈을 뗐다. 짜증이 났다. 어젯밤, 예정보다 일찍 찾아온 생리 때문에 더 그랬다. 아랫배가 살살 아팠고, 계속 화장실에 가는데도 방광에 소변이 꽉 차 있는 기분이 들었다. 밑이 빠질 것 같은 옅은 통증도 있었다.

가정 시간에 배운 적 없는 내용이었다. 교과서에는 이렇게 나와 있었다. 난자가 배란을 한 후 수정을 대비해서 아기집을 만든다. 물론, 교과서에는 아기집이라는 표현은 없었다. 하지만 선생님은 그렇게 말했다. "너희들은 모두 아기집을 갖고 있어." 착상이 되지 않을 경우, 몸은 그 집을 스스로 무너뜨린다.

다음 기회를 위해서. 그렇게 떨어져나간 점막이 몸 밖으로 배출되는 생리적 현상. 28일에 한 번. 기간은 5일에서 7일.

교과서에 나오지 않는 내용은 다음과 같았다. 여자는, 적어도 나는 점막이 떨어져나갈 때 몸 안의 내벽이 조금씩 무너지는 그 순간을 생생하게 느낀다. 피부가 긁히거나 머리채가 뽑혀나갈 때와는 완전히 다른 감각의 통증. 말 그대로 몸 안의 어떤 살점들이 스윽스윽 벗겨지는 듯한 아픔. 두 달 전 첫 생리를 했을 때, 나는 오래전 읽었던 어떤 전래동화를 떠올렸다. 옛날 옛날, 산속을 걸어가던 여인네 둘이 커다란 호랑이에게 잡아먹힌다. 아이고 이를 어쩌나. 여인들은 동굴처럼 어두컴컴한 호랑이 뱃속을 함께 걸어간다. 하지만 끝이 보이지 않는다. 다리가 아프고 배가 고프다. 더는 걸어갈 힘이 없다. 그때 한 여인이 보자기에서 부싯돌을 꺼낸다. 그러곤 말한다. "우리 밥을 좀 먹읍시다." 다른 여인은 이게 뭔 말인고 하다가, 이내 바로 알아듣는다. 그들은 바닥에 주저앉아 각자의 보따리를 푼다. 숟가락도 나오고, 젓가락도 나오고, 사기그릇도 나오고, 자그마한 칼도 나온다. 여인네는 둘이 약속이나 한 듯 동굴 벽으로 향한다. 그들은 말랑말랑한 동굴 내벽을 더듬으며 말한다. 여기가 갈비인가? 아니, 아랫배 같은데? 여인들은 칼로 동굴 벽을 스윽스윽 베어낸다. 포를 떠낸다. 한 장, 두 장, 세 장. 바닥에 호랑이 살점이 수북이 쌓인다. 여인들은 이마에 살코기 더미를 이고서, 핏물을 첨벙첨벙 밟아 자리로 돌아온다. 부싯

돌로 불을 지핀다. 비녀와 보자기로 지지대를 만든다. 불이 화르륵 피어오른다. 여인네들은 침을 꿀꺽 삼키고, 베어낸 살점들을 불에 굽는다. 먹는다. 어이구 세상에, 고기를 이렇게 잔뜩 먹어보다니. 든든히 배를 채운 여인네들은 다시 앞으로 걷는다. 어딘가에는 끝이 있겠지. 가다 보면 끝이 나겠지. 그런데 동굴이 요동치기 시작한다. 기괴한 비명 소리도 들려온다. 아이고, 이게 뭐야? 여인네들은 앞으로 달린다. 무작정 뛴다. 동굴이 공중으로 솟아오르고, 여인네들도 함께 떠오른다. 바닥에 툭 떨어져 이리저리 왔다 갔다 정신없이 흔들린다. 여인네들도 역시나 같이 흔들린다. 그러더니 어느 순간, 동굴은 움직임을 멈춘다. 몸을 웅크리고 있던 여인네들은 고개를 살포시 들고 다시 앞으로 걸어간다. 저 끝에 빛이 보인다. 여인네들은 동그란 그 구멍 밖으로 쑤욱 빠져나온다. 입구 냄새가 아주 지독하다. 세상에나, 호랑이 똥구멍이다! 여인네들은 코를 막으며 뒤를 돌아본다. 정신을 잃고 쓰러진 거대한 호랑이가 보인다. 여인네 한 명이 말한다.

"수컷인갑네."

다른 여인네가 그 말을 받는다.

"그러게요. 거참, 견디기 힘들었나보네."

그들은 가던 길을 계속 간다. 가버린다.

호랑이든 곰이든, 나도 좀 바닥에 그렇게 쓰러져 누워 있고 싶었다. 내 뱃속에서도 피가 흐르고 있었으니까.

그러나 학교에 가야 했고, 오늘은 체육 수업이 있었다. 걷는 것, 뛰는 것, 햇빛 아래 서 있는 것. 생각만 해도 다 지긋지긋하고 숨이 찼다. 뚱뚱해진 이후로는 땀이 많이 났다. 그렇지 않아도 작은 체육복을 껴입고서 땀을 흘릴 생각을 하니 숨이 막혀오는 듯했다. 못하겠다고, 쉽게 해달라고 부탁해볼까. 김이영 선생은 생리통에 대해서는 관대한 편이었다. 아프다는 말을 허투루 듣는 사람도 아니었고. 단지, 나는 그녀에게 뭔가를 부탁하는 게 껄끄러웠다. 체육복 때문에 교무실로 불려간 날 이후로 계속 그랬다. 민망하고 부끄러웠다. 그리고 미웠다. 그녀는 해리아를 갖지 않았던가. 비록 소문에 불과할지라도. 해리아는 그녀 옆에 있었다. 나쁜 사람. 나쁜 여자. 그런데 그녀에게 또다시 뭔가를 부탁해야만 한다니.

나는 게보린 두 알을 삼키고 집 밖으로 나왔다. 약효가 빨리 도는 건지, 아니면 포근한 공기 때문인지 몸이 조금 가벼워졌다. 나는 숨을 들이마셨다. 포근하고 은은한 향이 났다. 온갖 꽃들이 만개해 있었다. 특히 벚꽃이 하얗게 가득 피었다. 만일 부모님이 동네를 싫어하지 않았더라면, 영직동에 산다는 말을 할 때마다 사람들의 표정이 미묘하게 변하는 걸 경험하지 않았더라면, 나는 이 동네를 좋아했을 것이다.

그런 일이 있었다.

영직동에 이사 온 직후, 엄마는 옆 동에 살던 안지연의 엄마와 가깝게 지냈다. 정작 나는 안지연과 데면데면했는데, 엄마들은 참 친했다. 그러나 그 우정은 3년 전 안지연의 가족이 이사를 가면서 끝났다. 가끔 만나는 것 같았지만 늘 엄마가 더 애를 태우는 것 같았다. 전화도 먼저 하고, 만나자는 말도 먼저 하고, 약속이 깨져서 서운해하고.

그러다 재작년. 중학교 첫 번째 학부모 모임. 엄마는 월차를 내고 학교에 왔다. 가진 것 중 가장 비싼 옷을 입었고, 화장도 정성스럽게 했다. 백화점 세일 때 산, 형광빛이 살짝 섞인 분홍 립스틱을 발랐다. 엄마 옆자리에 안지연의 엄마가 앉았다. 엄마는 반가웠다. 그러나 안지연의 엄마는 무표정했다. 그녀는 엄마가 먼저 말을 거는 것, 친근하게 구는 것, 미소 지은 얼굴로 자신을 바라보는 것 모두 부담스럽다는 듯이 굴었다. 다른 동네 사람, 영직동이 아닌 곳에 사는 학부모들과 어울렸다. 그러더니 자리가 파할 즈음 엄마에게 슬쩍 다가와 속삭였다.

"자기야, 입술 색이 좀 과하다."

그날부터 엄마는 안지연의 엄마를 계속 욕했다. 착하고 순하고 이해심 많던 안지연의 엄마는 어느새 질기고 못된 인간이 됐다. 이기적이고 교만한 여자가 됐다. 그렇게 말하고 있는 엄마를 보면 어쩐지 나는 안지연의 엄마가 조금 이해됐다. 때문에 나는 엄마를 위로하고 싶어서, 안지연의 근황을 전해주곤 했다. 엄마, 그 애는 너무 애를 써. 지나치게 노력해. 소용없는 짓을 계속해. 늘 실패하면서 말이야. 그랬다. 안지연은 늘 해리아를 이기고 싶어 했다.

그래도 영직동의 봄은 아름답다. 80년대에 완공된 아파트 단지. 총 30동. 가장 높은 층은 5층. 엘리베이터는 없고, 지하 주차장도 없다. 동과 동 사이의 거리는 넓은 편이고 화단 역시 꽤 널찍하다. 장미와 수국, 민들레, 그리고 이름 모를 풀들로 가득하다. 화단 앞에는 붉은 벽돌 길이 깔려 있다. 그리고 각 동의 붉은 보도들이 모여 시작되는 큰길 양쪽에 커다란 나무들이 늘어서 있는데, 단지가 들어설 때 함께 뿌리내린 것들이다. 울창하고 우람하다. 그중 벚나무는 단연코 돋보였다. 봄이 되면 거리 양쪽은 물론 하늘과 바닥까지 벚꽃으로 하얗게 꽉 채워졌으니까.

바람이 불었다. 꽃잎들이 흩날렸다. 나는 숨을 들이마셨다. 좋았다. 햇빛 냄새가 적당히 섞인 달짝지근한 봄의 냄새. 연하게 피어오르는 새싹. 눈처럼 쌓인 꽃잎 위를 종종거리며 뛰어다니는 새들과 아지랑이처럼 희미하게 날아다니는 나비들.

그때, 저 앞에 익숙한 발걸음이 보였다. 상쾌하게 걸어 나가는 하얀 양말과 날씬한 종아리. 큰 키와 단발머리.

해리아였다.

*

"그럼 벤치에 앉아 쉬어."

김이영 선생이 말했다. 나는 고개를 숙였다. 자존심이 상했다. 그러나 뒤를 돌아본 순간 불쾌한 기분이 모두 사라졌다. 운동장 구석, 체육실 옆의 작은 벤치. 그곳에 해리아가 앉아 있었다. 생리통이 심하다고 말한 사람이 나 혼자가 아니었던 것이다. 나는 쭈뼛거리며 해리아 옆에 가 앉았다. 이걸로도 충분했다.

그러고 보니 마지막 체육 시간이었다. 운동장에서 보내는 마지막 시간. 다음주부터는 수영장에 가게 될 터였다. 아직도 믿기지 않았다. 수영이라니. 서로의 알몸을 보고, 가슴이 얼마나 크고 작은지 힐끗거리고, 은밀한 부위의 털이 얼마나 수북한지 확인하고, 누군가의 몸을 탐내고, 내 몸을 부끄러워할 순간이 정말로 다가오고 있다니.

얼마 전까지만 해도 다들 믿지 않았다. 김이영 선생이 설마 정말로 수영을 평가 종목으로 선택하겠어? 그럴 수 있겠어? 추진할 수 없으리라 생각했다. 아니, 추진하더라도 실패하리라 믿었다. 무리한 계획이었다. 아이들을 수영장에 데려가고, 통솔하고, 수영을 가르치고, 다시 학교로 데려온다고? 젊은 여교사 혼자 그 일을 다 할 거라고? 반대가 심했다. 특히 영직동에 살지 않는 아이들의 반발이 심상치 않았다. 학군 뺑뺑이를 돌리는 바람에 영직동에서 학교를 다니게 된 아이들. 미국에서 초등학교를 다녔거나 수학경시대회를 위한 과외를 받는 아이들. 하지만 단 한 번도 해리아를 넘어서본 적이 없는 아이들. '우리'가 아닌 아이들.

학교를 마치자마자 비싼 학원에 가기 바쁜 아이들이었다. 수영 같은 '기본적인 운동'은 초등학교 때 이미 다 배운 애들이었다. 가능한 한 공부할 시간을 빼앗기고 싶어 하지 않는 아이들이었다. 수영 같은 격렬한 운동으로 진을 빼서, 오후 시간 내내 닭처럼 졸고 싶어 하지 않는 아이들이었다. 정확히는 그들의 부모가 그랬다. 시간 아까운 짓은 절대 시키지 않으려는 엄마와 아빠. 실제로 그들은 학교로 전화를 걸었다. 김이영 선생에게 사정했다. 화를 냈다. 윽박질렀다. 그러나 김이영 선생은 강했다.

덕분에 당장 다음주, 나는 모두 앞에서 발가벗겨질 운명이었다. 기가 막혔다. 너무 말도 안 되는 비극이라 현실감이 없었다. 옷을 벗는다. 벗어야 한다. 얇은 수영복 한 장만 입은 채 물속에 들어가야 한다…… 나는 고개를 흔들었다. 더는 생각하고 싶지 않았다. 들고 나온 책을 펼쳤다.

그때였다.

"애, 지수야."

나는 고개를 들었다. 해리아가 나를 보고 있었다. 그녀가 물었다.

"그거 무슨 책이야?"

"······이거?"

"응, 너 며칠 동안 쉬는 시간마다 계속 읽고 있는 거 봤어."

나는 책 끝을 매만지며 입술을 살짝 깨물었다. 역시나 현실 감이 없었다. 그래. 이것이야말로 진짜 믿을 수 없는 일이었다. 나는 몽롱한 기분으로 대답했다.

"나를 봤어?"

해리아가 웃으며 말했다.

"응, 봤지. 계속 궁금했어."

나는 고개를 돌렸다. 차마 해리아와 얼굴을 마주 보고 있을 수 없었다. 쑥스럽고 조금 부끄럽고, 아니 그냥 믿기지 않았다. 해리아가 내게 말을 걸어왔다는 사실이. 나를 지켜봤고, 내가 읽는 책을 궁금해한다는 사실이 너무나도 좋았다. 나는 있는 힘껏 용기를 쥐어짜냈다.

"〈베르사유의 장미〉 알아?"

나는 물었다.

"만화 영화?"

"응!"

"응, 알아."

"그 만화 작가 이름이 '이케다 리요코'야."

"그럼, 그 사람 책이야?"

"아니, 그건 아니야."

해리아가 어리둥절한 표정을 지었다. 나는 침을 삼키며 그녀에게 책을 건넸다. 해리아가 책 제목을 소리 내 읽었다.

"힐라리아."

"이케다 리요코에게 영향을 많이 받은 만화가가 있어. '아우더'라는 필명을 써."

"그럼 이건 아우더의 소설이야?"

"아니, 사실은 그것도 아니야."

해리아가 고개를 옆으로 살짝 기울였다. 흥미를 느끼는 걸까, 아니면 지루해하는 걸까. 나는 재빨리 설명했다.

"6학년 때, 학급문고 구석에서 《힐라리아》라는 책을 발견했어. 엄청 두꺼웠고, 총 5권으로 되어 있었어. 누가 갖다놓은 책이었는지 지금도 궁금해. 아무튼 별생각 없이 1권을 읽기 시작했는데, 너무 재밌는 거야! 작가 이름은 '이장화'였어. 신기하게도 이 책만 썼더라고. 도서관에도 가보고 서점에서도 찾아봤는데 이 사람이 쓴 다른 책은 찾지 못했어. 그래서 더 소중하다는 생각이 들었지. 나는 용돈을 모아서 《힐라리아》 전권을 다 샀어. 나는 이 소설을 정말 좋아해. 지금까지 여섯 번도 넘게 읽은 것 같아."

"그렇구나."

"응. 그런데 얼마 전에 책방에 갔는데, 《힐라리아》라는 만화책이 있는 거야! 너무 놀라서 책방 이모에게 물어봤지. 《힐라리아》가 만화로 나온 거냐고. 그랬더니 책방 이모가 설명해줬어. 그게 아니라, 내가 읽은 게 가짜래."

"그게 무슨 소리야?"

해리아가 내 옆으로 가까이 다가오며 물었다. 나는 침을 삼켰다.

"사실《힐라리아》의 진짜 작가는 아우더야. 이케다 리요코 풍으로 만화를 그린 사람! 그 사람의《힐라리아》가 정식으로 수입되지 않았을 때, 우리나라의 어떤 사람이 스토리를 베껴와서 소설로 썼던 거야. 그래서 불법으로 팔았던 거래. 해적판으로. 그러니까 이장화는 처음부터 없는 사람이었던 거야. 어떻게 그런 일이……."

"잠깐만, 지수야."

해리아가 부드럽게 내 말을 잘랐다. 들떠 있던 나는 순간 겁이 확 났다. 아, 너무 친근하게 굴었나? 너무 많이 떠들었나. 하고 많은 이야기들 중 왜《힐라리아》이야기를 한 거지? 공부 잘하는 똑똑한 모범생에게. 차라리 교과서를 들고 나올걸 그랬다. 역사나 도덕에 관한 이야기를 했어야 해. 아, 어쩌지? 어쩌면 좋지?

해리아가 물었다.

"《힐라리아》는 무슨 내용이야?"

해리아는 웃고 있었다. 지루해 보이지 않았다. 나는 조금 넋이 나간 기분으로 대답했다.

"힐라리아는 '테베'라는 나라의 공주야."

"응."

"그녀에게는 사랑하는 사람이 있어. 약혼했지. 그런데 제우스가 그녀를 보고 한눈에 반한 거야. 그래서 제우스는 약혼자를 괴롭혀."

"그리스 신화구나?"

"응. 그런데 꼭 신화 이야기는 아니고…… 아우더가 거의 지어낸 내용이야. 각색을 많이 했어. 안티오페라는 친구도 등장하는데, 신화 속 인물과는 거리가 멀어. 아무튼 힐라리아는 그 남자를 지키기 위해서 제우스와……"

나는 슬쩍 해리아의 표정을 살폈다. 해리아에게 이런 이야기를 해도 되는 걸까? 똑똑하고 모범적이고…… 해리아가 내 옆으로 바짝 다가왔다. 그리고 속삭이듯 물었다.

"하룻밤? 그런 거?"

나는 고개를 끄덕였다. 해리아가 한 손으로 입을 가렸다.

"우와. 그런 내용이 나와?"

"그런데 약혼자가 배신해."

"뭐?"

나는 목소리를 낮췄다. 그리고 해리아의 귀에 대고 속삭였다.

"그 남자는 힐라리아가 처녀가 아니라는 걸 견딜 수 없어 하거든."

"미친놈이네!"

나는 순간 움찔 놀라며 몸을 바로 세웠다. 해리아가 욕을 할 거라고는 생각해본 적이 없었다. 나도 모르게 웃음이 터져나왔다. 해리아도 웃었다. 내 어깨를 가볍게 때렸다. 그녀의 손길이 그대로 느껴졌다. 나는 해리아에게 말했다.

"맞아. 진짜 미친놈이야. 그런데 심지어 힐라리아는 임신해서 쌍둥이를 낳아. 그런데 그 약혼자가 아이들을 빼앗아가버려."

"왜?"

"미친놈이잖아! 그 아이들을 잘 키워서 제우스에게 보여주려고 한 거지."

"제우스는 아무것도 안 해?"

"응."

"왜? 아, 제우스도 미친놈이지."

나는 또 웃었다. 《힐라리아》를 읽으면서 내내 생각했던 것들이었다. 미친놈. 이 미친 새끼들. 안타까운 힐라리아. 아름답고 대단한 여인. 그런데 사실 내가 진짜 좋아한 주인공은 힐라리아의 친구 안티오페였다. 똑똑하고 기지 넘치는, 힐라리아의 친구. 두 사람은 서로를 챙긴다. 보호한다. 그리하여 힐라리아가 모두에게 버림받고 동굴에 갇혔을 때, 안티오페는 반역을 일으킨다. 테베의 왕은 타락했다. 진짜 고귀한 핏줄인 힐라리아를 여왕으로 만들어야 한다.

안티오페는 덩치가 컸다.

아니, 이건 나의 상상이다. 소설에서는 그녀를 이렇게 묘사한다.

"나는 곰으로 태어났다. 곰의 운명을 받았다. 내가 태어났을 때, 족장들은 모두 고개를 숙였다. 여자로서는 가질 수 없는 몸. 그때껏 이렇게 강인한 몸으로 세상에 맞선 인물은 헤라클레스와 아킬레우스뿐이었다. 그러나 안티오페. 아테나와 아르테미스의 가호를 받고 태어난 영웅. 나의 아름다움에 고개를 숙이지 않는 자는 없었다."

바로 이 때문에 나는 아우더의 만화보다 이장화의 소설을 더 좋아했다. 만화 속의 안티오페는 나의 상상과 거리가 멀었다. 그녀는 근육이 조금 있는 섹시한 여성에 가까웠다. 다른 여성 캐릭터들과 아주 약간만 다를 뿐이었다. 나는 그런 안티오페가 거인과 싸워서 이기고, 바위에 창을 꽂고, 힐라리아가 갇혀 있는 동굴의 문을 부술 수 있을 것 같지 않았다. 하지만 이장화의 안티오페는 달랐다. 크고 거대한 곰. 진짜로 강인한 인간. 때문에 나는 진짜 안티오페보다 해적판 소설에 등장하는 가짜 안티오페를, 내 멋대로 상상한 그녀를 사랑했다.

흙먼지가 흩날렸다. 아이들이 구령에 맞춰 단체 줄넘기를 하고 있었다. 조금 숨이 막혔다. 해리아가 말했다.

"걱정이네."

나는 물었다.

"뭐가?"

"다음주부터 수영 배우잖아."

"응. 그렇지."

"나 물에 뜨는 법도 모르거든."

"너는 금방 배울 것 같은데?"

진심이었다. 나도 했는데 네가 못할까. 해리아 정도의 운동 신경이라면, 물에 떠서 앞으로 나아가는 것 정도는 절대 어렵지 않다. 나는 자신 있게 덧붙였다.

"물에 뜨는 거 별거 아니야. 진짜 금방 배워."

해리아가 놀란 얼굴로 나를 봤다.

"지수야, 너 수영할 줄 알아?"

"응, 예전에 배웠어. 수영이 키 크는 데 도움이 된다고 해서."

"와, 너 그래서 키가 컸구나?"

얼굴이 살짝 달아올랐다. 몸에 관해서는 누가 무슨 말을 하든 그냥 부끄러웠으니까.

"모르겠어. 그때는 1센티미터도 안 컸어. 그러다 갑자기 이렇게 된 거야."

"수영 덕분일 거야. 지금은 네가 우리 학교에서 제일 크잖아."

그렇구나. 그렇게 말할 수도 있구나. 가장 뚱뚱하거나 거대

한 사람이 아니라, 제일 큰 사람.《힐라리아》의 그 문장이 떠올랐다. '나는 곰으로 태어났다.'

해리아가 다시 나를 불렀다.

"얘, 지수야."

"응?"

"혹시 나 수영 가르쳐줄 수 있어?"

3부

9

새벽 6시 30분. 나는 민덕병원 응급실 앞에 도착했다. 먼저 온 사람들이 있었다. 금방이라도 쓰러질 듯 앙상하게 마른 노파와 파리한 안색의 중년 여자. 그들은 서로의 손을 꼭 붙잡고 있었다. 모녀 같았다. 저들은 어디가 아픈 걸까. 나만큼 아플까. 아니면 나보다 더 아플까. 그들 옆으로 양복 차림의 남자 한 명이 서 있었는데, 눈 밑이 까맣고 입술이 잔뜩 터 있었다. 담배 냄새도 심하게 났다. 채수회관에서는 술이나 담배가 허용되지 않는다고 들었는데, 괜찮으려나 싶었다. 혹시 이 사람 금단현상으로 뛰쳐나가는 거 아니야? 사실 내 걱정이기도 했다. 어젯밤 결국 포기하지 못하고 가방에 약들을 챙겨넣었던 것이다. 진통제와 소화제, 수면제, 변비약과 항생제, 그리고 나비들까지.

누군가 또 도착했다. 자그마한 체구의 여자였다. 무척 어려

145

보였다. 스물? 스물다섯? 저 나이에 나는 무척 건강했는데. 뭘 먹든, 뭘 토해내든 끄떡없었지. 내 몸은 철근과 같았어. 이어 남자 두 명과 여자 한 명이 왔다. 피곤하고 울적하고 화가 나 있는 표정들. 새삼 놀라웠다. 이 세상에 나 말고 아픈 사람들이 또 있다는 것. 그리고 이들 모두 채수회관에 희망을 걸고 있다는 것. 나는 갑자기 묻고 싶었다. 정말 믿으세요? 탈출할 수 있다고 생각하세요? 그러면 누군가 내게도 묻겠지.

당신은요? 당신은 믿고 있나요?

어린 시절, 조칠현 교회 앞에는 늘 대형 버스 한 대가 서 있었다. 버스에는 '기적의 샘물'이라는 문구가 쓰여 있었고, 교인들은 그 버스를 타고 어딘가로 떠났다가 되돌아오곤 했다. 나는 언제나 그들이 가는 곳이 궁금했으나 누구에게도 물어보지 않았다. 해리아에게도, 신아에게도. 버스를 목격한 사실조차 입 밖으로 꺼내지 않았다. 그 세계에 대해, 그들이 믿는 세상에 대해 알게 된다면 절대 빠져나오지 못할 것 같았다. 아니, 빠져나오고 싶지 않을 것 같았다.

하지만 결국 나는 이곳에 있다. 영직동에. 민덕병원 앞에. 그리고 버스를 탈 것이다.

엄마가 살아 있다면 아마 이렇게 말하겠지. "그때랑 지금이랑 같니?" 그건 사실이다. 내 기억 속의 동네는 사라졌다. 어떻게든 빠져나가고 싶어 발버둥쳤던 작은 마을. 이제는 곳곳에 빌딩이 보인다. 고층 아파트가 들어섰다. 대형마트와 한적하고 널찍한 공원도 있다. 민덕병원은 어떠한가. 깨끗하고 정갈한 외관. 입구에 가지런히 놓여 있는 건강검진 안내 팻말. 조용하지만 신속하게 운영되는 듯한 응급실. 이제 민덕병원은 이 도시에서 가장 유명한 2차 병원이다. 특히 재활의학과와 통증의학과 평판이 좋다. 진료를 받으려면 예약을 하고 한참 기다려야 한다. 암 환자들을 위한 최고급 시설의 호스피스도 함께 운영하고 있다. 그리고 채수회관도 지원한다. 상세 불명의 통증, 만성질환에 시달리는 환자들을 위한 특수 클리닉. 박근만 원장이 적극적으로 투자를 이끌었다고 들었다. 그러니까, 여느 평범한 병원, 끊임없이 환자들이 모여드는 병원과 다르지 않은 셈이다. 신기했다. 내가 아는 민덕병원은 이런 곳이 아니었다. 급할 때 마지못해 가는 곳. 조칠현 교회 신자의 꼬임에 넘어가서 가게 되는 곳. '병원이 다 거기서 거기지'라는 안일한 생각을 하게 되는 곳. 그러고서 나중에 조금 더 찾아보지 않은 자신을 탓하게 만드는 곳. 왜 거기서 치료를 받았을까. 왜 하필 그 병원으로 갔을까. 나의 어리석음. 나의 게으름. **결국 나는 나 때문에 아프게 된 거야.** 하지만 지금 나는 혼란스러웠다. 여기가 정말로 한때 마을의 온갖 괴기한 소문이란 소문을 다 끌어안고 있던 곳이 맞나. 내가 그토록 원망했던 무능하고 무책임한 병원이 맞나. 이제는 그 모든 이야기가 거짓말 같다. 이

병원 응급실에서 해리아가 피를 흘리며 방치되었다는 사실까지도 모두 다.

"저기 오네요."

누군가의 목소리에 나는 고개를 들었다. 대형 버스 한 대가 병원으로 들어오고 있었다. 얼마 걸리지 않았다. 버스는 순식간에 응급실 앞에 섰고, 커다란 엔진 소리를 내며 문을 열었다. 어두운 금빛으로 도색된 평범한 버스였다. 외관에는 어떤 문구도 쓰여 있지 않았다. 기적의 샘물이랄지. 조칠현 교회랄지. 내 기억 속에 각인된 그런 말들.

그냥 깨끗했다.

왜 자꾸 떠오르는지 모르겠다. 샘물을 마시러 가는 사람들. 샘물을 찾으러 가는 사람들.

멍하니 버스를 바라보고 있는데, 누군가 내 어깨를 툭 쳤다.

"아가씨, 줄 안 서?"

노파였다. 확 불쾌해졌다. 왜 사람을 치고 난리야? 내가 노파와 딸, 그 두 사람과 다른 사람 사이를 애매하게 막고 서 있다는 걸 알고 난 뒤에도 그랬다. 노파가 딸의 손을 꽉 붙잡은 채 힘없는 목소리로 다시 물었다.

"아가씨, 안 갈 거야?"

나는 신경질적으로 대답했다.

"가야죠. 가려고 여기까지 온 건데요."

줄을 섰다. 버스에 올라탔다.

148

버스는 금세 안전 외곽으로 빠졌다. 이내 곧 도로를 빠르게 달리기 시작했다. 나는 창 너머로 보이는 표지판을 확인했다. 버스는 예정대로 운군耘郡을 향하고 있었다. 악산惡山과 깊은 계곡으로 유명한 물 좋고 공기 좋은 산골 동네. 4년 전, 벗이 전국 방방곡곡을 돌아다녀 찾아냈다는 치유의 공간. 원래는 폐교였다고 한다. 운군의 젊은 사람들이 차례차례 도시를 떠나면서 텅 비어버린 낡은 학교. 벗은 박근만 원장의 도움으로 폐교를 채수회관으로 만들었다. 치유식을 제공하고, 명상과 요가, 건강 체조를 결합한 운동을 가르치고 몸에 대한 수업을 했다. 재생수련을 이끌었다. **"재생을 향한 치유, 치유를 통한 재생 ─ 우리는 스스로 우리 몸을 다시 만들 수 있습니다."**

나는 피식 웃음을 터뜨렸다.

정말로 웃겼다. 치유라니. 재생이라니! 반년 전까지만 해도 나는 이런 식의 치료. 그러니까 자연 치유 요법. 대체 의학이라 불리는 것들을 전혀 신뢰하지 않았다. 나는 오직 병원에만 다녔다. 정식으로 의대를 졸업하고 전문의 과정을 이수한 의사들이 운영하는 병원. 논문과 증명, 임상시험 결과, 수치와 계산, 오차 범위, 화학물질의 조합. 이런 단어들을 읊는 전문가들을 찾아다녔다. 믿었으니까. 현대 의학에는 답이 있다. 암을 치료하고, 동물을 복제하고, 기대수명이 늘어난 이 시대에 나를 구할 방법이 없을 리 없다. 분명 어딘가 있다. 명의. 화타. 진짜 실력자. 나는 아직 만나지 못했을 뿐이다. 그리고 만일 그를 만난다면, 그가 나의 생살을 찢고 뼈를 긁어낸다 해도 상관없다. 나을 테니까. 분명히 완치할 테니까.

엄마의 유품을 뜯어 먹기 전까지는 그렇게 생각했다.

아니지. 벗의 책을 읽기 전까지라고 해야 하나.

그래. 그 책. 벗의 고통과 치유에 관한 책. 새로운 삶에 대한 책. 벗 역시 알 수 없는 병을 앓았다. 원인 모를 통증에 시달렸다. 그러나 벗은 극복했다. 아아, 이런 사람이 한둘이었던가. 통증이 시작된 후, 나는 수많은 후기를 읽었다. 그건 명의를 찾는 과정이기도 했다. 치료된 사람이 있다면, 치료한 사람이 있을 테니까. 온갖 자료를 샅샅이 뒤졌다. 질환 카페의 치료 후기. 〈생로병사의 비밀〉 〈명의〉 같은 건강 프로그램에 나온 사람들. 건강과 몸에 대한 다큐멘터리. 채식에 대한 책. 자연식물식에 대한 책. 과일식에 대한 책. 가공식품 반대자들의 책. 달리기를 하는 사람의 책. 걷기를 하는 사람의 책. 헬스를 하는 사람의 책. 요가를 하는 사람의 책. 의사의 블로그. 환자의 블로그. 유튜브. 그리고 나는 그 모든 것들에 감화되었다. 그들에게 내 마음을 모두 줬다. 동시에 돌려받기를 원했다. 그들의 완치 사례. 극복 의지. 어느새 사라진 병. 완전한 회복. 그 이야기가 나의 것이 되기를 바랐다. 하지만 나는 결국 깨닫곤 했다.

그들과 나의 병은 다르기에, 나는 절대 그들이 될 수 없다는 것. 그럼에도 불구하고 나는 끝없이 찾아다녔다.

낫고 싶으니까.

벗은 이렇게 썼다. "나는 지금 사는 것처럼 산다. 이제 더는 고통에 끌려다니지 않는다. 나는 자유롭다."

어떻게?

통증의 기억을 찾았다고 했다. 최초의 기억을 인정하고 받아들이게 되었다고 썼다. 음식과 운동, 규칙, 생활 습관, 명상, 대화를 통해서. 그 대목을 읽으며 나는 키득거렸다. 이런 걸로? 겨우 이런 걸로 자유를 찾았다고? 그곳에서 빠져나왔다고? 거짓말 같았다. 벗은 또 이렇게 썼다. "아픈 사람들이 나보다 답을 일찍 찾았으면 하는 마음으로 채수회관을 설립했다. 나와 같은 사람들을 돕기 시작하면서, 나는 제대로 된 인생이 무엇인지 깨닫고 있다."

더는 읽을 필요가 없다고 생각했다. 결국 이 책은 채수회관의 홍보 책자에 불과한 것이다. 그럴싸한 말로 사람을 홀려서 돈을 뜯어내는 사기꾼들. 조칠현과 똑같아. 심지어 채수회는 한때 엄마가 몸담았던 동호회의 이름이지 않은가. ─아, 엄마는 끝끝내 세미나라고 우겼었지—혹시나 해서 찾아봤는데, 특별한 연관관계는 없었다. 우연히 이름이 겹친 듯했다. 그 때 문에 믿음이 더 안 갔다. 은퇴한 아주머니들이 모여 음식을 만 들던 모임의 이름과 똑같은 치료센터라니. 통증의 기억이니 뭐니 하며 치유를 이야기하는 사람이라니. 속지 않아. 절대 속 지 않을 거야.

그러나 나는 결국 감화되었다.

그리고 보고 싶었다.

사는 것처럼 산다고 말하는 사람. 그 얼굴. 웃고 있을까. 아 니면 맑고 평온할까. 평범할까. 비범해 보일까. 나는 매일 밤 그 얼굴을 상상했다. 인터넷에서 채수회관을 검색했다. 지역 신문에서 관련 자료를 모조리 뒤졌다. 벗은 비밀스러웠다. 사 람들 앞에 나서는 법이 없었다. 그러나 벗에 대한 자료는 넘쳐 났다. 채수회관 개관식 때 우연히 찍힌 옆모습, 박근만 원장의 소개. "아주 믿을 만한 사람입니다. 전문가이지요." 인터넷 카 페의 후기. "제 인생 가장 영광스러운 만남이었습니다." "벗이 저를 마지막 동굴로 안내했습니다. 덕분에 완전히 다른 삶을 살게 되었습니다." "감사드립니다. 통증을 다른 시각으로 바라 볼 수 있게 되었어요." "확실히 덜 아픕니다. 그리고 통증이 찾아와도 두렵지 않아요. 제가 관리할 수 있다는 걸 아니까요. 벗 덕분입니다." 그 정보들을 읽어나가면서, 벗을 만난 사람들의 이야기를 들으면서, 내 상상은 더 풍부해졌다. 그래. 어느 순간 부터 내 망상의 대상은 벗이 되었다. 고통받던 나는 벗을 만난 다. 그는 오직 내게만 이야기한다. 자신의 기억에 대해, 그 최 초의 통증을 제거한 자신의 의지와 방법에 대해 은밀하게 전 해준다. 그리고 내게 **최후의 해결**을 제시한다. 나를 **마지막 동 굴**로 이끈다. 그리하여 나는 빛을 본다. 아아, 나는 그가 일러 준 모든 것을 듣고 기억하고 실천한다. 그리하여 사는 것처럼 살게 된다. 몇 날 며칠 나는 생각하고 또 생각했고, 나중에는 생각을 멈췄다. 그냥 벗을 만나러 가기로 했다.

참 쉬웠다. 간단했다.

수치와 계산, 화학의 세상에서 이 놀랍고 신비로운 치유의 세상으로 걸어 들어온 것이.

그래서 웃겼다. 그동안 나는 왜 그렇게 버틴 걸까. 왜 진작 찾아볼 생각을 하지 않았을까. 아, 진작 찾아내지 못해서 그랬 나? 오래전, 민덕병원에 다니던 사람들이 다른 병원에 가서 반 문했던 것처럼? "제가 아프다구요? 오래 진행된 병이라구요?" 아, 진짜 웃겨서 참을 수가 없었다. 나는 손에 얼굴을 묻은 채 계속 키득거렸다.

"아가씨, 괜찮아?"

나는 웃음을 멈췄다. 노파였다. 버스 통로 건너편 좌석에 앉은 채 나를 빤히 보고 있었다.

"뭐가요?"

"지금 아파서 그러는 거 아니야?"

그러면서 노파는 양손으로 얼굴을 감싸는 시늉을 했다. 내흉내를 내는 것이었다. 그녀가 내 어깨를 툭 쳤을 때처럼, 나는 다시 확 불쾌해졌다. 쌀쌀맞게 대답했다.

"그런 거 아니에요."

창밖으로 고개를 돌렸다. 어처구니가 없네. 누가 누구를 걱정해? 딱 봐도 당장 죽게 생긴 사람이. 그러나 노파는 여전히 나를 지켜보는 것 같았다. 시선이 다 느껴졌다. 대체 딸은 옆에서 뭐 하는 거야? 왜 아무 제지를 안 해? 이런 사람과 한동안 같이 지내야 하다니. 기분이 좋지 않았다. 그때 창밖 풍경이 바뀌었다. 산길로 들어선 것이다. 빽빽한 나무들. 절벽. 험한 산세를 그대로 드러내는 굽이진 길들. 세상이 반쯤 기울어진 듯했다. 믿기지 않았다. 이렇게 깊은 곳에 학교가 있었다고? 이런 곳을 찾아냈다고?

버스가 멈췄다.

*

흙냄새, 풀 냄새, 나무 냄새, 공기는 차갑고 향기는 짙었다. 나는 눈앞의 건물을 올려다봤다. 고풍스러운 분위기의 6층짜

154

리 벽돌 건물. 뾰족한 삼각지붕. 그 아래 매달린 대형 시계. 1층 중앙의 널찍한 로비. 오차 없이 똑같은 간격으로 늘어선 창문들. 이름 모를 풀로 가득한 화단. 인상적이었다. 건물 특유의 분위기랄까. 산세에 전혀 눌리지 않은 어떤 기운이 느껴졌다. 그래. 그런 느낌이 있었다. 그러면서도 건물은 마치 산의 일부인 것처럼, 단단하게 뿌리 내린 거대한 고목처럼 산 아래 자연스레 어우러져 있었다.

그런데 아무도 나와보지 않았다. 도착한 지 5분은 더 지난 것 같은데 말이다. 창 너머로 그림자가 어른거리는 것을 보니 건물 안에 분명 누군가 있는 것 같기는 했다. 그러나 아무도 얼굴을 드러내지 않았다. 저 안에서 '우리'. 그러니까, 나와 다른 입소자들이 영문을 모르겠다는 표정으로 주위를 두리번거리는 모습을 그저 지켜보기만 하는 듯했다.

왜?

혹시 입구가 다른 곳에 있나? 나는 건물 앞을 기웃거리며 사람들을 기다렸다. 하지만 시간만 계속 흐를 뿐, 누구도 나타나지 않았다. 오늘이 아닌 걸까. 무언가 잘못됐다. 나는 화단을 따라 건물 끝으로 걸었다. 풀 냄새가 짙게 났다. 벗의 책에 따르면 식용 가능한 풀이었다. "주변의 모든 것들은 인간이 먹을 수 있는 것이어야 한다. 그리고 죽은 인간은 땅으로 돌아가 다시 인간의 먹이가 된다. 우리는 순환한다." 입소 상담 때, 그 직원도 말했다. "채수회관 화단에 피어난 풀들은 영양제 그 이상

155

이죠. 자연 그 자체예요." 나는 손을 뻗어 이름 모를 풀들을 만졌다. 부드러웠다. 순식간에 내 몸에도 풀 냄새가 배어들었다. 싱그럽고 화사했다. 몸 구석구석이 깨끗하게 씻겨내려가는 듯했다. 나는 화단을 따라 계속 걸었다. 건물 끝에 가까워질수록 햇빛이 옅어졌다. 그래서인지 풀과 함께 버섯 같은 것들도 간간이 보였다. 흙바닥에 솟아 있는 자그마한 덩어리들. 역시나 내가 아는 종류는 하나도 없었다.

코가 살짝 마비된 것 같다고 느껴질 즈음, 나는 화단 끝에 도착했다. 건물 뒤쪽으로 향하는 길이 보였다. 그때, 나비 한 마리가 날아와 건물 벽에 매달렸다. 하얀 날개. 나도 모르게 나비를 향해 손을 뻗었다. 그러자 나비는 날개를 펄럭이며 건물 뒤로 날아갔다. 나는 나비를 따라갔다. 깊고 진한 어떤 흙냄새가 났다. 서늘한 한기가 등줄기를 스쳐지나갔다. 나는 어깨를 움츠렸다. 혹시 통증이 오는 걸까. 겁이 났지만 곧 진정했다. 아직은 괜찮은 것 같았다. 가던 길을 계속 갔다. 그리고 건물 반대편에 도착했다. 어두웠고, 추웠고, 나비는 없었다. 대신 다른 것이 있었다. 검은 장막. 아니, 거대한 비닐봉지를 뒤집어씌워놓은 것 같은 커다란 덩어리. 나는 숨을 들이마셨다. 냄새가 또다시 내 몸을 파고들었다. 이제는 내 몸에서도 화단의 풀이 피어날 것만 같았다. 나는 앞으로 더 걸었다.

검은 덩어리가 가까워졌다.

비닐하우스였다. 건물 뒤편 공간을 거의 다 차지하고 있는 크고 넓은, 거대한 비닐하우스. 하지만 모양새가 조악하고 어설펐다. 커다란 골조 위에 비닐을 대충 뒤집어씌운 모양새랄까. 문에는 자물쇠가 걸려 있긴 했지만, 경첩이 워낙 낡아서 힘을 주어 내리치면 얼마든지 부술 수 있을 것 같았다. 버려진 곳인가. 나는 문고리를 향해 손을 뻗었다. 손끝에 한기가 스며들었다. 순간 날개뼈 아래쪽이 찌릿, 하고 날카롭게 반응했다. 아팠다. 이번에는 확실히 아팠다. 나는 인상을 찡그리며 문에서 떨어졌고, 허리를 뒤로 젖히며 심호흡을 했다. 다행히 통증은 금방 지나갔다.

돌아가자.

분명 그렇게 생각했다. 하지만 어느새 나는 숨을 몰아 내쉬며 벌어진 문틈을 들여다보고 있었다. 여기는 어디인가. 무엇이 있나. 바닥에 풀이 한가득 돋아 있었다. 화단의 풀과는 완전히 달랐다. 흙 위에 봉긋하게 솟아오른 모습이 꼭 봄동 같기도 했고, 배추 같기도 했다. 하지만 둘 다 아니었다. 처음 보는 풀이었다. 손바닥만 한 잎사귀에 희끗희끗한 작은 점박이 무늬들이 있었고, 잎 가장자리는 둥그스름했다. 혹시 식재료일까. 채수회관에서 직접 제공한다는 자연 치유 식단의 재료. 벗의 치유 노하우가 담긴 음식에 들어가는 재료. 그것인가. 정말로 저 풀 덕분에 벗은 통증에서 벗어날 수 있었던 걸까. 그때, 저 멀리 비닐하우스 끝에 누군가 있었다. 뒷모습만 보였다. 그 사람은 허리를 숙여 풀을 직접 살펴보고, 냄새를 맡고, 손으로 뜯어서 조금 먹기도 했다. 나는 정성스레 풀을 보살피는 그 사람을 뚫어져라 바라보았다. 커다란 키. 단발머리. 하얀 양말.

그 순간.

"땡……!"

종소리가 들렸다. 건물 앞쪽에서 들려오고 있었다. 나는 황급히 고개를 돌렸다가 다시 문틈을 바라보았다. 아무도 없었다. 텅 비어 있었다. 그 사람도 풀도 무엇도 없었다. 소리만 들렸다. 건물 주변과 산속을 울리는 종소리. 또 들렸다. 간격이 짧아지고 있었다. 나는 걷기 시작했다. 하지만 이내 마음이 급해져 결국 뛰다시피 길을 가로질렀다. 건물 앞으로 들어서자 사람들이 보였다.

로비에 누군가 나와 있었다. 삭발을 한 무척 깡마른 남자였다. 나이는 좀 있어 보였는데, 그저 내 느낌일 뿐이었다. 젊은 사람일 수도 있었고 그보다 훨씬 어린 사람일 수도 있었다. 그냥 가늠이 잘 안 됐다. 어쩌면 옷차림 때문일지도 몰랐다. 위아래 모두 새하얀 옷을 입었는데, 어깨 부근에 회색 줄무늬 두 줄이 연하게 들어가 있었다. 꼭 체육복 같았다. 중학교 때 입던 그 옷. 나의 불룩한 배와 커다란 엉덩이를 그대로 드러내던 옷.

"땡!"

다시 소리가 울려퍼졌다. 나는 그의 손에 작은 은색 종이 들려 있는 걸 알아차렸다. 뭐야. 지금 직접 종을 친 거야?

그의 뒤에서 기다렸다는 듯 다섯 사람이 천천히 걸어 나왔다. 그들 역시 남자와 똑같은 옷을 입고 있었다. 체육복. 하지만 색깔이 달랐다. 그들의 옷은 연한 초록빛이었고 줄무늬는 노란색이었다. 순간 나는 이들이 '지우'라는 걸 알아차렸다. 재생수련 기간 내내 입소자 곁에 머무르며 도움을 준다는 개인 멘토. 그렇다면 저 하얀 옷을 입은 남자는 지우보다 높은 단계의 '지기'이겠구나. 지우가 실무자들이라면 지기는 일종의 관리자들이었다. 최초의 기억을 찾고 동굴 밖으로 나온 사람들. 자유를 얻은 사람들. 이후에도 수련을 거듭하며 삶의 진실을 탐구하고, 수련자들과 벗을 돕는 일곱 명의 사람들. 물론 그들은 자신들의 병이 완전히 사라졌다고 이야기하지는 않았다. 그래. 완치는 없으니까. 한 번 꺾인 건강은 절대 되돌아오지 않으니까. 하지만 재생은 가능하다. 아, 이제는 외울 지경이었다. 그래. 카페의 어떤 후기에는 이렇게 쓰여 있었지. "아프지 않았다면 좋았겠지만, 그래도 괜찮습니다. 재생수련을 통해 깨달음을 얻었으니까요. 저는 이 아픔을 끌어안고 살아가는 방법을 알게 되었어요. 이 삶이 훨씬 행복합니다." 내 앞의 저 사람들은 그 재생수련의 증인들이었다. 그리고 저들을 이끄는 삶이 바로 벗.

그리고 '심우'.

벗의 절친한 친구이자 채수회관의 실질적 운영을 담당한다는 사람.

두 사람은 지금 어디에 있을까.

나는 주위를 살폈다. 궁금했다. 어디에 숨어서 우리를, 나를
지켜보고 있지? 그때 지우들이 앞으로 더 다가오더니 각자 이
름을 부르기 시작했다. 자신이 담당하게 된 사람을 찾는 듯했
다. 덕분에 나는 노파와 딸의 이름을 알게 됐다. 김홍란. 박인
영. 새하얀 머리를 정갈하게 한 갈래로 묶은 날씬한 여자가 환
하게 웃으며 그들에게 다가섰다. 노파의 손을 잡았다.
"그동안 잘 지내셨어요?"
노파가 웃으며 고개를 끄덕였다. 이제 노파는 딸이 아닌 지
우의 손을 꼭 잡고 있었다. 금방이라도 쓰러질 듯 파리하기만
했던 얼굴에 희망과 기대가 차올랐다. 딸도 마찬가지였다. 어
쩐지 꽤나 홀가분해 보였다. 지우가 말했다.
"두 분 모두 이번에도 잘 쉬다 가세요. 제가 또 열심히 도와
드릴게요. 더 좋아지실 거예요."
그렇구나. 두 사람은 이미 이곳에 온 적이 있구나. 좋았나보
네. 그런데 돌아왔다는 건, 결국 나아진 게 없다는 뜻 아닌가?
"박지수 님?"

나는 고개를 돌렸다. 나의 지우가 서 있었다. 앞으로 일주일

간 나의 건강을 돌봐줄 나의 멘토……. 덩치가 컸다.

그게 왜?

나는 치유를 위해 이곳에 왔다. 벗을 만나기 위해 왔다. 그걸
제대로 도와줄 사람이면 된다. 덩치와는 아무 상관없다. 그래.
상관없어. 나는 양손을 꽉 맞잡았다. 얼굴에 미소를 띠웠다. 노
력했다.

그러나 지우의 팔뚝이 너무 두꺼웠다.

그게 왜?

상관없지. 상관없어. 나는 뚱뚱하지 않으니까. 물론 가장 말
랐을 때보다는 살이 올랐지만, 그래도 괜찮다. 지금 중요한 건
통증이다. 살이 찌고 빠지는 것. 이런 걸 신경 쓸 때가 아니다.
아니, 평소에도 신경 쓸 필요가 없었어. 내가 뚱뚱하다는 생각.
살이 찌면 안 된다는 생각. 뚱뚱한 나는 쓸모없고 끔찍한 사람
이라는 생각. 다 기만적이고 혐오스러운 자기 학대다! 폭력이
다! 지난 4년간 상담사가 끝없이 말해주지 않았던가. 그때마
다 나는 고개를 끄덕이며 반복해 대답했지.
"네, 선생님. 무슨 말씀인지 알 것 같아요. 제 몸을 있는 그대

로 받아들여야 하는 거죠. 어쩌면 통증은 그 때문에 생기는 걸지도 몰라요. 저 자신을 부정하는 감정 때문에요. 이걸 인지하고 있다는 것. 이게 중요한 거죠?"

진심이었다.

그래서 곧장 다른 병원에 가 나비 약을 처방받았다. 수면제도 함께 처방받았다. 그 병원에서는 의사와 대화하지 않았다. 눈빛 혹은 표정으로 신호를 주고받았을 뿐이다. 약을 원해요? 네, 약을 원해요. 이 빌어먹을 식탐을 잠재울 강력한 약이 필요해요. 그리고 밤새 무언가를 입에 밀어넣고 싶어 하는 나의 무의식을 잠재울 강력한 수면제도 필요합니다. 왜냐하면 저는 제 몸을 있는 그대로 받아들여야만 하거든요. 제가 괜찮다는 사실을 기억해야 하거든요. 저는 뚱뚱하지 않으니까요. 아뇨. 뚱뚱해도 괜찮죠. 상관없어요. 나는 마르고 싶은 게 아니에요. 뚱뚱한 걸 싫어하지도 않아요. 그러니까 뚱뚱해서 나비 약을 먹으려는 게 아니에요. 그 때문에 식욕 조절이 필요한 게 아니랍니다. 아, 통증 때문이에요. 진짜입니다. 상담도 받고 있고, 노력도 하고 있지만, 습관이라는 게 있잖아요. 무의식이라는 게 있잖아요. 식욕이 넘치면 저도 모르게 스트레스를 받아요. 그러면 날개뼈의 통증이 더 자주 일어나죠. 아프면 뭔가를 더 먹게 됩니다. 신경을 다른 데로 돌리고 싶어지니까요. 그러니까 관리가 필요해요. 약을 먹어야 해요. 악순환을 끊기 위해서요. 그러니까 치료를 위해서 저는 굶어야 합니다.

162

때문에 나는 이 여자를, 지우를 싫어할 이유가 없었다.

지우가 내게 옷을 건넸다. 같은 디자인이었지만 색은 달랐다. 연보라색. 그리고 하얀색 줄무늬. 그녀가 말했다.

"지수 님, 그럼 아침 식사 하러 가실까요?"

"식사요?"

"네, 지수 님! 채수회관에 오셨으니 치유식을 경험해보셔야지요."

그래. 여기는 이런 곳이지. 치유에만 집중하는 곳. 그를 위해 건강하게 먹고, 움직이고…… 하지만 벌써 뭔가를 꼭 먹어야 할까. 나는 지우에게 조심스레 말했다.

"지금은 배가 별로 고프지 않은데요."

지우가 미소를 지었다. 나를 잠시 바라보았다. 그러더니 낮은 목소리로 물었다.

"지수 님, 기억을 찾기 위해 오셨죠?"

"네."

"그럼, 드셔야 해요."

그러더니 그녀는 몸을 돌려 건물 안으로 성큼성큼 걸어 들어갔다. 나는 그녀의 널찍한 등을 바라보다가, 천천히 발을 옮겼다. 따라 걸었다. 뒤쪽 어딘가에서 문이 닫히는 소리가 들렸다.

돌아보지 않았다.

10

"지수 님의 첫 번째 진단은 뭐였어요?"

자리에 앉자마자 지우가 물었다. 나는 깻잎순무침 한 젓가락을 입에 넣었다. 쌉쌀한 풀 맛이 강하게 느껴졌다. 양념이 거의 되어 있지 않았다. 배식받은 반찬 대부분이 다 그랬다. 간이 약했고, 그래서 원재료 맛이 많이 났다. 현미밥과 콩나물무침, 고구마순김치, 깻잎순무침, 두부조림, 뭇국.

별로였다.

그래. 이상하지는 않았다. 채수회관의 치유식이 기본적으로 채식을 지향한다는 건 알고 있었으니까. 달걀이나 육고기를 배제하지는 않지만 최소한의 섭취를 원칙으로 하고, 먹어야 할 때는 무항생제 인증을 받은 축산물을 선택한다. 해산물 역시 검증을 거친 업체를 통해 구입한다. 책에 그렇게 쓰여 있었다. "중요한 건 가공되지 않은 자연을 있는 그대로 섭취하는 것이다." 내가 그 문장에 너무 대단한 기대를 걸었나? 글쎄. 조금 특별하리라는 기대는 있었던 것 같다. 하지만 이건 뻔했다. 지금껏 다닌 병원들에서 추천한 식단과 크게 다르지 않았다. 음식을 정갈하게 먹을 것. 가공식품을 줄일 것. 카페인을 자제할 것. 과일과 야채를 많이 섭취할 것. 붉은 고기를 지양할 것. 자그마치 5년이었다. 내가 그 충고를 허투루 들었겠는가. 실천했었다. 효과를 본 적도 있었고. 지금 내 앞의 이 음식들은, 그때 내가 먹었던 것들보다 훨씬 형편없었다. 야채는 시들시들했고 두부에서는 살짝 비린내가 났으며 현미는 덜 불렸는지, 꼭 생쌀을 씹는 것처럼 거칠고 딱딱했다. 식대를 꽤 많이 냈던 걸로 기억하는데 겨우 이 수준의 음식을 내놓는다고? 이런 걸 가지고 치유니 기억이니 하는 말들을 떠들어댄다고?

"지수 님?"

지우가 나를 불렀다. 대답을 재촉하는 말투였다. 나는 조금 신경질적으로 대답했다.

"원인 불명의 신경통이요."

지우가 고개를 끄덕였다. 그럴 줄 알았다는 듯 말이다. 마음에 들지 않았다. 자기가 뭘 안다고? 5년 전, 안진에서 서울로 돌아온 지 얼마 되지 않아 나는 응급실로 실려 갔다. 새벽 1시가 조금 넘은 시간이었다. 내가 직접 119를 불렀다. 비명을 지르며 살려달라고, 아파서 죽을 것 같다고 호소했다. 과장이 아니었다. 오른쪽 날개뼈 아래쪽이 찢어지는 듯 아팠다. 무언가 내 살가죽을 뚫고 나오려는 것만 같았다. 사람들을 기다리며 나는 바닥에 쪼그리고 앉아 입을 벌린 채 침을 뚝뚝 흘렸다. 손발이 부들부들 떨렸다. 이후 구급차에 어떻게 탔는지 기억나지 않는다. 병원에 도착해서 무슨 말을 했는지도 모르겠다. 어느 순간 엑스레이를 찍고 있었고, 또 어느 순간에는 팔목이 차갑다고 느꼈다. 의사가 알코올 솜으로 내 피부를 문질렀기 때문이었다. 그때 어떤 질문이 들렸다. 그래. 등을 세게 누르는 어떤 압박감과 함께.

"환자분. 여기가 아파요? 누르면 아파요?"

나는 소리쳤다.

"거기가 아니에요. 날개뼈 아래예요."

"여기요?"

"네!"

"자, 여기 누를게요. 아파요?"

"아니요. 피부가 아니에요. 겉이 아니라 안쪽이 아파요. 피부 안쪽이 찢어지는 것 같아요!"

"지금도 아파요?"

"네!"

이후 기억은 또 없다. 잠들었던 것 같다. 기절했다고 봐야 할까. 눈을 떴을 때, 다행히 통증은 가라앉아 있었다. 살짝 욱신거리기만 했다. 누군가 내 옆으로 다가왔다. 의사였다.

"환자분, 좀 어떠세요?"

"머릿속이 울려요."

"그럴 수 있어요. 지금 진통제 들어가고 있어서 그래요. 곧 괜찮아질 겁니다."

그제야 내 팔목에 꽂힌 링거주사가 보였다. 의사가 단조로운 목소리로 말했다.

"일단 검사 결과는 정상이에요. 혹시 전에도 이러신 적 있어요?"

나는 고민했다. 안진에 있을 때부터 등이 아프기는 했으니까. 하지만 이 정도의 통증을 느낀 적은 없었다. 처음이었다. 그럼 뭐라고 말해야 하지?

"아프긴 했는데…… 이렇게 심한 적은 없었어요."

"그럼 일시적인 증상일 수 있어요. 다음에 비슷한 통증이 또 나타나면 신경과에 가서 정밀 검사를 한번 받아보세요. 진통제 다 들어가고 나면, 오늘은 이만 돌아가셔도 될 것 같아요."

나는 당황했다. 몸이 쪼개질 것처럼 아팠는데, 그런 어마어마한 통증을 겪었는데, 괜찮다고? 집에 가도 된다고? 말도 안 돼. 나는 의사에게 다급히 물었다.

"선생님, 제가 며칠간 감기몸살에 계속 시달렸어요. 이게 연관이 있을 수 있나요?"

의사가 고개를 저었다.

"꼭 관련 있다고 볼 수는 없어요."

"그럼 폭식은요?"

"네?"

"며칠 전에 제가 좀 과하게 많이 먹었거든요. 그게 원인일 수도 있나요?"

의사가 웃었다.

"아니요. 상관없는 문제예요. 그냥 좀 과식하셨을 뿐이잖아요."

나는 입을 다물었다. 만일 제대로 된 대답을 듣고 싶다면, 무엇을 얼마나 먹었는지 구체적으로 하나하나 다 읊어야 할 것이다. 그런데 굳이 여기서? 응급실 의사에게? 그리고 그날만 먹어댄 것이 아니지 않은가. 거의 10년 넘게 그렇게 살았다. 먹고, 토해내고, 굶고, 또 먹었다. 무지막지하게 먹었다. 의사 말이 맞았다. 정확한 진단을 받고 싶다면 정밀 검사를 해야 한다. 여기서는 정답을 찾지 못할 것이다. 나는 고개를 끄덕인 뒤 침대에서 내려왔다. 새벽 6시였다. 출근 준비를 해야 했다.

괜찮았다. 3개월? 4개월? 정말로 그랬다. 몸살은 나아졌고, 불면증도 좋아졌다. 추석 내내 그렇게 끙끙 앓고 응급실까지 다녀왔다는 사실을 완전히 잊어버릴 정도였다. '일시적인 증상'. 의사 말이 맞는 듯했다. 아, 역시 전문가는 다르네. 그냥 보면 아는구나. 하긴 그동안 일을 많이 하긴 했지. 제대로 쉰 적도 없었고. 하지만 이제 괜찮은 것 같아. 나는 흐르는 시간 위에 불안감을 띄워 보냈고, 일상으로 돌아왔다.

적당히 먹고, 거의 먹지 않고, 가끔 많이 먹고, 무자비하게 먹고 며칠간 아예 안 먹는 삶. 나비를 꿀꺽꿀꺽 삼키는 삶. 덕분에 종종 헛것을 봤지만, 걱정은 안 했다. 익숙했으니까. 그리고 환각은 약효가 나타난다는 뜻이었다. 그게 중요했다. 때문에 나는 몽롱한 기분이 들면, 쪼그라든 위를 끌어안은 채 멍하니 의식 밑으로 들어가 제멋대로 떠오르는 어떤 장면들을 구경하곤 했다. 내가 그것들을 보고 있다는 사실을 뚜렷하게 인지했다. 그래서인지 태인과의 관계 역시 나쁘지 않게 적당히 이어졌다. 그는 어느 날은 조급하게 답을 원했고, 또 어느 날은 느긋하게 나를 내버려뒀다. 그러는 사이 나는 회사에서 승진을 했다. 대리에서 과장으로. 바라던 바였으나 딱히 감사하거나 기쁘지는 않았다. 노력했으니까. 그 정도 보상은 당연히 있어야지. 마땅한 것이지. 엄마와는 이전보다 통화를 더 자주 했다. 엄마가 먼저 전화를 걸어오는 일이 많았다. 신경 쓰였던 것 같다. 집에서 내가 먹어치운 것들이 말이다. 그래. 그 행위. 충동이 염려되었겠지. 그래서인지 그녀는 안 하던 소리를 자주 했다. 건강한 음식을 먹어라. 몸에 좋은 걸 먹어라. 너를 위해서.

어느 날은 한창 바쁜 시간에 전화를 걸어와서는 '세미나'에서 최근 개발한 건강식 레시피가 있다며 빨리 받아 적으라고 했다. 나는 짜증을 냈다. 엄마는 개의치 않았다. "이것만 적어. 적으면 바로 끊을게." 그러면서 강조했다. "반드시 유기농 부추를 사. 그래야 된다." 나는 귀찮은 말투로 알았다고 대답했다. 온종일 굶은 날에도, 뭔가를 잔뜩 입에 쑤셔넣던 순간에도, 먹은 것들을 변기에 다 토해낸 이후에도 나는 항상 알겠다고 했다. 그리고《채수회 레시피》책이 나왔다며 엄마가 전화를 걸어왔던 이른 아침, 나는 비명을 지르며 화장실 바닥에 쓰러졌다.

*

"그럼 가바펜틴이나 프레가발린 같은 신경통 약을 드셨겠네요."

지우가 물었다. 나는 고개를 끄덕였다.

"네. 저는 가바펜틴을 오래 먹었어요."

"효과는 있었나요?"

나는 뭇국을 한 숟가락 떠서 입에 넣었다. 덜 익은 무가 입안에서 서걱거렸다. 이따위 음식을 다 먹어야 하나? 나는 이번에도 짜증을 숨기지 않았다.

"효과가 있었다면 제가 여기까지 왜 흘러들어왔겠어요."

지우가 미소를 지었다. 이번에도 역시나 다 알고 있다는 듯한 표정이었다. 울컥 화가 치밀어올랐다. 여기 사람들은 다 이런가? 치유를 한답시고 맛없는 음식을 먹이면서, 뭐든 다 알고 있다는 듯 구는 것. 그래서일까. 갑자기 나는 말을 보태고 싶어졌다. 나에 대해 제대로 설명하고 싶었다.

"처음에는 효과가 있었죠. 호전되는 것 같았어요. 통증 강도가 8에서 3 정도로 떨어졌으니까요. 이 정도면 살 만하겠다 싶더라구요. 그냥 이렇게 잘 관리하며 살자 싶었죠. 그런데 시간이 지날수록 약효가 떨어졌어요. 복용 횟수를 늘렸죠. 하루 한 번에서 두 번. 그다음에는 세 번. 용량도 늘렸어요. 25밀리그램에서 50밀리그램. 얼마 지나지 않아 양을 또 늘렸죠. 그러다 부작용이 왔어요. 심장이 두근거리고, 식은땀이 나고 구역질을 했죠. 그래서 병원을 바꿨어요."

검사를 처음부터 다시 했다. 역시 아무 이상이 없다고 했다. 등에 염증이나 종양이 있는 것도 아니었고, 피 검사 결과도 정상이었다. 이해할 수 없었다. 이렇게 아픈데, 몸에 분명 이상이 있는데, 뭔가 나와야 하는 게 아닌가? 그래서 병원을 또 옮겼고, 검사 범위를 넓혔다. 위, 대장, 갑상선, 자궁, 간, 폐, 모두 검사하고, 초음파도 하고, CT와 MRI도 찍었다. 다 정상이었다. 허탈해하는 내게 의사가 심드렁한 말투로 물었다.

"혹시 요즘 스트레스를 많이 받으시나요?"

순간 웃음이 터져나왔다. 스트레스가 많냐고? 압박을 받고 있냐고? 기분이 좋지 않으냐고?

네!

당연하죠.

171

아프니까 스트레스를 받고, 낫지 않으니까 스트레스를 받고, 병명을 모르니까 스트레스를 받았다. 치료법을 알 수 없어서 힘들었다. 모든 의사들이 다 괜찮다고 해서 화가 났다. 스트레스를 많이 받으면 뭘 어떻게 해야 하는데? 마음을 편하게 먹으라고? 이렇게 아픈데? 어떻게 해야 마음이 편해지지? 언제 쓰러질지 모르고 언제 소리를 지르게 될지 모르는데 어떻게? 그 방법을 당신들이 말해줘야지. 그래서 찾아온 게 아닌가. 원인을 알고 싶어서, 병명을 찾고 싶어서. 무엇이 문제인지 알아내고 싶어서!

그런데 다들 왜 내게 묻는가. 어디가 문제냐고. 왜 스트레스를 받느냐고. 그게 지금 의사가 할 소리야? 그러나 나는 병원을 박차고 나가지 않았다. 그들에게 매달렸다. 네, 선생님 스트레스가 심해요. 제 날개뼈 아래에 괴물이 살거든요. 그 괴물이 매일매일 무럭무럭 자라나고 있어요. 형체도 없고 냄새도 없고 소리도 내지 않아요. 하지만 있답니다. 선생님은 저를 믿어주셔야 해요. 그놈은 제 살점을 찢고 고개를 쳐들어 밖으로 나오려고 하고 있어요. 제 몸속을 쪽쪽 빨아먹고, 제 비명에 즐거워하며 몸집을 키우죠. 선생님, 잠재워주세요. 나오지 못하게 해주세요. 아니면 차라리 나오게 해주세요. 끄집어내주세요.

나는 또 병원을 바꿨다. 대학병원으로 갔다.

간신히 섬유근육통 진단을 받았다. 정말로 간신히. 왜냐하면 섬유근육통의 전형적인 증상이 없었기 때문이다. 하지만 내가 호소하는 통증의 강도와 느낌은 어느 정도 일치한다고 했다. 그러니 통증을 줄이는 약을 복용해보자고 했다. 그래. 결국은 또 진통제였다. 그러나 안심이 됐다. 섬유근육통이라. 신경통보다 훨씬 구체적인 병명이지 않은가. 희망이 생겼고, 기운이 났다. 뭐든 해보자 싶었다. 진짜 끝까지 노력해보자. 그래서 정갈한 식사를 했다. 깨끗한 음식. 엄마가 말하던 그런 음식들. 푸른 잎사귀와 과일. 잡곡밥. 콩. 두부. 등푸른생선과 버섯. 하루에 만 보 이상 걸었고, 명상도 했다. 나비 약도 완전히 끊었다. 폭식과 절식을 그만뒀다. 7시간 이상 잤고, 새벽에 일어나 일기를 썼다. 감사한 일에 대해 썼다. 어제 충분히 잤습니다. 감사합니다. 제게 하루가 주어졌습니다. 감사합니다. 통증이 많이 가라앉았습니다. 감사합니다. 정말이었다. 나아졌다. 하루 수십 번 찾아오던 통증이 두어 번으로 줄었고, 8 정도의 강도가 2로 낮아졌다. 내 모습이 보기 좋았는지, 그래서 안심이 되었는지 태인도 적극적으로 나섰다. 나와 함께 있으면 그는 술을 마시지 않았고, 고기나 기름진 음식도 먹지 않았다. 평화로웠다. 화목했다. 사는 것 같았다. 그렇게 반년. 아니 8개월? 의사가 말했다. "이제 약을 끊어봅시다. 그동안 고생하셨어요." 완치였다. 그래! 완전한 회복! 내가 드디어 해낸 것이다.

그리고 어느 새벽, 나는 눈을 떴다. 아팠다. 8 정도의 통증. 아니, 9 정도의 통증. 아니, 10!

나는 소리를 질렀다.

이후로는 똑같은 이야기의 반복이다. 약의 복용량을 늘리고, 횟수를 늘리고, 부작용을 겪는다. 심장이 두근거리고 잠을 잘 수 없다. 병원을 바꾼다. 다시 검사를 받는다. 결과는 정상이다. 내게는 어떤 문제도 없다. 새로운 약을 시도해본다. 정신과 약이 추가된다. 새로운 의심들도 추가된다. 계속 추가된다. 디스크. 자가면역질환. 과민성대장증후군. 불안장애로 인한 신체화 증상. 운동 부족. 과긴장성 골반저기능장애. 나중에는 꼭 통증만이 문제가 아니게 된다. 잠을 자지 못하자 면역력이 떨어지며 온갖 질병이 따라붙은 것이다. 감기, 몸살, 만성피로, 방광염, 구내염, 질염, 안구건조. 먹는 약이 계속 늘어난다. 20알. 30알. 단약과 재복용을 반복한다.

부작용과 금단 현상을 오간다. 소화불량, 오한, 설사, 두통, 구역감, 탈모, 현기증, 섬망, 심계항진, 근육긴장, 불면증, 과호흡. 환각. 이중 무엇이 부작용이고 무엇이 단약 증상인지 알 수 없어진다. 그래도 딱 하나. 뚜렷하게 구분할 수 있는 증상이 있다.

폭식.

통증이 올 때마다 함께 밀려오는 역겨운 충동. 식욕.

아니다. 이것도 분명치 않다. 통증이 찾아오면 바닥에 쓰러져 있거나 책상 위에 엎드려 있는 것 외에는 아무것도 할 수 없었으니까. 그 충동은, 먹어야 한다는 명령은, 대체로 통증이 올 것 같을 때, 그런 느낌이 들 때, 그리고 통증이 지나간 후에 찾아온다. 계속 반복되는 어떤 규칙 같다. 먹고, 아프고, 아프고,

먹고. 게워낸다. 굶는다. 그 방식이 내 몸을 더 망칠 수도 있다고, 나를 더 아프게 할 수도 있다고 당연히 생각하지만, 멈추지 못한다. 정신을 차려보면 먹고 있고, 또 정신을 차려보면 또 굶고 있다. 나는 다시 나비 약을 먹기 시작한다. 이제는 하루에 약을 35알 먹는다. 36알 먹는다. 37알 먹는다. 45알. 50알.

"저는 마흔셋에 자궁경부암 1기 직전 단계를 진단받았어요."

내 이야기가 끝나자 지우가 말했다. 뭐든 알고 있다는 듯한 표정은 사라져 있었다. 그녀의 목소리는 낮고, 단단하고, 조금 화난 것처럼 들렸다.

"경부를 원추 모양으로 잘라내는 수술을 받았죠. 그 단계에서는 흔히 받는 수술이에요. 회복이 어렵지도 않죠. 서울의 유명 병원이었습니다. 그때 처음으로 서울 사람이라는 것이 기쁘기도 했어요. 참 좋은 환경에 살고 있구나. 유명한 의사를 이렇게 쉽게 만나고, 진료도 받을 수 있으니까. 낙관적이었습니다. 사실 암이 아닌 게 어디냐 싶기도 했어요. 하지만,"

지우는 나를 지그시 바라보며 덧붙였다.

"그게 전부였다면, 저도 이 자리까지 흘러들어오지 않았겠죠."

그래. 그랬겠지. 하긴, 진통제에 대해 잘 알고 있는 걸 보면 지우도 통증 관련 질환을 앓은 게 아닌가 싶었다. 수술 후유증이었을까.

지우가 말을 이어 나갔다.

"거의 의료 사고였어요. 수술 중 출혈이 컸거든요. 수술 후에도 출혈이 안 멈췄어요. 생리대를 30분에 한 번 갈아야 했고, 화장실에 가서 내려다보면 피가 철철 쏟아졌죠. 뒤통수가 싸해지면서 이러다 내가 죽겠구나 싶어졌죠. 그래서 다급히 병원에 가면 괜찮다는 거예요. 낫고 있다고 했죠. 일주일쯤 지났던가요. 피가 쏟아져도 너무 쏟아지더라구요. 그래서 남편과 함께 응급실로 달려갔는데, 젊은 레지던트가 짜증을 내며 오더군요. 그런데 제 아래를 보더니 목소리가 달라졌어요. 그가 심각한 말투로 말했어요. "환자분 잘 오셨어요." 응급으로 지혈을 하고, 수혈도 받았어요. 그리고 다음날 아침에 담당의를 만났는데…… 별 이상이 없대요. 아물고 있다는 거예요. 그제야 이건 아니다 싶었죠. 다른 병원에 갔어요. 거기 의사가 말하더군요. 경부 쪽에 아주 작은 홈이 하나 파였다. 아무래도 수술을 하다가 그 부분을 조금 많이 잘라낸 것 같다. 자기 생각에는 큰 혈관이 지나가는 자리 같다. 그래서 피가 유독 많이 나는 게 아닌가 싶다. 수술하다 보면 생길 수 있는 일이다. 현재 많이 아물었다. 나을 것 같다. 걱정하지 마라."

그 말을 마치고 지우는 입을 다물었다. 그래서 이번에는 내가 먼저 물었다.

"어떻게 되셨어요?"

"한 달쯤 지나고 정말로 피가 멈췄어요."

"그리고요?"

"외음부가 아프기 시작했어요. 물만 스쳐도 아프더군요."

나는 숟가락을 들었다. 뭇국을 휘휘 저었다. 지우의 목소리가 들렸다.

"병원에 갔더니 경부 수술과 외음부 통증은 관계가 없다는 소견을 들었어요."

"지우님도 그렇게 생각하세요?"

"제가 뭘 알겠어요. 전문가는 그 사람들이잖아요."

"그렇죠. 내 몸이지만, 내 몸에 대해 나는 아는 게 전혀 없죠."

지우가 또 미소를 지었다. 나는 이야기를 기다렸다. 그녀는 오래 뜸들이지 않았다.

"그래서 제 첫 번째 진단도 그거였어요. 원인 불명의 신경통."

"얼마나 되셨어요?"

"글쎄요…… 한 9년?"

나는 뭇국을 떠먹었다. 다 식어 있었다. 식판에 남아 있는 깻잎순나물도 한 번에 집어 마저 다 입에 넣었다. 쌉싸름한 풀 맛이 처음보다 훨씬 강하게 느껴졌다. 더 물어볼 필요 없는 이야기였다. 사십대에서 오십대가 될 때까지, 이 사람은 수없이 새로운 진단을 받았을 것이다. 치료법을 찾기 위해 노력하고 또 노력했을 것이다. 그리고 절망했을 것이다. 문득 궁금했다. 이 사람은 그 순간을 얼마나 많이 곱씹어봤을까. 그러니까 수술대에 올라가던 순간. 삶이 두 갈래로 나뉘어버린 찰나. 돌이킬 수 없는 미래가 다가온다는 걸 전혀 자각하지 못한 채 그저 의사를 믿고, 의학을 믿고, 자신의 운을 겁 없이 시험했던 그때를. 이 여자는 얼마나 돌이켜봤을까.

지우가 말했다.

"그런데 저는 후회 안 해요."

"네?"

"수술받은 거 말이에요. 경부를 잘라내지 않았다면 암이 되었을 거잖아요. 어차피 제게 선택의 여지는 없었어요. 그렇게 생각해야 했어요. 안 그러면 미칠 것 같더라구요. 내가 나를 망친 것 같아서. 그래서 과거는 잊고, 일단 뭐든 해보자 싶었죠."

그녀는 활짝 웃었다. 어색했다. 나는 물었다.

"그래서 여기 오신 거예요?"

"아뇨. 기혈 치료부터 받았죠. 세계기혈치료협회인가 뭔가에서 운영하는 치료센터였는데, 솔직히 그렇게 자세히 알아보지도 않았어요. 어휴, 그때도 똑같았네요. 마음이 급하니까 아무것도 안 보였어요. 그냥 후기만 보이더라구요. 나아졌다. 완치됐다. 효과 있다. 이런 거요. 그때는 모든 것에 홀렸어요. 온갖 즙에 홀리고, 약침에 홀리고, 원적외선에 홀리고, 생식에 홀리고, 커피 관장에 홀리고, 모든 것이 다 치료법으로 보였죠.

아무튼 그게 어떤 거냐면요. 관처럼 생긴 어떤 온도치료기계
가 있어요. 거기에 들어가면 몸의 기혈을 순환시키는 어떤 성
분이 나온대요. 거기 치료사가 저보고 골반 쪽의 기혈이 제대
로 돌지 않는다고 하더라구요. 그래서 아픈 거래요. 깨달음을
얻은 듯했어요. 아, 이게 의사가 발견하지 못한 거구나. 바로
이게 정답이구나. 그런데 또 그러더군요. 한두 번으로는 효과
를 보기 힘들다. 일주일에 한 번은 해야 한다. 부수적인 치료도
병행해야 한대요. 약을 먹어야 한대요. 무슨 환이었는데, 하루
에 10알을 먹으래요. 그래서 다 했어요. 일주일에 한 번씩 꼬박
꼬박 그 관에 들어갔고, 매일 약을 먹고, 그러다 어느 날 기절
했어요. 열기 때문에 숨이 막혀서요."

　나는 젓가락을 내려놓았다. 식판이 텅 비어 있었다. 먹지 못
할 줄 알았는데, 다 먹었다. 그래. 그랬다. 등의 통증이 시작된
후, 나는 인터넷의 온갖 질환 카페에 가입했다. 말하지 않았던
가. 나는 오직, 전문의만을 신뢰했다고. 의학에 대한 절대적인
믿음. 아니, 소망. 나를 낫게 해줄 사람이 있을 것이다. 어딘가
있다. 그래서 발견한다면? 나의 생살을 찢고 뼈를 긁어내도 된
다. 그런 마음 때문이었을까. 눈에 띄는 글들이 있었다. "명의
를 만났습니다." "이분에게 진료받았어요." "이제 살 것 같습니
다." "저 완치된 것 같아요." 모르지 않았다. 그 글을 쓰기 전까
지는 카페에서 활동한 적 없는 사람들이라는 것. 죄다 처음 보
는 아이디라는 것. 하지만 나는 개의치 않았다. 그래. 그랬다.

이제 막 등업이 되어 글쓰기 자격을 갖게 된 이들이, 갑자기 왜 느닷없이 완치 후기를 올리는 것인지, 결코 의심하지 않았다. 믿어야 했으니까. 진심으로 믿었으니까.

나는 지우에게 말했다.

"줄기세포 주입요법이라고 아세요?"

지우가 고개를 저었다. 나는 곧장 말을 이었다.

"줄기세포가 재생능력이 있다고 하잖아요. 그 성분을 링거 주사를 통해 혈관에 직접 주입하는 거예요. 망가진 신경세포를 복구하는 거죠."

"그 주사를 맞았어요?"

"맞았죠."

"일주일에 한 번?"

"사흘에 한 번이요. 성실하게 맞았죠."

나는 의자에 등을 기댔다. 여기서 더 이야기할 필요가 있을까. 어차피 지우도 다 알 것 같은데. 내가 그녀의 기 치료가 어떻게 끝났을지 아는 것처럼 말이다. 그래. 아마 지우는 쓰러진 이후에도 기 치료를 더 받았을 것이다. 그 관에 또 들어갔을 것이다. 치료사가 말했을 테니까. 시간이 걸려요. 끝까지 버텨야 해요. 일정 기간 이상 치료를 받아야 효과가 있어요. 이건 일종의 명현현상이에요. 진료 내역 중 실비보험 처리가 되는 것들은 단 하나도 없었을 것이다. 그래도 지우는 상관하지 않았겠지. 믿었을 테니까. 치료를 해보자는 사람이 있다는 사실 자체가 감격스러웠을 테니까. 나를 도와주려는 사람이 있어. 포기하지 않은 사람이 있어. 내 마음을 알아주는 사람이 있어! 때문에 그들에게 의지했을 것이다. 월급 대부분을 치료비에 털어넣고, 모든 월차와 휴가를 다 끌어다 쓰고, 지각을 하고, 조퇴를 하며 열심히 치료받았겠지. 내 몸에 들어가는 그 유익한 물질이 그저 비타민에 불과하고, 줄기세포인가 뭔가는 사실 그 계열의 성분일 뿐 진짜가 아니었으며, 무엇보다 혈관에 주입하는 게 아무 의미 없는 짓거리라는 걸 안 이후에도, 그냥 계속 다녔겠지. 혹시나 해서, 정말 혹시나 해서. 갑자기 기적이 일어날지도 모르니까. 이렇게까지 노력하는데, 보답이 없을 리가 없으니까. 그러다 어느 날 회사에서 상사에게 이런 말을 들었을지도 모른다.

"지수 씨, 요즘 말이 많아. 아픈 사람을 왜 승진시켰냐면서 말이야."

식당 문이 열렸다. 사람들이 우르르 들어왔다. 열 명 정도 되려나. 모두 하얀 옷을 입고 있었다. 회색 줄무늬가 새겨진 하얀 옷.

지기들이구나.

로비에서 본 삭발한 남자는 없었다. 그러나 다들 그 남자와 인상이 비슷했다. 여자든 남자든 다 그랬다. 대체로 말랐고 묘하게 과묵해 보였다. 동시에 다들 얼굴이 무척 하얗고 입술이 붉었는데, 화장을 한 것 같지는 않았다. 건강해 보이기도 했고,

병약해 보이기도 했다. 나는 지우의 통통한 얼굴을 힐끔 바라보았다. 그녀는 지기들과는 확실히 달랐다. 어떤 면에서는 지기들보다 훨씬 활력 있어 보였다. 이상한 표현이긴 하지만, 글쎄, 아직 살아 있다는 느낌이 든다고 해야 할까.

지우가 말했다.

"저도 얼마 뒤에는 지기가 됩니다."

"그러세요?"

"네. 보통 3년 이상 걸리는데 저는 2년 만에 자격을 갖췄어요. 수련 시간이 중요한데, 이번 달에 그 기준을 달성할 것 같아요. 민덕병원에서 정식으로 발급하는 자연 치유사 자격증도 받았구요."

"그렇군요."

갑자기 뒤바뀐 대화 주제가 어색했다. 왜 이런 이야기를 하는 걸까.

"지수 님."

"네."

"남편은 저를 이해하지 못했어요. 제가 절박하다는 사실을요. 제가 아프다고 하면, 마음을 굳게 먹으라는 말만 했죠. 정신적인 문제인 것 같다구요."

"……네. 많은 사람들이 그렇게 말하곤 하죠."

"놀리는 친구들도 있었어요. 너처럼 골골대는 사람이 꼭 오래 산다고. 병원을 자주 다녀서."

"그런 사람들도 있죠."

"지수 님."

"네."

"아프면 외로워요. 그렇죠?"

글쎄. 뭐라 대답해야 할지 모르겠다. 외로움. 고립감. 결핍. 그래. 있었다. 통증은 오롯이 내 것이었다. 누군가와 나눌 수 있는 것이 아니었다. 철저히 나 혼자서 감당해야 했다. 하지만, 아프기 전에도 그러지 않았나. 내가 혼자가 아닌 적이 과연 있었던가?

그 순간, 지우가 갑자기 내 왼손을 꽉 잡았다. 나는 당황했다. 손을 빼려 했지만, 그녀는 힘이 셌다. 나를 놓아주지 않았다. 그리고 속삭였다.

"지수 님처럼 오래 아프고 오래 견딘 사람은 드물어요."

나는 아무 말도 하지 않았다. 사실이었으니까. 그래서 여기까지 찾아오게 되었으니까. 지우의 말이 이어졌다.

"벗은 그런 분들을 특별히 대하라고 하셨어요"

"벗이요?"

"네."

주변이 조용했다. 밥을 먹던 지기들이 사라지고 없었다. 방금 전까지 앞에 놓여 있던 식판도 없었다. 뭐지? 언제 치웠지? 널찍하고 고요한 이 공간에, 지우와 나 오직 두 사람뿐이었다.

"1년 전까지만 해도, 저희 채수회관은 아는 분들에게만 알려진 소박한 곳이었어요. 벗은 모든 수련자들과 함께했어요. 지기들, 지우들, 수련자들 모두 모여서 밥을 먹고, 운동을 하고, 명상을 했죠. 하지만 어느 순간부터 사람들이 많이 몰려오기 시작했어요. 모두를 도와야 마땅했지만 쉽지 않았어요. 우리가 감당할 수준을 넘어서버렸죠. 그러자 문제가 생겼어요. 아주 단기간 머물렀을 뿐이면서, 우리의 방침을 충실히 따르지도 않았으면서 효과를 보지 못했다고 말하는 사람들이 생긴 거예요. 저희 모두 상처를 받았습니다. 하지만 반박할 수 없었어요. 최초의 기억을 찾는 일은, 그래서 마지막 동굴을 빠져나오는 과정은 결코 쉽지 않아요. 단기간에 해낼 수 있는 일이 아니니까요. 초창기에 찾아온 사람들이 조금이나마 깨달음을 얻었던 건 벗과 심우, 지기와 지우들이 온 힘을 다해 도운 덕분이었죠. 그러나 이제는 불가능해요. 지수 님과 함께 입소하신 분들이 어제 오늘 거의 스무 분이 넘어요. 지우들의 손 역시 부족하답니다. 그래서 벗은 결정을 했어요. 모습을 감췄습니다. 이 문제를 해결할 프로젝트를 준비하겠다고 하셨습니다. 걱정하지 마세요. 벗은 채수회관을 떠나지 않았습니다. 프로젝트에 열중하면서 진짜 도움을 필요로 하는 특별한 사람들에게만 손을 내밀기로 하셨죠."

"그렇군요."

풀 냄새가 났다. 어린 시절, 때때로 그런 질문을 들었다. 너도 조칠현 교회 다녀? 그 샘물 마셔? 그거 마시면 진짜로 생리

를 안 해? 생리를 일찍 해? 임신도 한다는데, 사실이야? 너 그
거 마시고 키 컸니? 사실은 너도 다니지? 믿지? 믿으면서 안
믿는 척하는 거지?

"지수 님."

지우가 나를 불렀다. 나는 대답했다.

"네."

"지수 님처럼 오래 고생하신 분에게 재생수련 일주일은 너
무 짧아요. 전혀 효과를 보지 못하실 겁니다."

아, 그렇구나.

여기는 이런 식으로 사람을 끌어들이는구나. 나는 침을 삼
켰다. 심호흡을 했다. 그래. 그랬다. 나는 이 화술을 꽤 잘 알았
다. 한두 번으로는 효과를 보기 힘들어요. 장기간 시술해야 합
니다. 지속적으로 복용해야 합니다. 충분히 시간을 들여서 치
료해야 해요. 수치와 영양성분표, 검사 결과를 보여주며 이야
기하던 의사들. 온통 영어로 된 차트를 바라보면서 한숨을 쉬
던 의사들. 이거 치료가 쉽지 않겠어요. 문제가 커요. 그리하여
절망한 내게 들려오던 친절한 목소리. 방법이 있긴 있죠. 환자분
같은 사람에게는 교과서에 나오지 않는 특별한 방법이 필요해
요. 한국에서는 아직 대중화되지 않은 방법이죠. 미국이나 일본
에서는 이미 다 시도하고 있답니다. 그걸 바로 제가 하지요.

정말인가요?

그들이 대답했다.

정말이죠.

나는 지우에게 물었다.

"수련 기간을 연장해야 벗을 만날 수 있다는 뜻인가요?"
"아니요. 지수 님. 그런 의미가 아니에요."
"그럼요?"
"충분히 시간을 들여야 최초의 기억을 찾을 수 있다는 뜻이죠. 그리고 그 기억을 찾아야 마지막 동굴에 들어갈 수 있는 거구요."
"……벗은 꼭 그때만 만나게 되나요?"
"아니요. 그건 알 수 없습니다. '벗'의 뜻에 달렸지요."

나는 내 손을 잡은 지우의 손을 내려다봤다. 주름이 거의 없는 통통한 손. 문득 묻고 싶었다. 당신은 최초의 기억을 찾았나요? 그 기억은 무엇이었나요. 그래서 마지막 동굴을 빠져나왔나요? 이후 당신의 삶은 어떻게 되었죠? 당신, 이제 더는 외롭지 않나요? 하지만 그녀는 아무 말도 하지 않을 것이다. 그래.

그럴 것이다. 자신이 원하는 답을 내가 해주기 전까지는, 절대 그 무엇도 알려주지 않을 것이다.

아, 채수회관은 이런 곳이구나.

나의 절박함을 이렇게 움켜쥐는구나.

누구의 아이디어일까.

벗?

아니야. 아닐 것이다. 이건 분명 심우의 생각일 것이다. 그래. 심우가 떠올릴 만한 계략이다. 왜냐하면.

신아야.

네가 아무에게나 해리아를 만나게 해줄 리 없잖아.

그렇지?

11

그러니까 반년 전, 새벽에 또 아파서 깼다. 4시쯤 되었을까. 나는 침대 밑에 놓아둔 진통제 한 알을 먹고서 통증이 가라앉기를 기다렸다. 10분? 20분? 등이 쪼개지는 듯한 거센 통증은 잦아들었지만 욱신거림은 여전했다. 나는 침대에서 일어났다. 진통제를 더 먹든지, 수면제를 더 먹든지 아무튼 약을 더 먹어야 할 것 같았다.

그러나 나는 냉장고 문을 먼저 열었다. 다이어트 콜라와 먹다 남은 순살 치킨, 치즈 두 장. 배달 음식에 같이 포장되어 온 각종 소스. 훈제 닭가슴살과 샐러드 채소.

먹고 싶은 게 하나도 없었다.

하지만 뭔가를 먹고 싶었다. 먹어야 할 것 같았다. 늘 그랬듯, 등을 압박하는 이 통증에서 조금이라도 벗어나려면 다른 감각이 필요했다. 통증 못지않게 자극적이고 강렬한 감각.

며칠 전에도 비슷한 일이 있었다. 새벽에 아파서 깼고, 냉장고와 찬장 안의 음식들을 다 먹어치웠다. 먹다 남은 피자, 아이스크림, 시든 사과, 냉동 만두, 얼린 식빵과 짜파게티 두 봉지. 그러고서는 다 토해냈다.

지겨웠다. 반복되는 이 통증과 충동이. 끝없이 밀려오는 자괴감이.

태인과 살 때처럼 식단 조절을 해볼까. 깨끗하고 정갈한 음식을 먹고, 규칙적으로 운동을 하고, 명상을 해볼까. 사람들이 말하는 그것 말이야. 나를 사랑한다는 거. 그래. 한번 해볼까. 효과는 있을 것이다. 몇 달 정도. 운 좋으면 1년. 마음이 부드럽게 일렁이며 안심이 되겠지. 삶에 대한 의욕도 솟아오르겠지. 아, 괜찮아졌구나. 이렇게 살면 되겠구나. 다 나았구나. 그 순간 통증은 되돌아올 것이다. 나를 바닥에 찍어 누르며 속삭이겠지. **어디 한번 또 말해봐. 괜찮아졌다고. 이제야 사는 것 같다고.**

동이 터왔다. 나는 창밖을 멍하니 바라봤다. 식탁에 앉아 잠깐 졸았다. 깼다. 다시 졸았다. 하지만 머지않아 또 깼다. 여전히 뭔가 먹고 싶었으나 그게 무엇인지 알지 못했다. 그러다 무심코 식탁 위를 내려다봤다. 온갖 약들이 한가득 쌓여 있었다. 신경진통제, 항생제, 소염제, 스테로이드, 영양제, 수면제, 나비 약, 우울증 약, 불안장애 약, 근육이완제, 소화제. 한약도 있었고, 외국에서 직구한 허브 약도 있었다. 많기도 하네. 그러다 문득 생각했다. 아니, 충동이었던 것 같다.

이걸 한꺼번에 다 먹으면 낫지 않을까?

나는 주섬주섬 약봉지를 뜯기 시작했다. 1알. 2알. 빨간색, 녹색, 노란색. 그렇게 10알. 15알. 나비. 나비들. 날개를 쪼개서 한쪽은 삼키고 한쪽은 씹어 먹고, 다음에는 캡슐 약. 물과 함께 꿀꺽꿀꺽 넘기다가 지겨워져서 캡슐을 비틀어 열고 식탁에 하얀 가루를 쏟은 뒤, 살살 핥고 또 핥아서 다시 나비 약, 빨간 약, 녹색 약, 노란 약, 그리고 파란 약.

캡슐 약을 또 비틀어 손바닥에 가루를 부었다. 물방울을 떨어뜨려 손끝으로 잘 문질렀다. 하얀 점액이 될 때까지 계속. 그러다 무심코 고개를 들었는데, 집 안의 방문이 다 열려 있었다. 나는 공중에 떠 있었다. 내 몸에서 약가루가 솔솔솔 쏟아졌다. 나는 팔다리를 흔들었다. 무거웠다. 꼭 물속에 있는 기분이었다. 그러면 헤엄을 쳐야 하나. 나는 자유형을 하듯, 팔을 한 바퀴 돌려 앞으로 쭉 뻗었다. 허벅지로 공기를 눌렀다. 그러자 몸이 앞으로 나아갔다. 그 순간 집 안의 모든 방문이 사라졌다. 방들이 하나로 연결되었다. 엄마 방과 아빠 방이 합쳐지고, 내 방과 연결되고, 부엌과 이어지고, 그렇게 동그라미가 생겼다. 나는 그 위를 헤엄쳤다. 부모님이 기적적으로 마련한 집. 내게 남긴 유일한 것. 박지수만 남아 있는 우리 집. 새것. 그 위를 뱅글뱅글 돌았다. 그런데 갑자기 천장에 금이 갔다. 쩍, 소리를 내며 갈라졌다. 안 돼! 안 돼! 왜 이러는 거야! 새집인데! 새것이란 말이야. 이것도 망가지는 거야? 나는 다급히 손을 뻗어 떨어져나간 한쪽 천장을 끌어당겼다. 하지만 꼼짝도 하지 않았다. 오히려 천장은 더 크게 벌어졌다. 나는 갈라진 천장에 매달린 채 소리를 질렀다. 안 돼! 그러면 안 돼. 내가 어떻게 해야 해? 어떻게 하면 되는 거야? 누구 없어요? 도와주세요! 그때, 김이영 선생이 생각났다. 그래. 선생님은 답을 알고 있을 거야. 그녀를 찾아야 해. 그래서 나는 갈라진 천장 사이를 비집고 위로 올라갔다. 하늘로 떠올랐다. 구름 속을 헤엄치며 김이영 선생을 찾았다. 선생님! 집이 부서지고 있어요. 구해주세요! 도와주세요! 그러자 김이영 선생이 진짜로 나타났다. 그녀는 하얀 가운을 입고 있었다. 그녀가 내게 물었다.

"환자분, 혹시 다이어트를 심하게 하고 계신가요? 아니면 그러신 적이 있으세요?"

"아니요."

"혹시 생리가 끊긴 적이 있으세요?"

"아니요."

"혹시 요즘 머리카락이 많이 빠진다거나 손톱이 얇아진 것 같지는 않으세요?"

"아니요."

"잘 드시나요?"

"그럼요."

그 순간 김이영 선생의 말투가 바뀌었다. 날카롭고 신경질적인 목소리.

"왜 거짓말을 하지?"

"아니에요. 선생님."

"거짓말이잖아. 어쩌면 그렇게 멍청하니."

"제가 멍청해요?"

"멍청하지."

"왜요? 제가 제 몸을 너무 함부로 대해서요? 그래서 이렇게 된 건가요? 하지만 이 세상에서 제가 마음대로 다룰 수 있는 건 오직 몸 하나뿐이었어요. 아니에요? 제가 잘못 생각한 거예요? 그러면 왜 아무도 알려주지 않았죠? 다들 잘했다고 하던데요. 날씬해졌구나. 잘했다. 적게 먹는구나. 잘했다. 운동하는구나. 잘했다. 열심히 사는구나. 잘했다. 다들 저를 좋아했어요. 그제야 저를 좋아하더라구요. 제가 착각한 건가요? 그 사람들도 거짓말을 한 거예요?"

고압적인 목소리가 되돌아왔다.

"그래, 지수야. 이 모든 건, 네가 스스로를 함부로 다루었기 때문이야. 네가 너를 망가뜨린 거란다."

네가 네 몸에 죄를 지었어.

그 순간 눈앞의 얼굴이 바뀌었다. 김이영 선생이 아니었다. 안지연이었다. 눈이 크고 쌍꺼풀이 짙은 하얀 피부의 여자아이. 그 애가 내 얼굴 가까이 다가왔다. 그리고 속삭였다.

넌 곰으로 태어났잖아.

왜 다르게 살려고 해?

그럼 안 돼?

안 되지.

그럼 어떻게 해?

그때, 눈앞에 발가락이 보였다. 나는 물속에 있었다. 진짜 물속. 파랗고 투명하고, 끝없이 찰랑거리는 물속. 수영장이다. 열여섯 살. 그날의 수영장. 그래. 해리아에게 수영을 가르쳐주기로 한 날. 나는 고개를 든다. 물 위로 솟아오른다. 노란색 수영복에 초록색 수모를 쓴 날씬한 해리아가 풀장 끝에 쪼그리고 앉아 나를 내려다보고 있다. 종아리와 허벅지를 딱 붙이고, 엉덩이를 바닥으로 내린 자세. 살이 찐 이후 나는 단 한 번도 저렇게 앉아본 적이 없다. 무릎을 굽히는 일 자체가 힘들었으니까. 해리아, 너는 몸을 마음대로 쓸 수 없다는 게 어떤 건지 모르겠지.

해리아가 손끝으로 물을 튕겨낸다. 웃으며 말한다.

"수모를 쓰는 법을 몰라서 들어오는 데 오래 걸렸지 뭐야."

나는 당황한다. 일찍 와서 기다린다는 생각만 했지, 수영장에 들어올 때 어떻게 해야 하는지, 수모는 어떻게 써야 하는지 알려줘야 한다는 생각은 하지 못했다. 다행히 해리아는 별로 신경 쓰는 것 같지 않다. 그녀는 즐거워 보인다.

해리아의 말이 이어진다.

"그래서 수영복을 벗고, 옷을 다시 입은 다음에 카운터에 있는 아주머니에게 물어보러 갔어. 친절하게 알려주시더라. 모자를 직접 씌워주시기까지 했어. 그런데 다음에 뭐라고 하셨는지 알아?"

나는 고개를 젓는다.

"머리를 꼭 감고 들어가라는 거야. 그래서 실컷 쓴 수모를 다시 벗고 머리를 감느라 또 시간이 걸렸지 뭐야. 웃기지?"

해리아는 또 웃는다. 정말로 즐거워 보인다. 그녀는 손끝으로 또 다시 내게 물을 튕겨낸다. 나도 따라 웃는다. 해리아의 이야기가 진짜로 재밌다기보다는, 그녀가 웃는 걸 보니 나도 기분이 좋다. 나는 해리아를 슬쩍 본다. 손바닥으로 물의 표면을 매만지며 묻는다.

"들어올래?"

해리아와 내 눈이 마주친다. 그 순간, 나는 그녀의 어깨 너머로 시선을 옮긴다. 아니, 강탈당한다. 익숙한 얼굴. 노란색 수영복을 입은 또 다른 여자아이. 그 아이가 내 시선을 움켜쥐고서 해리아를 쳐다보지 못하게 한다. 하지만 그 애는 해리아를 본다. 해리아의 등, 어깨, 옆얼굴을 천천히 훑어보며 걸어온다.

신아다.

얼떨떨해하는 내게 해리아가 미안한 말투로 말한다.

"지수야, 신아도 같이 배우면 안 될까? 내가 오늘부터 너한테 수영을 배운다고 했더니, 신아도 같이 하고 싶다고 해서…… 미리 말 못해서 미안해."

내가 어떻게 싫다고 하겠니.

"괜찮아. 같이 하면 좋지. 그런데 내가 수영을 배운 지 좀 오래되어서…… 잘 알려줄 수 있을지 모르겠어."

"아니야, 너 굉장하던데?"

해리아가 말한다.

"방금 수영하는 거 봤어. 키가 커서 그런가? 팔 몇 번 휘저으니까 여기까지 금세 오던데?"

얼굴이 달아오른다. 뜨겁다. 마음이 요동친다. 그리고 이상하다. 정말 낯설다. 며칠 전까지만 해도 말 한마디 해본 적 없는 사이였는데, 지금은 수영복만 입은 채 마주 보고 있다. 수영복을 입은 내 뚱뚱한 모습을 선뜻 보여주고 있다. 이건 현실인가? 진짜인가? 경계심 가득한 신아의 시선 덕분에 더 기이하게 느껴진다. 나는 저 눈빛을 안다. 해리아 주변 아이들을 남몰래 노려보던 눈동자. 해리아의 친구는 오직 자기 자신뿐이니,

아무도 접근하지 말라는 위협. 교묘히 잘 숨겼다고 생각하겠지. 최선을 다해 자제했다고 믿겠지. 하지만 신아야, 너는 항상 나에게 들켰어. 더 열망하고 질투하는 마음. 해리아가 다른 아이들과 가까워질까봐 초조해하는 심정. 그래서 나는 네가 얄미웠지. 너는 해리아 곁에 있잖아. 어떻게 뭔가를 더 바랄 수 있어? 나라면 그러지 않을 거야. 충분히 만족할 거야. 하지만 해리아가 내게 말을 걸어온 순간, 나는 그게 얼마나 오만한 생각이었는지 깨닫게 된다. 이제 나는 신아를 이해한다. 나 자신이 신아가 된다. 때문에 신아의 저 눈빛이 낯설고 어색하다. 나는 너야. 그런데 내가 너에게 질투를 불러일으키는 거니? 나를 경계하는 내가 된 거야?

나는 두 사람에게 말한다.

"그럼 이제 물에 들어올래?"

"그럴까?"

해리아가 쾌활하게 대답하며 물속으로 미끄러져 들어온다. 차가운 물방울이 내 얼굴에 튄다. 기분이 좋다. 나는 해리아에게 수영을 잘 가르쳐야겠다는 목표를 잊는다. 내가 알고 있는 걸 다 알려줘서, 해리아를 기쁘게 해야겠다는 생각 역시 사라진다. 이 기회를 계기로 해리아와 더 가까워지고, 절친한 친구가 되겠다는 욕심 역시 어디론가 스윽 날아가버린다. 나는 그냥 친구와 함께 수영장에 놀러 온 기분이 든다. 한 번도 경험한 적이 없어서 감히 상상조차 해본 적 없었던 금요일 오후. 친구들과 어울리며 시답잖은 일에 웃고 떠들며 시간을 마구마구 써버리는 일.

신아가 해리아의 뒤를 따라 물속으로 뛰어든다.

꺅.

외마디 짧은 비명과 함께 신아는 물속으로 가라앉는다. 팔을 허우적거린다. 겁먹은 것이다. 수영 강습 첫날 나도 그랬다. 선생님이 물에 뛰어들어보라고 해서 무작정 시키는 대로 했는데, 들어가자마자 공포에 잔뜩 질렸다. 발이 땅에 닿지 않았다. 그때 나는 몰랐다. 몸에 잔뜩 힘을 주고 있으면 얕은 수심에서도 허우적거리게 된다는 것을.

나는 신아의 양어깨를 꽉 붙든다. 그때 선생님이 내게 그랬던 것처럼 큰 소리로 외친다.

"신아야, 몸에서 힘을 빼! 내가 잡고 있을 테니까 걱정하지 마!"

그러나 신아의 눈에 공포가 가득하다. 그 애는 내 팔뚝을 세게 움켜쥔다. 아프다. 꼭 내 몸을 으스러뜨릴 것만 같다. 동시에 발을 버둥댄다. 그 바람에 나도 휘청거린다. 그러나 나는 안다. 나는 신아보다 크다. 힘이 아주 세다. 그리고 여기는 수심을 알 수 없는 계곡이나 바닷속이 아니다. 겨우 수심 120센티미터의 인공 풀에 불과하다. 내가 잘 아는 곳. 여기서는 내 몸을 얼마든지 자유롭게 쓸 수 있다. 깊이 잠수해서 사라지고, 수영장 끝까지 빠르게 헤엄치다가도 마음대로 멈출 수 있다. 신아를 붙들고 있는 지금, 그 확신은 점점 강해진다. 나는 더 이상 휘청거리지 않는다. 신아에게 조금도 밀리지 않는다. 아마 누구에게도 밀리지 않을 것이다. 신아가 아무리 버둥거려도 내 몸을 마음대로 할 수 있다. 물속에 단단히 서 있을 수 있다. 시간이 흐르며 신아도 그것을 느낀다. 그런 것 같다. 그 애의 몸에서 힘이 빠져나가는 게 느껴진다. 눈동자에 서린 두려움이 조금씩 옅어지는 걸 본다. 신아는 나를 의지한다. 나에게 매달린다. 나를 믿는다.

"맞아 신아야, 이렇게 계속 힘을 빼. 그러면 혼자서도 물에 뜰 수 있어."

그러자 신아가 불안한 표정으로 나를 본다. 내가 자신을 놓아버릴까봐 겁을 내는 것이다. 아니야 신아야. 나는 너를 놓지 않을 거야. 나는 신아의 팔꿈치를 더 세게 잡는다. 신아의 표정이 조금 부드러워진다. 나는 천천히, 아주 천천히 그녀의 팔꿈치에서 팔뚝으로, 손목에서 손으로 내 손을 옮긴다. 그리고 신아와 손을 맞잡는다. 나는 서 있고, 그 애는 물에 살짝 잠겨 있다.

"신아야, 고개를 살짝만 숙여봐. 괜찮아."

힘이 완전히 빠진 신아의 몸이 물 위로 스르륵 가볍게 떠오른다. 나는 묻는다.

"어때? 괜찮지?"

신아가 다급한 목소리로 묻는다.

"지수야, 그래도 손 놓으면 안 돼!"

"응, 걱정하지 마."

신아의 엉덩이가 물 위로 봉긋 솟아오른다.

"와!"

해리아가 옆에서 박수를 친다. 신아가 웃는다. 나도 신아를 따라 웃는다.

눈을 떴다.

천장이 보인다. 갈라지지 않았다. 멀쩡하다. 나는 오른손을 가슴에 댄다. 심장이 쿵쿵 뛰고 있다. 천천히 고개를 옆으로 돌린다. 거실 바닥이다. 엉망이었다. 온갖 물건들이 바닥에 잔뜩 뒹굴고 있었다. 어린 시절의 졸업 앨범, 엄마가 차마 버리지 못했고 나 역시 처분하지 못했던 아빠의 옷가지들. 화장품. 다 뜯겨나간 두루마리 휴지들. 엎어진 물통. 약봉지들. 종잇조각들. 김치통. 베개. 립스틱. 나는 몸을 일으켰다. 어지러웠다. 구역질이 났다. 화장실. 그 단어를 떠올린 순간, 목구멍을 타고 무언가 울컥 밀려나왔다. 나는 바닥에 토했다. 형체 모를 덩어리들이 시큼하고 역겨운 냄새와 함께 쏟아졌다.

나는 화장실로 기어갔다.

계속 토했다.

덩어리들을 남기며 문을 열었고 변기에 고개를 처박았다.

나머지 것들을 다 토해냈다.

바닥에 누웠다. 두통이 일었다. 몸에 힘이 들어가지 않았다. 한참을 누워 있었다. 잠들었던 것 같기도 하다. 손으로 바닥을 짚고 일어나는데 팔뚝이 부들부들 떨렸다. 간신히 일어나 입 안을 물로 씻어내고 세수를 했다. 고개를 들자 거울에 비친 내 얼굴이 보였다. 눈 밑은 퀭하고 얼굴은 푸석푸석하고 머리카락은 다 헤집어져 있었다. 또 메슥거렸다. 두통도 계속됐다. 나는 통증을 참으며 간신히 화장실 밖으로 나왔다. 집 안 풍경이 아주 끔찍했다. 집 안의 방문이란 방문은 다 열려 있고, 냉장실과 냉동실 문도 열려 있었다. 바닥에는 온갖 물건들이 나동그라져 있었고, 곳곳에 토사물이 흥건했다. 기억을 더듬었다. 대체 무슨 일이 있었던 거지? 아무 생각도 안 났다. 머릿속이 텅 비어 있었다. 그런데 잠깐, 지금 몇 시지? 나는 핸드폰을 찾았다. 없었다. 너저분하게 흩어져 있는 물건들 사이를 뒤졌다. 방에 들어가 침대와 책상 밑을 뒤졌다. 혹시 잃어버렸나? 밖에 나갔다 왔나? 아니면, 창밖으로 내던지기라도 했나? 거의 혼비백산이 되었을 즈음, 식탁 아래에서 배터리가 다 나간 핸드폰을 겨우 찾았다. 나는 곧장 충전기를 꽂았다. 잠시 후 전원을 켰다. 오후 1시 13분이었다. 그럼…… 동이 틀 무렵부터 오후

2시까지? 잠깐, 그런데 오늘이 오늘이 맞아? 나는 날짜를 확인했다. 다음날이었다. 거의 하루가 다 지워져 있었다. 순간, 모골이 송연해졌다.

혹시 태인에게 전화한 건 아니겠지.

했다. 26초.

나는 자동 녹음된 통화 내역을 뒤졌다. 눌렀다. 차마 다 듣지 못하고 바로 껐다. 다시 구역감이 느껴졌다. 수치심이 밀려올라왔다. 진짜로 이걸 다 토해낼 수 있다면 얼마나 좋을까. 그렇게 다 게워내서 아무것도 느낄 수 없게 된다면, 사라진 시간처럼, 감정도 그렇게 깨끗이 지워질 수 있다면 얼마나 좋을까. 몇 초 안 되는 그 시간, 태인은 아무 말도 하지 않았다. 내게 괜찮냐고 묻지도 않았고, 화를 내지도 않았다. 더 들어볼 필요도 없었다. 아마 그는 끝까지 아무 말도 하지 않았을 것이다. 그게 내가 요구한 거였으니까. 그와 헤어지면서, 다시는 내게 어떤 말도 하지 말라고, 건강하고 잘난 몸뚱이로 살아가는 걸 감사하게 생각하라고 했다. 위선자라고도 했다.

위선자.

이 위선자 새끼야.

201

또 구역질이 났다. 나는 다시 화장실로 들어갔다. 역시나 아무것도 흘러나오지 않았다. 역겨운 소리만이 화장실에 가득 찼을 뿐이다. 나는 변기 뚜껑에 이마를 댔다. 딱딱했다. 차가웠다. 심장이 계속 쿵쿵 뛰었다. 눈꺼풀이 떨렸다. 고개를 돌렸다. 이번에는 볼이 변기 뚜껑에 닿았다. 똑같이 딱딱했다. 차가웠다. 여전히 심장이 뛰었다. 그때, 화장실 바닥에 떨어져 있는 손바닥만 한 종잇조각이 눈에 들어왔다. 나는 그것을 집어 들었다. 엄마의 유품이었다.

*

"지수 님. 연장하시겠어요?"

지우가 물었다. 나는 대답하지 않았다. 지우는 여전히 내 손을 꼭 잡고 있었다.

*

책.《채수회 레시피》.

정확히는 교정지 상태의 원고. 그 종이 묶음의 일부가 찢어진 채 화장실 바닥에 뒹굴고 있었다. 찢어진 부분에는 내 잇자국이 선명했다. 뜯어 먹은 것이다. 나는 종잇조각을 자세히 들여다봤다. 원고의 가장자리 같았다. 읽을 수 있는 글자가 얼마

202

없었다.

단호박. 좋은. 식품. 영양.

동호회가 아니라 세미나를 한다는 자부심을 가졌던 엄마. 영양학 교수에게 수업을 듣는다며 좋아하던 엄마.

이수지.

보고 싶네.

《채수회 레시피》출간 소식을 들으며 나는 최악의 통증을 맞이했고, 또다시 응급실로 실려 갔다. 엄마는 곧장 서울로 올라왔다. 병원에서 태인과 어색하게 첫 인사를 나눴다. 나는 태인 앞에서 엄마에게 짜증을 냈다.

나가라고 했다. 왜 올라왔냐고 쏘아붙였다. 나는 내 몸을 대하듯 엄마를 대했다.

뭘 했다고 아프지? 아플 때가 아닌데? 뭐 이렇게 약해빠졌어?

궁금하다. 엄마는 나를 얼마나 견딜 수 있었을까. 그러니까 살아 있었다면 말이다. 내가 위선자라는 말을 내뱉기 전까지, 태인은 정확히 1년을 버텼다. 엄마는 엄마니까 조금 더 버틸 수 있지 않았을까. 실제로 엄마는 나를 돌보는 일에 많은 시간을 썼다. 전념했다. 은퇴 후의 삶을 포기했다. 동호회에도 나가지 않았고, 친구들도 만나지 않았고, 채수회도 그만뒀다. 가끔 밖에 나갈 때도 있었지만 금방 돌아왔다.

불안했겠지.

몇 번, 나는 밖에 나간 엄마에게 전화를 걸어 소리를 질렀다. 아파! 죽을 것 같아! 너무 아파! 종종 나는 그런 생각을 한다. 엄마의 심장이 멎은 것은 혹시 내 탓이 아닐까. 나의 비명에 놀라고 또 놀라다가 결국 멈춰버린 것은 아닐까.

나는 종잇조각을 들고 화장실 밖으로 나왔다. 토사물을 치우고, 냉장고 문을 닫았다. 거실에 어질러진 물건들을 치웠다. 그리고《채수회 레시피》원고를 찾았다.

없었다.

계속 찾았다. 바닥을 닦으며 소파 아래를 들여다봤다. 냉장고의 상한 반찬을 음식물 쓰레기통에 집어넣으며 그 안을 뒤졌다. 바닥에 널브러진 책들을 책장에 꽂으며 하나씩 살폈다. 창문을 열고 방향제를 뿌리며 곳곳을 둘러봤다. 엄마의 원고는 어디에도 없었다. 아니 있었다. 알고 있었다.

바로 내 뱃속에. 그래서 내가 게워낸 토사물 속에. 엄마의 흔적이 있었다.

날개뼈 아래가 따끔따끔했다.

아, 이대로라면 또 무슨 짓을 저지를지 몰랐다. 정신 차리자. 병원에 가야 해. 나는 지갑과 핸드폰만 들고서 밖으로 나왔다. 오후 4시였다. 가장 가까운 내과는 갈 수 없었다. 그곳에서 이미 벌써 네 번이나 진통제 링거를 맞았다. 마지막으로 찾아갔을 때, 의사와 10분 넘게 실랑이를 벌였다. 의사는 놔줄 수 없다고 했고, 나는 제발 놔달라고 애원했다. 내가 울며불며 매달리자 결국 의사가 포기했다. 동시에 경고했다. 이번이 마지막이라고 말이다. 다음에 이런 증상, 그러니까 견딜 수 없는 통증이 나타나면 큰 병원에 가서 제대로 된 검사를 받아야 한다고 말이다. 나는 약속했다. 그러니 다른 병원을 찾아야 했다. 어디에 가야 진통제 링거를 맞을 수 있으려나. 나는 핸드폰의 지도 어플을 뒤적거리며 비틀비틀 걸었다. 목이 탔다. 슬슬 통증이 심해지고 있었다. 몸을 관통하는 찌릿한 감각. 몸을 둘로 쪼개듯한 강렬한 힘. 나는 다섯 걸음을 걷다가 쉬고, 또 다섯 걸음을 걷다가 쉬었다. 고개를 들었다. 햇빛이 뜨거웠다. 지금이 무슨 계절이지? 여름인가? 가을?

걷는 게 힘들었다.

보이는 대로 편의점에 들어가 생수 한 병을 계산했다. 그 앞에 있는 파라솔 의자에 앉아 생수 한 병을 단숨에 비웠다. 그러곤 잠시 그대로 앉아 있었다. 통증이 조금 잦아드는 듯했다. 나는 편의점에 들어가 생수 한 병을 또 계산했고, 타이레놀까지 사서 나왔다. 세 알을 먹었다. 약간 메슥거렸지만 참을 만했다. 그러고 또 계속 앉아 있었다. 기다렸다. 행운이 찾아올지도 모르니까.

아, 정말로 찾아왔다.

통증이 아주 천천히, 서서히 잠잠해졌다. 이렇게 마무리되는 건가. 지나가는 건가.

나는 손가락을 목덜미로 가져갔다. 맥이 뛰고 있었다. 아주 빠르고 힘차게.

나, 아직 살아 있구나.

멍하니 건너편을 바라보았다. 안내 표지판 하나가 눈에 들어왔다.

[도서관]

*

"지수 님?"

지우가 다시 나를 불렀다. 여전히 풀 냄새가 났다. 배식구 쪽에, 식탁 아래에, 그리고 지우와 내가 앉아 있는 이 공간에 온통 풀 냄새만 가득했다. 나는 숨을 들이키며 눈을 감았다.

"그럼, 지우님은 통증의 기억을 찾으셨나요? 최초의 기억이요."

"네. 찾았지요."

"마지막 동굴을 걸어 나오셨나요?"

"네, 걸어 나왔지요."

"의문은 없으셨어요?"

"어떤 의문이요?"

"그 길이 잘못된 방향일지도 모른다는 의문이요."

"지수 님."

"네."

"의심스러우세요?"

"모르겠어요."

"그렇다면, 더 경험해보셔야지요. 그래야 이 길이 맞는지 아닌지, 알 수 있지 않을까요?"

*

엄마의 책이 보고 싶었다. 찾고 싶었다. 그래서 그녀의 레시피를 읽고 싶었다. 내가 먹어치운, 그리고 다 게워낸 그 글자들을 제대로 읽고 싶었다. 나는 일어났고, 표지판을 따라 도서관으로 갔다.

'채수회 레시피'를 검색했다. 있었다. 서가로 갔다. 역시 있었다. 엄마의 책. 동호회가 아닌 세미나 회원들이 직접 쓰고 엮은 책. 지은이 이름 목록에 엄마의 이름이 당당히 올라가 있었다.

이수지의 특별 레시피. 단호박범벅!

1. 작은 단호박을 반으로 갈라 씨를 파낸 후, 찜기에 찐다.

2. 냉장고에서 차갑게 식힌다.

*3. 단호박 안에 직접 만든 두유요거트를 채운다. 다시 냉장
고에서 차갑게 식힌다.*

4. 블루베리, 사과, 견과류, 말린 과일을 토핑으로 올린다.

5. 수제 조청을 뿌린다.

레시피 자체는 특별할 게 없었다. 하지만 조청은 달랐다. 그건 오리지널이었다. 내가 알았다. 엄마만의 특별 레시피로 만든, 계피 향이 감도는 달지 않은 조청. 마지막에 이 레시피를 만든 이유가 쓰여 있었다.

"다이어트에 신경을 많이 쓰는 딸아이를 생각하며 만들었어요!"

나는 피식 웃었다. 문득 우리 집에 이 책이 왜 한 권도 없었는지 알 것 같았다. 서울 생활을 완전히 접고 안진으로 내려왔을 때, 엄마는 책에 대해 한마디도 하지 않았다. 보여주지도 않았고, 자랑도 안 했다. 나 역시 별로 궁금해하지 않았다. 관심이 없었다. 나는 오직 내 생각만 했다. 통증. 감각. 반응. 내 몸에서 일어나는 현상들. 그것들에만 집중했다. 그럴 수밖에 없었다. 아침에 일어나도 아팠고, 점심을 먹다가도 아팠고, 샤워를 하다가도 아팠으니까. 아픈 것 외에는 아무것도 생각할 수가 없었다. 통증은 나의 모든 감정, 관계, 기억, 그 모든 것을 숙주 삼아 쑥쑥 자라났고, 나는 그 거대한 숲에 파묻힌 작은 씨앗이었다. 바람이 불면 비명이 들렸다. 엄마는 그 소리 앞에 서

서, 전전긍긍하며 나를 쳐다봤다. 엄마, 나 이럴 바에는 차라리 죽고 싶어. 나 죽어도 돼? 이렇게 살고 싶지가 않아. 그런데 엄마, 어렸을 때 나를 왜 그렇게 막 대했어? 아빠랑 왜 그렇게 싸웠어? 왜 그렇게 면박을 줬어? 내가 크고 싶어서 컸어? 살이 찌고 싶어서 쪘어? 엄마 아빠가 나를 낳았잖아. 결국은 엄마 아빠 닮은 거잖아. 엄마 아빠가 실패한 거야. 쓰레기를 만들었잖아. 그래서 내가 나를 막 대한 거야. 내가 왜 나에게 잘해줘야 해? 이렇게 계속 살아야 해? 그러니까 엄마.

왜 진작 날 안 죽였어?

실패했다고 느꼈을 때, 나를 죽였어야지.

엄마는 대답하지 않았다.

대신 단호박범벅을 만들어줬다.

제대로 먹은 적은 거의 없다.

엄마의 심장이 멎은 날, 나는 그녀에게 아무 말도 하지 않았다. 거의 유일하게, 내가 엄마에게 화를 내지 않은 몇 안 되는 날 중 하루였다.

도서관에서, 나는 엄마의 레시피를 읽으며 바닥에 앉아 있었다. 두통이 다시 밀려왔고, 구역감도 느껴졌다. 힘들어서 일어날 수 없는 건지, 일어나기 싫은 건지, 그냥 그 자리에 녹아 내려서 사라지고 싶은 건지, 잘 구분이 안 됐다. 그래서 계속 그 자리에 한참 앉아 있었다.

일어났다.

책을 서가에 꽂았다. 그때 옆에 있는 책 한 권이 눈에 띄었다. 아니, 책의 저자명이 보였다. 공동 저자였다. 두 사람.

이신아. 그리고 해리아.

제목은,

치유의 빛.

*

나는 지우에게 말했다.

"연장할게요."

12

"신뢰에 감사드립니다."

지우가 고개 숙여 인사했다. 그녀의 손에는 내가 건넨 약들이 들려 있었다. 진통제와 근육 이완제. 항생제. 항우울제, 항불안제. 수면제.

단, 가루약은 빼고.

그러니까 나비 약을 잘게 부수고, 캡슐로 된 진통제를 비틀어 털어낸 가루를 섞어 담은 작은 봉투. 집에서부터 준비해왔다. 복용할 생각은 없었다. 정말이었다. 안심하기 위해 갖고 왔을 뿐이다. 물론 지우는 말했다. 채수회관은 수련자들의 단약증상, 금단증상에 익숙하다고. 얼마든지 안전하게 대응할 수 있다고. 나는 그 말을 믿었다. 그래서 약들을 내놓았다. 어차피 길게 머물기로 했으니 이곳의 수련방식을 제대로 따라보자 싶어서. 그리고. 해리아가 정한 거니까. 규칙을 따라야 만나도 할 말이 있겠지. 하지만 언제쯤? 대체 언제 그 애를 볼 수 있지?

지우는 말했다. 당장은 아니라고. 그래. 이해했다. 알고 있었다. 충분한 수련을 거쳐 최초의 기억에 이르렀을 때, 벗이 찾아온다는 것. 최후의 해결을 들고서. 하지만 벗의 뜻에 따라, 갑작스러운 방문이 있을 수도 있다고 하지 않았나? 그건 언제지? 벗의 뜻이란 뭘 의미하는 건데? 그것도 알려줄 수 없나? 아니면 아무도 모르는 건가? 막상 장기 수련을 마음먹자, 채수회관의 규칙들이 불만스러웠다. 돈을 이렇게 많이 냈는데, 그저 기다리기만 해야 한다고? 신아야, 응?

그러나 일단 아무 말도 안 했다. 어쨌든 나는 앞으로 꽤 많은 시간을 이 통통한 여자와 함께 보내야 했다. 무엇보다 이 여자가 결정할 터였다. 내가 최초의 기억을 찾았는지 아닌지. 그래서 마지막 동굴로 들어갈 자격이 있는지 없는지. 때문에 당장은, 이 사람의 뜻을 거스르지 않는 게 좋을 듯했다. 그래. 지우가 나를 만족스럽게 여기는 게 중요하다. 그것이 벗을 만날 가장 빠른 방법일 것이다. 그러니 쓸데없는 단약 증상이나 금단 현상으로 시간을 낭비해서는 안 된다. 만일 그런 순간이 온다면, 알아서 처리하자. 그래서 진통제 가루를 내놓지 않았다. 급한 불을 끄기 위해서. 혹시 모를 상황을 혼자 해결하기 위해서. 다행히 지우는 나를 믿는 것 같았다. 나라면 가방을 더 뒤져보거나 주머니를 비워보라고도 할 텐데, 그녀는 아무 말도 안 했다. 신뢰한다고만 했을 뿐. 미묘하게 아쉬웠다. 사실 나는 가루

약을 들켰을 때를 대비해 변명거리 하나를 마련해두었던 것이다. 그러니까 만일 그녀가 내 외투 안에서 하얀 가루가 가득한 작은 봉투를 발견한다면, 나는 이렇게 대답할 생각이었다.

"설탕이에요."

그렇게 해리아가 보고 싶니?

봐야겠니?

왜?

지우는 내가 건넨 약들을 자신의 커다란 보스턴백에 넣었다. 이어 우리가 함께 서 있는 방에 대해 설명하기 시작했다. 1인실이고, 개인 화장실이 있고, 빛이 잘 들어온다고. 나는 그녀의 설명을 따라 방 안을 둘러보았다. 딱히 좋지도 나쁘지도 않았다. 건물 2층 복도 끝 방이었고, 침대와 책상, 붙박이 옷장이 있었다. 고시원 1인실보다는 컸고, 풀 옵션 원룸보다는 작았다. 초록색 벽지와 햇빛이 들어오는 기울어진 창. 그 앞에 놓인 작은 침대와 건너편의 원목 책상. 오래전 읽은 책의 깊은 동굴이 떠올랐다. 그래. 힐라리아가 숨어 있던 신비한 동굴. 은밀하게 몸을 숨기고, 비밀을 간직한 공간.

문득 시선을 끄는 물건이 있었다. 책상 위 카세트 플레이어. 너무 오랜만에 보는 물건이라 신기하면서도 조금 당황스러웠다.

지우가 말했다.

"이제 첫 번째 메시지를 드릴게요."

"메시지요?"

"네, 심우의 목소리입니다."

지우가 내게 카세트테이프 하나를 건넸다. 투명한 플라스틱 안에 동글동글 말려 있는 필름이 보였다. 창문 틈으로 바람이 밀려들어왔다. 차갑고 무거운 산 공기.

지우가 말했다.

"그럼 4시 반에 수영장에서 뵐게요."

"수영장이요?"

"네, 지하에 있답니다. 특별한 운동을 배우실 거예요."

그리고 돌아서던 지우는 갑자기 생각났다는 듯, 보스턴백 지퍼를 열었다. 순간 나는 살짝 긴장했다. 설마 들켰나? 이제라도 제대로 더 뒤져볼 생각이 들었나? 아니었다. 그녀는 가방 안에서 1리터짜리 유리병과 머그컵 하나를 꺼냈다.

"밖에 정수기가 있어요. 채수회관에서 특별히 관리하는 알칼리 정수기입니다. 매일 아침 이 유리병에 물을 가득 채우고, 하루 종일 조금씩 드세요."

"특별한 물인가요?"

지우가 웃었다.

"네. 특별하죠. 알칼리 물은 건강에 좋으니까요."

나는 고개를 끄덕였다. 그렇게 대화를 마무리할 생각이었다. 그런데 나도 모르게 말이 툭 튀어나왔다.

"기적의 샘물인가요?"

"네?"

지우가 어리둥절한 표정으로 나를 쳐다봤다. 나는 손을 내저었다. 아무것도 아니라고 했다. 농담이라고. 그냥 한번 해본 말이라고.

문을 닫은 후, 나는 곧장 침대에 걸터앉았다. 정신이 멍했다. 아, 어쩌다 여기까지 온 거지? 나는 생각을 더듬었다. 재생수련. 최초의 기억. 최후의 해결. 마지막 동굴. 의지. 나의 의지. 그리고 카세트테이프.

수영장?

처음 듣는 이야기였다. 이곳에 오기 전까지 인터넷 후기를 몇 번이나 읽었는지 모른다. 수영장에 대한 글은 하나도 없었다. 확실했다. 식단과 명상 프로그램, 지우들에 대한 칭찬이 대부분이었다. 내가 못 본 건가? 그럴 리 없는데. 나는 핸드폰을 켰다. 소용없었다. 인터넷이 연결되지 않았다. 하긴, 후기를 보면 뭐 하겠나. 못 보면 또 무슨 상관이고. 어차피 나는 여기에 있는데. 나는 지우가 주고 간 테이프를 집어 들었다. 새삼스러웠다. 초등학교 때였나. 아니, 중학교 1학년 때였나. 그때 테이프는 정말 흔했다. 어디서든 볼 수 있었다. 그렇다고 누구나 가

215

질 수 있는 것도 아니었다. 카세트 플레이어. 워크맨. 마이마이가 있어야 테이프를 들을 수 있었으니까. 나도 하나 갖고 싶었다. 부모님께 차마 사달라는 말을 못해서, 한 2년쯤 조금씩 돈을 모았다. 용돈을 아껴 쓰고 어른들이 주는 돈을 덥석덥석 뻔뻔하게 받았다. 길고 긴 시간 끝에 결국 워크맨을 샀다. 오래도록 갖고 싶어 했던 모델이었다. 심지어 꽤 많이 할인된 가격으로 샀다. 그러나 1년도 채 되지 않아 별 의미 없는 물건이 되었다. CD플레이어가 더 많이 쓰이기 시작했고, 머지않아 MP3 플레이어가 나타났으니까. 하지만 신아와 마지막으로 만났을 때, 그러니까 아직 우리가 친구라는 호칭을 쓸 수 있었을 때, 그 애가 내게 말했다.

"야, 너는 워크맨도 있잖아. 그런데 뭐가 그렇게 매일 서럽고 억울해?"

나는 신아에게 되물었다.

"그래서 너희 교회 오지 말라는 거야? 나는 워크맨이 있고, 너는 없으니까?"

신아가 미간을 찌푸렸다. 방과 후였고, 금요일 저녁이었고, 조칠현 교회 앞이었다. 그날 우리는, 그러니까 나와 신아와 해리아는 수영장에 가지 않았다. 이제 해리아는 물에 뜰 수 있었고, 발차기를 하며 앞으로 나갈 수 있었다. 김이영 선생이 가르쳐준 자세에 제법 능숙해졌다. 팔로 물을 끌어당길 수 있게 되었다. 그러자 해리아는 내게 말했다. 이제 더는 금요일마다 수영장에 갈 필요가 없을 것 같다고. 따로 연습하겠다고. 아니다. 신아를 통해 말했다. 바로 그날 아침에. 금요일 첫 교시가 끝나고. "오늘부터 수영장 안 갈 거야. 이제 우리 안 가르쳐줘도 돼."

정작 해리아는 온종일 내게 말이 없었다. 그래. 그럴 수 있었다. 전 과목 수행평가가 시작되는 중이었고, 그 때문에 해리아는 선생님들에게 계속 불려 다녔다. 아이들에게 공지를 해주고, 답을 전해주고, 궁금한 게 있으면 직접 교무실에 가서 선생님들에게 물어봤다. 시험 기간에 해리아는 늘 그렇게 바빴다. 알고 있었다. 하지만 나는 해리아가 내게 일부러 말을 하고 있지 않다는, 어쩐지 일부러 거리를 두고 있다는 느낌을 지울 수 없었다. 그래서 서운했다. 인사는 할 수 있잖아. 직접 말해줄 수 있잖아. 오늘 수영장에 못 간다고, 앞으로도 못 갈 것 같다고.

왜 신아가 말하게 해?

그래서 내가 갔다. 해리아의 교회로.

조칠현 교회 앞에서 기다렸다. 그리고 함께 걸어오는 해리아와 신아를 마주했다. 나는 두 사람에게 말했다. 나도 이 교회에 다니고 싶어.

그때, 해리아는 왜 그런 표정을 지었을까.

아니, 잘 모르겠다.

솔직히 기억나지 않는다. 무슨 얼굴이었지? 어떤 눈빛으로 나를 봤더라?

신아의 목소리는 기억난다. 그 애는 짜증 가득한 말투로 내게 경고하듯 말했다. 교회 근처에 얼씬도 하지 말라고. 왜? 내가 되묻자 신아는 답답하다는 듯 나를 쳐다보다가, 갑자기 하늘을 올려다봤다. 나는 신아에게 말했다. 너희 신자들은 매일 학교에 모여서 쑥덕거리잖아. 기도하잖아. 함께 다니잖아. 다들 조칠현을 믿어야 한다고 말하잖아. 그래야 천국에 간다고. 그래서 나도 왔어. 함께하고 싶어서. 나도 기적의 샘물을 마시고 싶어서. 그런데 왜 안 된다고 해?

신아가 내게 쏘아붙였다.

"너는 워크맨이 있잖아."

그게 왜?

유행 다 지난 워크맨을 갖고 있는 게 왜?

"너희 가족은 이 동네 뜨는 게 목표잖아. 그런데 네가 오면 네 부모님이 가만있을 것 같니? 여기저기 들쑤시며 난리를 피우겠지. 안 그래? 목사님은 그런 거 싫어해. 너 때문에 우리만 혼나게 될 거야."

나는 아무 말도 못했다. 신아가 이어 말했다.

"그리고 너, 솔직히 우리 교회 다니고 싶은 거 아니잖아. 쟤 쫓아온 거잖아."

나는 교복 주머니에 손을 넣은 채 그대로 주먹을 쥐었다. 땀이 났다. 그 순간 신아의 목소리가 묘하게 부드러워졌다.

"지수야."

"응?"

"그만해."

"뭘?"

"쟤 하루 종일 쫓아다니고, 집에 전화하고, 아침마다 옆자리에 앉아서 미리 기다리고, 그거 그만해. 편지도 그만 써. 그리고 교회도 오지 마. 너랑 안 어울려."

울컥 화가 치밀었다.

"뭐가 안 어울린다는 거야? 그러면 너는 달라? 너는 해리아한테 편지도 쓰고 전화도 하고, 하루 종일 붙어 있잖아. 너만 친구야? 그렇게 정해져 있어?"

그러자 신아가 다시 하늘을 쳐다보았다. 순간, 이해할 수 없는 격한 감정이 치솟았다. 그 애의 목덜미를 양손으로 꽉 쥐고 싶었다. 얼마든지 가능할 것 같았다. 저 작은 머리통을 부숴버리는 것쯤은 아무것도 아닐 것 같았다. 그때 신아가 다시 나를 봤다. 큰 결심을 했다는 듯 비장한 표정이었다. 그 애가 말했다.

"너 이러는 거 싫대."

"누가? 해리아가?"

"응. 너 부담스럽대."

그러고서 신아는 나를 지나쳐 교회로 걸어갔다. 분했다. 아니다. 그 표현으로는 부족하다. 조금 더 깊은 원망. 깊은 배신감. 걷잡을 수 없는 수치심. 나는 그 마음들을 끌어안고서, 얼굴에 흐르는 눈물을 손등으로 닦았다. 울먹이면서 그 애를 불렀다.

"신아야."

그 애가 나를 돌아봤다. 나는 용기를 냈다. 물어봤다.

"내가 뚱뚱해서 그래?"

*

나는 책상에 앉았다. 테이프를 카세트 플레이어에 넣었다. 재생 버튼을 눌렀다.

*

심우입니다. 시작하겠습니다.

*

신아는 사람들을 이니셜로 불렀지만, 나는 그들이 누구인지 모두 알 수 있었다.

나 자신을 포함하여.

*

그리하여 나는 이 이야기를 다시 읽는다.

수정하거나 삭제한 내용은 없다. 그저 신아의 목소리를 견디기 힘들었을 뿐이다.

.

.

.

"수영 시험은 달리기 시험과 비슷하다."

김이영 선생이 말했습니다. 두 사람이 경합을 벌인다. 시작점에서 출발해 온 힘을 다해 헤엄친다. 턴을 해서 제자리로 돌아온다. 채점 기준은 두 가지.

첫째, 속도.

둘째, 영법숙지.

이어 김이영 선생은 그간 수업을 하며 꼼꼼하게 기록했다는 학생별 진도표를 손에 들고 흔들었습니다.

"이게 가장 중요하다. 그간 얼마나 연습했는지 확인할 수 있어. 실력이 얼마나 좋아졌는지 그걸 가장 중점적으로 볼 거야."

그러더니 김이영 선생은 두 사람으로 이루어진 시험조 명단을 발표하기 시작했습니다. 실력별로 분류한 이름들이었죠. 시험 이야기가 나오자마자 볼멘소리를 내뱉던 아이들이 입을 다물었습니다. 김이영 선생이 그 정도로 준비했다면, 항의를 해봤자 별 소용이 없다는 걸 알기 때문이었죠.

저는 건너편 분단의 해리아를 슬쩍 바라보았습니다. 꽤나 여유 있는 표정으로 앞을 보고 있더군요. 그럴 만했습니다. 물에 뜨지도 못할 때와 달리, 이제 해리아는 앞으로 쭉쭉 뻗어나가게 되었으니까요. 해리아는 운동 신경이 좋았습니다. 늘 부러웠어요.

해리아의 상대가 발표되었습니다. 안지연이었습니다.

순간, 아이들이 모두 숨을 죽였습니다. 모두들 해리아와 안지연을 번갈아 바라보았지요.

안지연은 언제나 해리아를 이기고 싶어 했거든요. 모르겠습니다. 저는 학창 시절에 공부를 열심히 한 편이 아니라서요. 성적에 욕심을 내는 친구들을 보면 조금 신기했습니다. 해리아의 경우, 공부를 열심히 하기는 했지만 뭐랄까요. 치열하지는 않았어요. 그냥 머리가 좋은 편에 가까웠던 것 같아요. 안지연은 아니었습니다. 그 애는 늘 노력했어요. 학교에 가장 먼저 도착해서 예습을 했어요. 영어 단어와 역사 연표. 화학공식 같은 걸요. 모두가 알았죠. 네. 안지연은 항상 해리아를 이기고 싶어 했습니다.

만년 전교 1등과 2등의 경쟁? 그런 건 아니었어요. 안지연도 공부를 잘하긴 했지만, 해리아 정도는 아니었어요. 전교 20등에서 30등 사이를 오갔던 것 같아요. 반에서도 3등, 4등 정도 되었던 것 같습니다. 공부라고는 전혀 하지 않았던 제가 그들을 이렇게 평가하다니 참 우습네요. 그리고 안지연이 해리아에게 경쟁심을 느끼지 말라는 법은 없지요. 어차피 해리아는 늘 도전을 받았는걸요. 무수히 많은 아이들이 해리아를 넘어서고 싶어 했죠. 그런데 뭐랄까요. 안지연은 조금 달랐습니다. 그 애는 격렬했어요. 해리아에게 시비를 걸거나 화를 냈다는 게 아니에요. 안지연은 해리아에게 한마디도 안 했습니다. 그냥 말을 안 했어요. 대신, 뜨거웠습니다. 질투와 열망. 어떻게든 넘어서고 싶은 마음. 교실에 앉아 있으면, 그 애의 마음이 다 느껴졌습니다. 전교생이 다 알 정도였죠. 어른이 된 지금, 저는 열여섯 살 그 아이의 마음을 생각해봅니다.

아마 떠나고 싶었던 것 같아요.

우리처럼요. 그렇지 않나요? 우리는 우리의 몸을 떠나고 싶어 하잖아요. 오래된 통증과 상처, 질긴 고통, 지루한 외로움. 이것을 버리고 새로 시작할 수만 있다면 얼마나 좋을까요. 새

몸을 가질 수만 있다면, 무엇이든 할 수 있을 것 같지 않나요?

그래서 여기까지 찾아오시지 않았나요?

안지연은 해리아를 꺾으면 그 소망이 이루어질 거라 생각했던 것 같습니다. 우리가 살던 동네. 집 주변. 마을. 그곳에는 어떤 모임이 있었어요. 동네의 많은 사람들이 그 모임에 속해 있었죠. 저와 해리아 역시 아주 어릴 때부터 그 모임에 속해 있었습니다. 음. 이제는 그렇게 생각해요. 그 모임은 일종의 직장이었다구요. 부모님에게나 우리에게나. 실제로 모임에서는 우리 부모님들에게 일을 연결해줬습니다. 결혼을 못한 사람에게는 중매를 서줬죠. 학비와 교재비를 내줬어요. 상급생들에게 과외도 받을 수 있었습니다. 그래서 해리아와 저는 수학여행도 갔고, 소풍도 갔고, 급식비도 낼 수 있었죠. 그래서 저는 생각했습니다. 아뇨. 부모님을 통해 알게 됐습니다. 저는 모임을 떠나서는 안 된다는 것을요. 저 역시 어른이 되면, 모임의 일부가 되어 공동체에 헌신을 해야 한다구요. 저는 알겠다고 대답했습니다. 해리아 역시 그랬죠. 하지만 진실된 대답은 아니었습니다. 우리는 아이들이었죠. 무언가 다른 생각을 해보는 나이죠. 원할 수 있는 거 아닌가요? 다른 것이요. 네. 지금 나를 만든 것과는 완전히 다른 것을 말입니다.

다른 몸.

안지연은 그 모임에 속하는 아이가 아니었습니다. 그 애의 가족은 진작 동네를 떠났고, 애초 모임에 나온 적도 없었죠. 하지만 안지연에게서는 저와 같은 냄새가 났습니다. 무엇을 원하든, 절대 이루지 못하고 그 자리를 맴돌며 헤매게 되리라는, 그런 불안에 젖은 사람의 냄새. 그래서 안지연은 해리아를 목표로 했던 거겠죠. 그 애를 뛰어넘으면, 모두가 불가능하다고 말하는 목표를 꺾으면, 새로운 꿈을 꿀 수 있지 않을까. 덜 불안하지 않을까. 미웠습니다. 네. 안지연이 미웠어요. 좋은 동네에 살고 좋은 학원에도 다니면서, 그런 불안의 냄새를 갖고 있다니. 부모님은 멀쩡한 직장을 다니고, 그래서 우리 모임 같은 곳에 나올 필요도 없고, 그리하여 누군가에게 머리를 조아리며 **당신을 내 의지로 믿고 사랑한다고** 말할 필요도 없으면서, 저렇게 처절하다니. 그때 저는 건방지게 확신했습니다. 안지연 같은 아이는 덫에 걸린 기분을 전혀 알지 못한다고.

너는 나와 같은 냄새를 풍길 자격이 없다고.

네. 그래서 요즘 안지연을 더 자주 생각합니다. 나이를 먹으면서 어렴풋이 알게 되었거든요. 꼭 그 모임의 문제가 아니었다는 것을요. 애초부터 그런 불안과 공포를 갖고 태어나는 사람들이 있지요. 생각의 미로에 걸려들어 영원히 헤매는 사람들이 있죠. 네. 우리가 그런 사람들이죠. 좌절과 분노가 세포 곳곳에 스며들어버린, 불운한 사람들이죠. 그래서 우리는 여기 모였습니다. 서로를 위로하고, 더 나은 방법을 찾기 위해, 우리를 옭아매고 있는 깊은 기억의 늪에서 빠져나오기 위해.

10월 26일.

수영 시험 날이었습니다. 사람이 많았습니다. 다른 반 아이들까지 합해 거의 60여 명이 수영장에 있었습니다. 공간이 부족했어요. 레일마다 아이들이 촘촘히 붙어 서 있었습니다. 김이영 선생은 시험을 보는 레일에는 아무도 들어오지 못하게 했습니다. 그래서 아이들은 다른 공간에 자리를 잡고 서 있거나, 어딘가에 둥둥 떠 있거나, 물속을 유영하며 알아서 연습을 했지요. 시끄러웠습니다. 소란스러웠지요. 시험이었지만 동시에 경기였으니까요. 잘하는 애들끼리 하든 못하는 애들끼리 하든, 누군가는 이기고 지는 경기.

두 사람이 레일에서 출발할 때마다 아이들은 소리를 지르며 이름을 불렀습니다. 친한 친구의 이름이었죠. 응원하는 사람이었죠. 상관없는 경우도 있었습니다. 무조건 잘하는 애 이름을 외치기도 했고, 도리어 못하는 애를 북돋아주려는 애들도 있었죠. 그 열기 때문인지 어쩐지 그날은 모두의 성적이 좋았습니다. 정말로 다들 잘했어요. 아마 김이영 선생은 성적을 매기는 데 꽤나 고생을 했을 겁니다. 그 사건이 있기 전까지는.

안지연과 해리아.

그들의 차례가 되었죠. 흥미진진한 경기였습니다. 해리아는 운동 신경이 좋았지만, 수영을 배운 지 얼마 되지 않았으니까요. 안지연도 초급이었죠. 하지만 소문에 의하면 안지연은 거

226

의 매일 수영장에 간다고 했죠. 저 역시 수영장에서 안지연을 목격한 적이 있었어요. 그 둘을 한 팀으로 묶은 김이영 선생의 선택은 합리적이었습니다. 둘 다 수영을 이번에 처음 배웠고, 그래서 실력이 비슷했거든요. 누가 이길지 정말 모르겠더군요. 아, 해리아 키가 더 크기는 했어요. 하지만 안지연도 그렇게 작은 편은 아니었어요. 저는 그게 문제가 되지 않는다고 생각했는데, 안지연은 불리한 조건이라고 생각했던 것 같아요. 예민해 보였습니다. 하지만 해리아와 한 팀이 된 걸 거부하지는 않았죠. 오히려 안지연은 원했을 겁니다. 불리하더라도, 제대로 붙어서 이겨보고 싶다고 생각했겠죠.

저는 경기를 더 잘 보기 위해 그들이 시합을 벌이는 레일 쪽으로 이동했습니다. 아이들 몇 명과 부딪쳤고, 지수와 마주쳤습니다. 지수. 그 아이도 해리아를 참 좋아했죠. 사랑했어요. 알아요. 돕고 싶었겠죠. 자신이 해리아를 도울 수 있는 사람이라는 걸 증명하고 싶었겠죠.

김이영 선생이 호루라기를 불었습니다.

안타깝게도 안지연의 출발이 살짝 늦었습니다. 해리아가 순식간에 앞으로 치고 나갔죠. 아이들이 함성을 질렀어요. 그런데 갑자기, 안지연이 손을 흔들며 되돌아왔어요. 김이영 선생이 호루라기를 불었습니다. 해리아도 수영을 멈췄죠.

안지연이 김이영 선생에게 말했습니다. 거칠게 숨을 몰아내쉬며, 거의 울먹거리며 말했죠.

"박지수가 저를 가로막았어요. 쟤 때문에 늦게 출발한 거예요. 제 실수가 아니에요."

김이영 선생이 당황한 표정으로 안지연을 쳐다봤습니다. 아이들도 비슷한 표정으로 서로를 바라봤죠. 그리고 박지수에게로 시선을 옮겼습니다. 지수. 그 아이가 말했어요.

"안 그랬어요…… 저는 그냥 가만히 있었어요."

거짓말이었습니다.

제가 봤거든요. 지수가 안지연 쪽에 서서 레일의 구분선을 슬쩍 미는 모습을 말이죠. 다른 아이들은 못 봤을 거예요. 지수는 덩치가 컸으니까요. 그냥 그 자리에 서 있는 것처럼 보였을 겁니다. 하지만 저는 봤죠. 그 애를 주시했거든요. 내내 해리아 곁을 맴도는 것 같더니, 갑자기 안지연 쪽에서 모습을 드러냈으니까요. 하지만 증거는 없었고, 목격자도 없었죠. 저는 지수를 곤란하게 하고 싶지 않았어요.

분위기가 조금 험악해졌습니다. 누군가 짜증을 냈던 것 같아요. 쟤 또 저러네. 저런다고 전교 1등을 이길 수 있는 것도 아닐 텐데. 왜 자꾸 유난이야?

결국 안지연은 폭발했습니다. 김이영 선생을 향해 외쳤어요.

"선생님, 왜 절 안 믿어요? 저 돼지 같은 년이 나를 가로막았다고! 분명히 그랬다고!"

김이영 선생이 안지연을 가만히 내려다봤어요. 아무 말도 하지 않았죠. 모르겠어요. 선생의 그 표정은, 조금 슬퍼 보였습니다. 그때 해리아가 말했어요. 시험을 다시 보겠다구요. 김이영 선생이 고개를 끄덕였습니다. 그러자 안지연이 한 가지 요구를 했습니다.

"박지수가 제 옆에 서 있지 않게 해주세요."

결국 지수는 '우리', 그러니까 해리아와 저, 안지연 등등이 모여 있는 아이들에게서 멀어졌습니다. 앞으로 걸어갔어요. 우리 모두 그 아이의 커다란 등을 바라보았죠. 마치 시간이 정지한 것 같았어요. 지수는 수영장 레일 끝까지 그렇게 걸어갔고, 물속으로 들어갔어요. 저는 조금 놀랐습니다. 지수가 세상에서 사라져버리는 줄 알았거든요. 하지만 다행히 1초도 되지 않아 지수는 물 위로 솟아올랐습니다. 옆 레일로 자리를 옮긴 거였어요. 그러곤 손을 흔들었습니다. 네, 두 사람 곁에 얼씬도 하지 않겠다는 뜻이었죠.

시합이 재개되었습니다.

이번에는 확실히, 둘 다 동시에 출발했습니다. 우스운 경기였어요. 초보자 두 사람이 벌이는 치열한 경기였으니까요. 안지연과 해리아 모두 영법에 서툴렀습니다. 발차기에도 힘이 없었죠. 그들은 팔을 굽힐 줄 몰랐어요. 그 동작까지는 배우지 않았거든요. 두 사람 모두 팔을 풍차처럼 뻣뻣하게 돌리며 헤엄쳤죠. 그래도 진지했습니다. 그럴 수밖에요. 어떻게 다시 시작한 경기인데요. 안지연은 악착같이 팔을 돌렸고, 해리아 역시 봐줄 생각이 없어 보였습니다. 음. 해리아는 조금 달라 보였습니다. 평소처럼 여유 있게 굴지 않았어요. 최선을 다하는 듯했습니다. 뜨거웠어요. 우리가 몸을 담근 그 물이요. 네. 뜨거웠습니다. 갑자기 누군가 안지연을 응원했어요. 억척스러운 안지연. 지기 싫어하는 안지연. 그래. 계속 기어올라봐. 네가 어디까지 갈 수 있는지 궁금해. 해리아를 향한 목소리도 쏟아졌습니다. 우리 동네의 자랑. 모두의 사랑을 받는 소녀. 똑똑하고 성실한 아이. 무엇이든 할 수 있는 너. 그래, 아마도 너는, 너만이 유일하게, 이곳을 벗어날 수 있을 거야. 다른 삶을 살겠지. 아이들의 목소리는 점점 더 커졌고, 수영장을 가득 메웠습니다. 안지연과 해리아. 아, 거의 동일한 속도였습니다. 비슷한 위치였습니다. 누가 이기고 있어? 누가 빨라? 15미터, 13미터, 10미터, 5미터.

해리아가 물속에서 고개를 들지 않았습니다. 숨을 참은 겁니다. 마치 진짜 수영 선수들처럼! 그 애는 고개를 물속에 박은 채 양 팔을 빠르게 돌리며 앞으로 돌진했어요! 달려나갔습니다. 그렇게 이겼어요. 네! 해리아와 안지연의 거리가 확 벌어졌습니다! 끝이 다가왔어요. 진짜.

끝.

그 순간.

픽! 소리가 났습니다.

해리아의 몸이 수면 위로 두둥실 떠올랐어요.

．

물에 잠긴 해리아의 얼굴 아래로 피가 흘러나옵니다. 붉은 피가 주위로 번져나갑니다. 마치 핏물이 그녀의 몸을 떠받치고 있는 것 같습니다.

．

저는 소리를 지릅니다. 물속에서 기어 나옵니다. 뛰어갑니다. 해리아에게. 그리고 지수에게 소리쳐요. 도와줘. 도와주란 말이야. 하지만 해리아를 물 밖으로 데리고 나온 사람은, 피투성이가 된 그 아이의 머리를 부여잡고 있는 사람은 안지연. 그 애의 손이 제 손과 맞닿아요. 그 애 손에 묻은 피가 제 손에도 묻습니다. 또 다른 손이 불쑥 끼어듭니다. 해리아의 얼굴을 꽉 움켜줍니다. 선생님. 김이영 선생님. 괜찮을까요? 대답해주세요. 네?

．
．
．

이것이 해리아, 벗의 기억입니다. 오랫동안 벗은 이 기억을 외면했습니다. 실제로 많은 의사들이 해리아에게 충고했습니다. 과거를 파고들지 마라. 앞을 향해 나아가라. 통증의 기전에 집착하지 마라. 해리아는 처방을 충실히 따랐습니다. 하지만 소용없었죠. 네. 다들 아시겠죠. 모두에게 통하는 방법이, 통하지 않을 때가 있습니다. 그런 사람이 있습니다. 바로 내가, 그런 사람이 될 수 있습니다. 표준 치료. 통상적인 방법. 통계. 평균에 들어가지 않는 사람. 그리하여 벗은 자신을 스스로 구하기로 마음먹었습니다. 의사들의 처방을 거부했습니다. 정반대 방법을 택했습니다. 그 첫 번째가 바로 기억이었죠. 벗은 최초의 순간으로 돌아갔습니다. 원망과 분노와 자책이 가득한 순간. 후회와 슬픔이 넘실거리는 순간. 절대 회상하고 싶지 않았던 바로 그 순간으로. 그리하여 벗은 알게 되었습니다. 치유라는 것은 새 옷으로, 새 기억으로 자신을 만드는 게 아니라, 오래된 옷장 안에 버려둔 낡은 외투를 꺼내 단단히 껴입는 일이라는 것을. 벗은 그렇게 스스로 동굴을 빠져나왔습니다.

이제 여러분 차례입니다.

채수회관에 오신 걸 환영합니다.

*

미친년.

13

그리고 나는 미친년이 시키는 대로 했다.

*

기상 시간은 매일 7시 30분. 일어나자마자 화장실로 들어간다. 고운 입자의 소금을 칫솔에 살짝 붓고 그대로 입에 집어넣는다. 어금니부터 살살 문지르기 시작한다. 치아 바깥쪽, 안쪽, 앞니를 부드럽게 문지른다. 입안이 살짝 따끔거리는 느낌이 들 때도 있지만 대체로 괜찮다. 일반 치약을 쓸 때보다 훨씬 산뜻하고 가볍다.

양치를 마친 후 바로 물 한 잔을 마신다. 알칼리 물. 두 번째 메시지에서 심우는 말했다. "통증이 심한 사람은 오랜 스트레스로 인해 몸이 산성화되어 있습니다. 알칼리 물로 중화

시켜야 합니다." 나는 그 알칼리 물 500밀리를 마시며 침구를 정리하고, 스트레칭을 하고, 세수를 하고, 책상에 앉아 일기를 쓴다.

　일기에 쓰는 내용은 정해져 있다. 머릿속에 떠오르는 온갖 생각들을 나열하는 것이다. 재생수련의 일부이다. 심우는 말했다. "생각의 나열은 기억을 찾아가는 첫 번째 과정입니다." 무심코 떠오른 단어와 스쳐지나가는 생각, 생각하는 순간 떠오르는 생각, 생각이 불러오는 생각. "우연은 없습니다." 심우는 말한다. "생각에는 뿌리가 있어요." 그래서 적으라는 것이다. 파편적인 생각들을 모아보면 일관성을 찾을 수 있다. 생각의 어떤 흐름. 기저에는 기억이 있다. 심우는 그 흐름을 발견하는 것이 중요하다고 말한다. 커피를 떠올렸다면, 가장 좋아하는 카페를 기억할 수밖에 없는 것처럼, 무심코 떠오르는 생각들을 연결하면 근원에 닿을 수 있다고 말이다. 그러니까 매일매일 그 기억을 찾아라. 덧붙여 강조한다. 기억을 떠올리는 것에서 멈추지 마라. 의미를 찾아라. 그래서 오늘 나는 썼다. **"그 누구에게도 보이지 않았기에, 그 누구의 시선도 의식하지 않을 수 있었다."** 35번째 일기다.

　이후 나는 방 밖으로 나온다. 지하로 내려간다. 그곳에는 수영장이 있다. 그래. 수영장. 천연 약재를 풀어넣은 특별한 물에 몸을 담그는 건, 재생수련에서 가장 중요한 일과 중 하나다. 수영을 하는 건 금지다. 격렬한 운동이기 때문이다. 채수회관에서는 저강도의 운동만을 권장한다. 물속 걷기를 권한다. 이것도 쉽지는 않다. 물살을 이겨내며 앞으로 나아가야 하기 때문이다. 양팔을 휘젓고, 다리에 힘을 줘서 움직여야 한다. 1시간넘게 걷다 보면 몸에 열이 오른다. 약재 때문인지 운동량 때문인지는 모르겠지만, 아무튼 좋다. 그래. 기분이 꽤 좋아진다.

오늘도 낯익은 얼굴들이 보인다. 대부분 장기 수련자들이다. 최초의 기억을 찾고, 고통을 극복할 방법을 찾는 사람들. 그 외에 다른 사람들도 있다. 사흘이나 일주일. 혹은 열흘. 그렇게 잠시만 머무는 사람들. 장기 수련을 시작하니 지우의 말이 이해가 된다. 벗이 왜 그런 선택을 했는지 알겠다. 기억을 찾는 건 쉽지 않다. 내 마음의 근원에 가닿는 건 어려운 일이다. 물살을 가르고 앞으로 나아가는 것처럼, 매번 어떤 저항을 마주해야 한다. 하루이틀 가지고는 어떤 의미도 찾을 수 없다. 때문에 나도 모르게 단기 수련자들이 불편했다. 특히 김홍란과 박인영. 딸은 내게 관심을 기울이지 않았으나, 김홍란은 달랐다. 내가 장기 수련자가 된 걸 어떻게 알았는지 자꾸만 옆에 와서 질문을 했다. 밥은 어때? 수련은 좀 달라? 정말로 특별해? 그러면 박인영은 피곤한 표정으로 김홍란의 팔을 잡아 이끌었다. 귀찮았다. 하지만 2주가 지나자 두 사람은 보이지 않았고, 나는 다시 평화롭게 물속을 걸을 수 있었다.

나는 출렁이는 기억 사이로 몸을 파묻는다. "최초의 기억은 모두에게 동일하지 않습니다. 때문에 통증을 해결하는 방법

역시 다릅니다. 표준 치료는 인간을 수치화한 어떤 값에 불과합니다. 숫자에 어긋나는 현상들을 설명하지 못하지요. 그걸 설명할 수 있는 사람은 아무도 없습니다. 오직 스스로 찾아내야 합니다." 그러니까 "일단 걸으세요. 물의 흐름에 몸을 맡긴 채, 동시에 저항하면서 앞으로 나아가세요. 흘러넘치는 기억을 그대로 내버려두세요. 이것은 순환입니다. 몸은 수영장의 물을 흡수할 겁니다. 그리고 기억을 내보내겠죠. 언제부터 이렇게 되었는지, 어쩌다가 이렇게 되었는지 자책도 하고 원망도 하세요. 기억은 노폐물입니다. 그것들을 물에 다 흘려보내세요." 그렇게 35일. 나는 매일 수영장을 걷고 있다. 네개의 레일. 푸른 물. 약재 냄새가 나는 물. 무거운 공기. 천장에 매달린 물방울. 익숙하다. 그래서인지 내 기억은 매일매일 넘칠 듯 흘러나온다. 통증 이전의 나. 아마도 최초의 기억. 이전에 존재하는 또 다른 기억 속의 나. 내가 매일 그리워하는 나 자신. 건강하고 아름다운 나.

수련을 끝내고 방으로 돌아와 샤워를 한다. 속세의 세정제는 사용하지 않는다. 오직 물로만 씻는다. 첫 일주일은 두피에 기름이 꼈고 머리카락이 뻣뻣했다. 몸도 간지러웠다. 하지만 시간이 지나면서 익숙해졌다. 피부의 오일 층이 몸 전체에 균형 있게 퍼져나가며 어떤 막을 형성하는 게 느껴졌다. 그 이야기를 하자 지우가 대답했다. "드디어."

"지수 님, 드디어 시작입니다."

옷을 갈아입고 나오면 오전 11시 30분경이다. 나는 3층으로 간다. 이곳에도 식당이 있다. 장기 수련자들을 위한 곳이다. 1층의 식당과는 많이 다르다. 싱싱한 생채소와 신선한 과일, 갓 지은 부드러운 현미밥, 손두부, 찐 콩, 찐 버섯, 나물무침, 올리브오일, 견과류, 브로콜리, 가지, 해초무침 등 많은 반찬들이 있다. 무엇보다 맛있다. 적당한 간과 천연 조미료로 끌어올린 감칠맛. 육고기도 있다. 대신 전날 신청을 해야 한다. 그러면 다음날 지방을 제거한 삶은 고기, 주로 닭고기나 돼지고기 100그램을 준비해준다. 나는 그것들을 양껏 먹는다. 꼭꼭 씹어 천천히 먹는다. 놀랍게도 나는 여기서 다이어트 생각을 한 번도 하지 않았다. 왜냐하면 살이 찌지 않았기 때문이다. 그랬다. 오히려 팔뚝과 허벅지, 턱의 라인이 날렵해졌다. 지우는 말한다. 재생수련이 가져오는 놀랍고도 자연스러운 변화라고. 양껏 먹고도 살이 찌지 않을 수 있다니. 살이 찌는 것에 대해 전혀 의식하지 않게 되었다니. 이것은 **통증을 느끼지 않게 되었다는 뜻이기도 하다.** 그렇다. 35일간 내 등에서는 어떤 것도 돋아나지 않았다.

나는 건강하다.

식사를 마치고 나면 산책을 한다. 이번에는 30분 정도. 채수회관 주변을 걷는다. 빛을 받으며 걷는 것이다. 빛은 수면에 좋다. 그래도 자외선에 노출되는 게 걱정되어, 지우에게 선크림을 구해다줄 수 없냐고 물었던 적이 있다. 지우는 대답했다.

"선크림은 음모예요." 화장품 산업계의 농단이라고 했다. "오 존층에 대한 공포는 확대 해석되었어요. 지구는 인간과 같아 요. 스스로를 치유할 수 있는 힘이 있죠. 이미 지구는 오존층에 대한 보호막을 스스로 만들어냈어요. 하지만 인간들은 오직 파괴에 대해서만 집중하죠. 아뇨. 집중하게 만들죠. 그걸로 돈 을 벌죠. 선크림과 영양제 시장의 규모를 보세요." 지우는 계 속 말한다. 선크림을 바르면 햇빛을 흡수할 수 없게 되고, 그 건 비타민D 부족으로 이어진다. 결국 인간은 비타민D 영양제 를 먹거나, 그 성분이 포함된 화장품을 쓰게 된다. 악순환이다. 애초에 충분히 햇빛을 쬐면 상관없는 일인 것이다. 나는 고개 를 끄덕였다. 햇빛에 노출된 피부가 전부 까맣게 탔지만, 괜찮 다. 아무렴 어떠냐는 생각이 든다. 나는 그냥 걱정이라는 걸 하 지 않으려 한다. 눈이 부시면 눈을 감고, 너무 뜨거우면 그늘로 들어간다. 해가 내 몸을 비추는 걸 그대로 느끼며 보드라운 양 지에 멍하니 앉아 있기도 한다. 가끔은 심우의 메시지를 듣는 다. 채수회관에서 지급하는 오래된 워크맨 덕분이다. 첫 번째 도 듣고, 두 번째도 듣지만 주로 첫 번째를 듣는다.

그건 나의 기억이기도 하니까.

1시부터는 지우에게 수업을 듣는다. 아니, 상담을 한다.

"핵심은 비타민이에요. 비타민은 암을 치료합니다. 현대 의 학은 이 진실을 감추고 있어요. 방사선이요? 그건 암세포뿐만 아니라 멀쩡한 세포까지 다 태워버려요. 그러면 어떻게 되겠어요? 재생이 불가능하죠. 병원에 의존하게 되는 거예요. 의학계는 그걸 원하죠. 항암치료는 의학산업계의 꽃이에요. 환자들은 돈을 찍어내는 공장과 다름없죠. 병원에서 제일 좋아하는 환자는, 건강하지 않으면서 오래오래 사는 환자예요." / 3일 차

"과연 오늘날의 식재료는 건강할까요? 제대로 된 영양분을 충분히 가지고 있을까요? 오늘날의 과일은 너무 달아요. 과할 정도죠. 그렇게 개량했으니까요. 그 결과 영양소는 불균형해졌죠. 다른 것들은 어떨까요. 가지, 애호박, 상추, 배추, 시금치, 당근, 고구마, 감자. 믿으실 수 있겠어요? 어떤 땅에서 어떤 비료를 먹고 자란 것들인지 알고 드시나요? 알고 드셔야 해요. 우리 몸을 다시 만들기 위해서는, 먹는 것들을 까다롭게 통제해야 합니다. 그게 바로 몸을 관리하는 방법이에요. 벗은 그래서 운군을 찾은 거예요. 도시와 달리 오염되지 않은 곳이죠. 산이 있고, 밭이 있고, 논이 있죠. 채수회관의 모든 식재료는 벗이 소유한 운군의 특정 농장에서 모두 그녀가 직접 재배한 것들입니다. 오염되지 않은 깨끗한 흙에 건강한 비료를 뿌리고, 어떤 농약도 쓰지 않았죠. 지수 님, 저는 그렇게 생각해요. 벗은 농사를 짓는 것이 아닙니다. 생명을 일구고 계시죠. 우리는 그 생명을 삼키는 거예요." / 7일 차

240

"그러니까, 첫 번째 통증은 고향집에서 엄마와 함께 있을 때 일어났군요. 그때 감기몸살로 고생하고 계셨구요. 과로, 남자친구와의 갈등, 컨디션 저하, 다이어트 강박, 폭식증과 거식증. 그게 원인이라고 생각하시는 거구요. 하지만 지수 님 솔직해지세요. 그건 증상의 전조 단계에 불과합니다. 폭식증과 거식증도 통증이에요. 이번에는 그 통증의 기억을 찾아보기로 해요. 폭식의 이유는 무엇일까요. 거식증에는 왜 시달리게 되셨죠?" / 14일 차

"정말 흥미로운 기억이네요." / 15일 차

"아니요. 지수 님. 이 단계에서는 벗을 만날 수 없습니다. 벗은 수련자가 최초의 기억에 스스로 접근했을 때, 만날 수 있습니다. 이 기억은 최초가 아니에요. 저를 믿으세요. 수련이 더 필요합니다." / 25일 차

"진실을 이야기하고 있지 않아요. 맞죠?" / 17일 차

"지수 님은 치유를 원하는 건가요. 아니면 그저 벗을 원하는 건가요?" / 30일 차

"방법은 모두 달라요. 3년 전, 한 수련자가 있었어요. 그녀는

어느 날 갑자기 종아리 안쪽에서 깊은 통증을 느꼈어요. 병원에서는 아무 문제가 없다고 했죠. 우리가 다 아는 이야기예요. 수없이 많은 병원을 전전하고, 돈을 쓰고, 기이한 치료를 받고, 결국 채수회관에 오게 되었죠. 서른두 살이었어요. 그녀는 '딸기'라는 단어로부터 시작했습니다. 네, 이곳에 와서 가장 먼저 떠올린 기억이었죠. 그녀는 말했어요. 통증이 없던 어느 날, 갑자기 딸기가 먹고 싶었다구요. 그래서 사 먹었답니다. 너무 맛있었대요. 그렇게 맛있는 딸기는 처음이었대요. 양손에 딸기를 쥐고 와구와구 먹었다고 합니다. 그렇게 기분 좋고 행복한 날도 처음이었다고 했어요. 그날 이후, 그녀는 통증에 시달릴 때마다 딸기를 떠올렸습니다. 그게 그나마 통증으로부터 그녀의 마음을 조금 떨어뜨려놓았다고 해요. 그녀는 바로 그 기억에서 시작했습니다. 왜 딸기였을까. 머릿속을 꼼꼼하게 뒤졌습니다. 꼬박 1년이 걸렸어요. 네. 1년이요. 그녀는 알게 되었습니다. 스물한 살에 만났던 어떤 남자. 겨우 열흘을 만났던 그 남자. 그와 영화를 보러 갔습니다. 그녀가 선택한 영화였어요. 그래서인지 그는 계속 불평을 해댔죠. 극장이 낡았고, 춥고, 영화는 재미없어 보인다구요. 그녀는 물었습니다. '다른 거볼까?' 그는 대답했어요. '됐어.' 그녀는 얼떨떨한 기분으로 극장에 들어갔습니다. 난해한 영화였어요. 하지만 그녀는 즐거웠습니다. 그녀는 그런 종류의 영화를 감상하는 걸, 그러니까 감독의 의도를 생각하면서 해석을 덧붙이는 걸 좋아했습니다.

즐겼지요. 그리고 대단히 어려운 영화도 아니었습니다. 소재가 특이하고, 연출이 독특하긴 했지만 내용을 즐기지 못할 정도는 아니었죠. 그녀는 영화가 정말 좋다고 느꼈습니다. 꽤 감동을 받았어요. '아, 좋다. 오늘 정말 좋은 영화를 봤어.' 그때 남자친구가 말했습니다. '뭐가 재밌어?' 장난이었어요. 네, 정말 장난이었습니다. 그는 웃고 있었고, 말투도 장난스러웠으니까요! 네. 장난은 장난으로 받아들여야죠. 그래서 웃었습니다. 하하하. 그리고 말해버렸어요. '영화가 참 별로네. 감독이 실패한 것 같아.' 그러자 남자친구의 얼굴에서 미소가 사라졌습니다. 그는 말했어요. '거봐 별로일 거라 했지?' 그러고는 영화를 계속 욕했습니다. 이런 어설픈 영화를 만들고 예술가인 척하는 인간들이 꼴 보기 싫다고 했죠. 그녀는 고개를 끄덕였습니다. 부끄러웠어요. 그녀가 그 영화를 만든 것 같았죠. 그래서인지 그의 모든 말이 그녀를 비난하는 것처럼 들렸습니다. 그녀는 위축되었고, 죄책감에 휩싸였습니다. 그는 저녁을 먹자는 이야기도 하지 않았어요. 하지만 모텔은 가고 싶어 했습니다. 그녀는 그의 기분을 맞춰주기로 했습니다. 형편없는 영화를 골라서 그를 힘들게 했으니까요. 그래서 그녀는 최대한 환하게 웃으며 그와의 시간을 얼마든지 즐길 준비가 되어 있다는 듯 굴었죠. 결국 그들은 근처 모텔에 갔습니다. 바로 그 순간이었습니다. 그녀는 딸기를 봤어요. 골목 길가의 슈퍼에서 딸기를 팔고 있었던 겁니다. 찰나였습니다. 정말 순식간이었죠. 그녀는 생각했어요. 저 딸기를 먹고 싶다. 그래, 저 딸기를 한 움큼 집어 들고 여기서 도망치고 싶다. 다리를 있는 힘껏 움직여서, 종아리가 팽팽해질 때까지, 온 힘을 다해 뛰고 싶다. 네. 그것이 그녀의 최초의 기억이었습니다. 아, 그와는 며칠 뒤에 헤어졌어요. 그가 이별 통보를 했죠. 그녀는 별로 타격 받지 않았어요. 오히려 그녀를 옭매고 있던 어떤 밧줄에서 벗어난 기분이 들었죠. 그리고 친구들이 그를 신나게 욕해줬으니까요. 그녀는 일상으로 돌아갔고, 얼마 후 다른 사람을 만났습니다. 좋은 남자였어요. 아니죠. 그냥 정상적인 남자였습니다. 같이 본 영화에 대해 함부로 욕을 하지도 않고, 그녀가 자기 눈치를 보게 만들어 뜻대로 조종하려는 그런 남자가 아니었죠. 그녀는 그와 아주 긴 시간을 보냈습니다. 채수회관에서도 그와의 기억을 더 많이 이야기했죠. 전에 만났던 남자는 거의 떠올리지도 못했습니다. 1년이 다 되어갈 때까지요. 하지만 결국 그를 떠올렸고, 그녀는 깨달았습니다. 그때의 수치심에 제대로 맞서지 못해서, 그러니까 그때 딸기를 움켜쥐고 달아나지 못해서, 종아리에 그때의 기억이 가시처럼 박혀버렸다는 사실을요. 우리 삶에는 별거 아닌 일들이 참 많이 일어납니다. 하지만 그중 무엇이 우리를 아프게 할지 아무도 몰라요. 그렇지 않나요? 그분에게 내려진 조언은 이것이었습니다. 달리기요. 네. 벗은 그녀에게 달리기를 시작하라고 말했어요. 언제 어디서든, 무슨 일이 있든, 재빨리 뛰어나갈 수 있는 사람이라는 길, 스스로에게 알려주라고 하셨죠. 그리고 덧붙였어요. '달리기를 마치고 돌아오면 딸기를 드세요. 잘 익은 커다란 딸기를 양손에 쥐고서 한 입씩 베어 무세요.' 네. 이것이 바로 **최초의 기억에 대한 최후의 해결이었습니다. 그녀는 동굴 밖으로 뛰쳐나왔죠.**" / 32일 차

"조금 더 깊이 들어가셔야 해요. 어린 시절의 기억은 어때요? 아니요. 피하지 마세요. 들어가세요 지수 님. 제발. 거기서 멈추면 안 됩니다." / 33일 차

"오늘도 똑같나요?" / 34일 차

"지수 님은 여기 왜 오셨어요?" / 35일 차

지우와의 시간이 끝나면 도서관으로 간다. 교실 하나 정도의 공간이니 크다고 할 수는 없다. 하지만 찾는 책은 거의 다 있다. 세계문학전집, 근래 출판된 한국문학,《삼국지》나《서유기》《아라비안나이트》같은 책들도 있다. 하지만 가장 많은 공간을 차지하는 건, 몸과 건강에 대한 책들이다.《비타민 Y의 혁명》《인체개조의 새로운 관점》. 그리고 당연히 그 책도 있다.《치유의 빛》.

오늘 나는《치유의 빛》을 꺼내 들고 책상에 앉는다. 몇 번이

나 읽었지만, 또 읽는다. 그 부분을 본다. '어린 시절, 나는 수영을 하다가 얼굴을 크게 다쳤다. 수술을 세 번 받았다. 이후 얼굴부터 어깨, 다리 전체로 이어지는 심각한 신경통에 시달렸다. 오랫동안 나는 그 '사고'가 내 병의 원인이라고 생각했다. 최초의 통증이라고 생각했다. 그래서 동굴을 찾았다. 하지만 아니었다. 오류가 있었던 것이다. **진실은 더 깊은 곳에 있었다.** 그리하여 나는 채수회관을 만들었다. 그렇다. 이곳이 나의 마지막 동굴이다.'

그렇게 책에 빠져 있다 보면 어느새 저녁 먹을 시간이다. 메뉴는 비슷하다. 생채소, 현미밥, 버섯, 기호에 따른 약간의 고기. 천천히 먹고, 다시 산책을 하고, 방으로 돌아온다. 그때부터 10시까지 자유시간이다. 나는 주로 필사를 한다. 벌써 책 두 권을 끝냈다. 모두 추리소설이다. 애거사 크리스티의《비뚤어진 집》《애크로이드 살인 사건》. 이제 또 새로운 책을 필사한다. 대프니 듀 모리에의《레베카》. 이런 이야기들을 베껴 쓰는 건 즐겁다. 그 세상에 깊이 몰입된 상태로 2시간을 보낼 수 있다. 하지만 필사를 하면서 읽기 때문에 속도의 한계가 있다. 매일 조금씩, 정해진 분량만큼만 진실에 다가선다. 그렇다. 내 몸의 비밀을 찾는 것. 나는 범인을 찾으려는 추격자다. 통증의 근원. 최초의 기억. 나에게도 결정적인 순간이 올 것이다. 범인을 낚아채는 때가 올 것이다. 매일 필사를 하며 나는 그 희망을 되새긴다. 온다. 반드시 온다. 나는 마지막 동굴을 찾을 수 있다.

여기서 나갈 수 있다. 그래서 완전히 자유로워질 수 있다.

밤10시. 나는 물로 얼굴을 씻고, 소금으로 이를 닦는다. 침대에 눕는다. 하루가 끝난다.

평온하다.

*

아니. 아니야.

*

눈을 떴다. 심장이 쿵쿵 뛰고 있었다. 나는 천천히 눈을 깜빡였다. 시간을 확인했다. 12시를 조금 넘겼다. 나는 고민했다. 참아볼까. 다시 눈을 감았다. 그래. 괜찮았다. 다시 잘 수 있을 것 같다. 잠을 청했다. 슬슬 의식이 가라앉았다. 아, 정말로 괜찮은 것 같다. 바깥으로 쏠려 있던 신경이 안으로 모이는 게 느껴진다. 기분이 서서히 무거워진다. 마치 깊은 물속으로 가라앉는 듯하다. 세상의 모든 것과 차단되고, 나도 물의 일부가 되어 어디론가 흘러간다. 침묵. 휴식…… 그 순간! 갑자기 몸이 바닥으로 훅 꺼진다. 그리고 위로 튕겨나온다. 눈이 번쩍 떠지고 심장이 쿵쿵 뛴다. 나는 숨을 헉헉 내쉬며 자리에서 벌떡 일어난다. 역시 안 될 것 같다.

나는 다급히 베개 아래 손을 넣었다. 바스락거리는 종이의 촉감이 느껴졌다. 재빨리 꺼냈다. 나비 약과 진통제. 가루로 만들어 몰래 품은 비밀. 나는 봉투 겉면을 눌러봤다. 35일 전에 비해 양이 많이 줄었다. 채수회관에 적응하던 첫 일주일, 지우는 내가 단약 증세를 겪지 않는 걸 신기하게 여겼다. 조금은 의심했던 것도 같다. 그녀는 물었다.

"지수 님, 진짜 괜찮으세요? 밤에 잘 주무시는 거죠?"

"그럼요."

나는 대답했고, 지수는 반신반의한 얼굴로 나를 쳐다보았지만, 이내 다행이라고 말했다. "지수 님 같은 분이 있긴 있어요." 잘 적응하는 사람이 있다고 말이다. 아무리 약을 먹고, 관리를 해도 차도를 보이지 않던 사람이 채수회관에 와서 갑자기 놀라운 효과를 보는 것이다. 금단 증상도 없고, 명현 현상도 없다. 그럼에도 불구하고 지우는 내게 아직 때가 되지 않았다고 했다. 벗을 만날 준비가 되지 않았다고.

나는 말한다.

"열여섯 봄, 키가 크고 살이 쪘어요. 저를 두고 모든 사람들이 수군거렸죠. 죄를 지은 것 같았어요. 내 몸이 잘못된 것 같았죠. 뚱뚱한 여자아이. 키가 큰 여자아이. 누군가를 가로막고

248

다치게 하는 아이. 그래서 제 몸을 없애버리고 싶었어요. 이거예요. 아무리 생각해도 이게 제 최초의 기억이에요. 살이 쪘다는 걸 알아챈 순간이요. **정말이에요.** 왜냐하면, 그 이후 내내 제 몸을 없애는 데 온 힘을 기울였으니까요."

지우가 대답한다.

"지수 님, 그건 최초의 기억이 아니에요. 그 몸을 없애버렸는데, 그래서 그 몸은 더 이상 존재하지 않는데도 계속 아프잖아요. 진짜 기억이 따로 있어요. 더 깊이 들여다보셔야 해요."

존재하지 않는다구요?

나는 흰 봉투에 든 가루를 조심스레 컵에 덜었다. 전날보다 조금 적게 담았다. 가루는 제법 남아 있었지만, 여기 얼마나 더 머물게 될지 몰랐다.

입소 후 나흘쯤 되었을 때인가, 오늘처럼 심장이 쿵쾅거리며 잠에서 깨어났다. 금단 현상이라는 걸 바로 알아챘다. 나는 다급히 물에 약을 타서 마셨다. 소량이었다. 도움이 되었다. 그날 이후로 매일 조금씩 약을 먹었다. 정말로 조금. 아주 조금. 푹 잘 수 있었다. 덩달아 나비 약의 효과도 있었다. 양껏 먹어도 배가 부르면 숟가락을 내려놓게 되었으니까. 더 먹고 싶다거나 구역질이 날 때까지 먹고 싶다는 충동은 찾아오지 않았다. 제법 만족스러웠다. 채수회관의 방식과 내 방식이 잘 어우러지는 것 같았달까. 심우가 말했지. 자신만의 방법을 찾아야 한다고. 그래. 이것이 내 방법이었다.

나는 약을 먹었다.

침대에 누웠다. 천장 모양이 조금씩 변했다. 가운데가 푹 꺼지면서 일그러졌다. 물처럼 흘러내렸다. 나는 그 광경을 멍하니 바라보았다. 졸음이 밀려왔다. 나는 눈을 감았다. 눈꺼풀 안의 어둠 역시 제멋대로 찌그러지다 납작해졌다.

*

"아가씨, 지금 뭐 해?"

날카로운 목소리에 나는 눈을 번쩍 떴다. 고개를 돌렸다. 김홍란이었다. 여기가 어디지? 그녀가 다시 말을 걸어왔다.

"왜 물속에서 졸고 그래."

나는 눈을 깜빡였다. 그제야 내가 수영장에 있다는 걸 깨달았다. 레일 가장자리 부근에 등을 기대고 서 있었다. 어찌된 일이지? 나는 천천히 하루를 되새겨보았다. 아침에 일어나서 세수를 하고, 물속 걷기를 하고, 점심을 먹고…… 오늘 지우를 만났던가? 기억이 나지 않았다. 다만, 물속으로 미끄러지듯 들어올 때의 느낌은 생각났다. 부드럽다. 시원하다. 간지럽다. 기분

250

좋다. 도서관에 가지 않기를 잘했어. 다행이야……. 아, 그래. 그렇게 된 거다. 나는 손을 뻗어 수면 위를 더듬었다. 물결이 찰랑이며 손바닥을 간질였다. 나는 주먹을 쥐었다 폈다. 정신이 또렷해졌다.

김홍란이 옆에서 나와 똑같은 자세로 주먹을 쥐었다 폈다. 나와 눈이 마주치자 그녀는 씨익 웃으며 말했다.

"이거 장기 수련자들만 배우는 운동이지? 나는 모르니까, 한번 따라해봤어."

어처구니가 없었다. 이 사람은 언제 재입소한 거지? 그녀와 떨어져 있고 싶었다. 나는 물속을 걷기 시작했다. 그러자 김홍란이 뒤에서 내 어깨를 덥석 잡았다. 나는 깜짝 놀라며 그 자리에 엉거주춤 섰다. 그녀가 말했다.

"내가 밀어줄게. 같이 갑시다."

"괜찮아요. 혼자 갈게요."

"그러지 말고 같이 가."

그러더니 양손으로 내 어깨를 힘껏 밀었다. 나는 김홍란의 힘에 의해 그대로 앞으로 밀려났다. 귀찮았다. 딸은 어디 간 거야? 왜 혼자 와서 이 난리인지.

그때 김홍란이 내 귓가에 속삭였다.

"3층은 좋아? 음식이 완전히 다르다며?"

나는 채수회관에 도착하자마자 먹었던 맛없는 식사를 떠올렸다. 간이 되어 있지 않던, 밍밍하고 시든 나물들. 딱딱한 현미밥과 뭇국. 아마 김홍란은 그런 음식을 계속 먹고 있겠지.

나는 대답했다.

"비슷해요."

"에휴, 거짓말. 훨씬 좋으면서. 아가씨 부러워. 나도 3층 생활 좀 해보고 싶어."

어쩐지 이 사람의 신세 한탄에 말려든 것 같았다. 곤란한 기분이 들었다. 하지만 그와 별개로, 누군가의 도움을 받아 앞으로 나아가는 감각은 무척 좋았다. 상쾌했다. 발바닥이 표면에서 떨어질 때마다 몸이 위로 쑤욱 솟아올랐고, 물결이 몸을 부드럽게 간질였다. 김홍란은 나를 점점 더 힘껏 밀어주었다.

"어때? 벌써 몸 안이 뜨끈뜨끈해지는 것 같지 않아?"

"그러네요. 감사해요."

"뭘 감사해. 저 끝까지 가고 나면, 아가씨가 날 밀어줘야지."

"네, 밀어드릴게요."

대답하자마자 후회했지만, 어쩔 수 없었다. 김홍란이 또 물었다.

"3층에는 정말로 움막이 있어?"

"네?"

"벗을 만날 수 있다는 움막 말이야. 마지막 동굴과 연결된다며?"

3층에 그런 게 있나? 식당과 복도가 전부였던 것 같은데. 그리고 마지막 동굴은 은유적인 표현 아니었나? 무엇보다 나는 벗을 어디서 어떻게 만난다는 이야기 자체를 듣지 못했다. 그런데 장소가 있다고? 움막? 순간, 여기 처음 왔을 때 목격한 비닐하우스가 생각났다. 이상했다. 한 달 넘도록 그곳을 떠올린 적이 없었다. 늘 빛을 찾아다녀서 그랬을까. 그래. 산책을 할 때도 양지로만 다녔고, 그늘이 가득한 곳에는 아예 시선을 두지 않았으니까. 그래도 어떻게 이렇게까지 까맣게 잊을 수 있지?

나는 대답했다.

"3층에는 아무것도 없어요. 혹시 건물 밖에 있는 비닐하우스를 착각하신 거 아니에요?"

"비닐하우스? 바깥에 그런 게 있어?"

"네, 있잖아요. 거기서 뭘 재배하는 것 같던데요."

수영장 끝에 다다랐다. 김홍란은 자연스레 몸을 돌렸고, 나는 그녀의 어깨에 손을 올렸다. 그녀의 피부는 쭈글쭈글했고, 군데군데 검버섯이 있었다. 어깨가 작고 말라서 앙상한 뼈가 다 느껴졌다. 하지만 팔뚝과 가슴 부근에는 살이 많아서 꼭 물풍선 같았다. 무게 때문에 아래로 축 처진 얇은 물풍선.

김홍란이 물었다.

"아가씨는 여기 와서 얼마나 좋아졌어?"

"많이 좋아졌죠. 잠도 잘 자요. 아주머니는요?"

"나야 여기 오면 언제나 좋아지지. 바로 좋아져. 1시간도 안 걸려. 그런데 밖에 나가면 도로아미타불이야."

"그래요? 여기 몇 번째 오시는 거예요?"

"나? 한 20번 되나? 두 달에 한 번씩은 와. 재작년부터 왔으니까. 그 정도 되는 것 같아. 여기 오려고 돈을 모아. 일단 연금은 아껴 쓰고, 들어오는 일은 다 하지. 베이비시터 일이 제일 좋아. 적성에도 맞고. 나 초등학교 교사였거든."

"그러면 차라리 돈을 많이 모아서 한 번에 오래 머무는 게 낫지 않으세요?"

"그게 안 되니까 짧게 오는 거지. 아가씨는 뭘 모르네. 나는 여기 간신히 오는 거야."

"여기가 그렇게 좋으세요?"

"아가씨는 안 좋아? 다 좋잖아. 밥 나오지. 잠자리 편하지. 미운 놈 볼 일도 없지. 이렇게 운동도 하고. 이제 원인만 찾으면 돼. 그런데 단기로 머물러서 그런가. 그놈의 기억을 찾을 만하면 흐름이 끊겨. 매번 다시 시작이야. 참 이상해. 여기 있으면 그렇게 평온한데, 나가면 바로 아파. 아마 아가씨도 그럴걸? 기억을 못 찾으면 계속 아플 거야. 그런데 어쩌겠어. 포기할 수는 없잖아. 계속 와야지. 열심히 먹고, 움직이고, 기억하면서 지내는 거지."

혼자 말하게 내버려두니 차라리 나은 것 같았다. 그래서 나는 또 물었다.

"아주머니는 어디가 편찮으세요?"

"나 암이야."

그러고서 김홍란은 고개를 뒤쪽으로 돌렸다. 웃고 있었다.

"1년 남았다고 했어. 이즈음이면 호스피스에 가 있거나 세상을 떠났을 거라고 했지. 아무튼 수술하고 항암치료 하고 할 수 있는 건 다 했어. 하지만 완치 못했어. 항암치료 30번을 더 해야 된대. 내가 못하겠다고 했어. 그리고 여기 들어왔지. 그랬더니 어떻게 된 줄 알아? 일주일 만에 손발 저림이 사라졌어. 몸에 활력이 돌았지. 조금만 더 몰입하면 다 나을 수 있을 것 같았는데…… 그놈의 돈이 웬수야."

　"그래도 항암치료 받으셔야 하는 거 아니에요?"

　"아니, 똑같아. 이거 봐, 나 살아 있잖아. 병원 가서 검사를 했더니 말이야. 암 덩어리가 그대로 있어. 커지지도 않고, 작아지지도 않고 아주 그대로 있다는 거야. 내 생각에는 말이야. 그게 기억인 것 같아."

　"최초의 기억이요?"

　"응. 그 암 덩어리 자체가 기억인 거지. 그래서 내가 그놈의 기억을 찾으면 말이야. 암이 싹 사라질 것 같아. 그리고 거의 다 온 것 같아. 느낌이 그래. 역시 원장님 말 듣기를 잘했어. 아가씨도 박근만 원장 환자야? 나처럼 소개로 왔나? 그 양반 진짜 명의 같지 않아? 환자들에게 필요한 게 뭔지 다 알고 있어."

　박근만 이야기가 나오니 기분이 좋지 않았다. 나는 입을 다물었다. 걷기만 했다. 힘을 주어 그녀를 밀었다. 그녀가 앞으로 쑤욱 나아갔다. 내 속도도 함께 빨라졌다. 그녀가 뛸 때 나도 함께 뛰었다. 그래서인지 숨이 찼다. 얼굴에 물이 많이 튀었다.

255

냄새가 나는 것도 같았다. 물에 풀었다는 천연 약재. 몸에 스며들어 노폐물을 제거한다는 그 약재. 방 안으로 스며드는 향과 닮아 있었다. 그러니까, 건물 앞 화단의 푸른 잎에서 풍기는 향기. 관절이 부드럽게 움직였고 딱딱하게 굳은 등과 목도 말랑해졌다. 이마에 땀도 맺혔다. 김홍란의 어깨도 부드러웠다. 그런데 어라, 그녀의 피부가 쭈글쭈글하지 않았다. 진짜였다. 아래로 축 처진 물풍선 같았던 그 몸이 사라지고 없었다. 이제 그녀의 등은 매끈하고 탄력이 넘쳤다. 마치 수영장의 물을 모두 빨아들인 것 같았다. 김홍란이 다시 내게 고개를 돌렸다. 옆얼굴 역시 달라져 있었다. 젊은 얼굴? 아니었다. 예쁜 얼굴? 아니었다. 아, 그건 치유된 사람의 얼굴이었다. 모든 것으로부터 자유로운, 어떤 통증에도 시달리지 않는 가장 완벽한 얼굴.

김홍란이 말했다.

"그런데 말이야."

"네."

"아가씨는 여기 왜 왔어?"

그 순간, 발끝에서부터 날개뼈 아래까지, 날카로운 통증이 꼬챙이처럼 내 몸을 관통했다. 허억, 나는 숨을 몰아 내쉬며 김홍란의 어깨에서 손을 떨어뜨렸다. 아가씨, 왜 그래. 아파? 나는 물속에 잠겼다. 가라앉았다. 등이 불덩이처럼 뜨거웠다. 칼로 살점을 베어내는 듯했다. 가루약이 필요했다. 그래. 약, 약을 먹어야 해. 나는 발버둥쳤다. 그러나 강한 통증이 또다시 몸을 관통했다. 힘이 빠져나갔다. 몸이 물 위로 스윽 솟아올랐다. 천장이 보였다. 나는 입을 쩍 벌렸다. 무언가 살가죽을 뚫고 튀어나오려 했다. 그래. 그랬다. 등의 틈새로 온몸의 체액이 쏟아지는 듯했다. 아니, 쏟아졌다. 나를 띄우고 있는 건 물이 아니었다. 내 몸에서 흘러나온 거대한 덩어리들이었다.

그때, 누군가 손으로 내 눈을 가렸다.

침묵.

계속되는 침묵.

영원할 것 같은 침묵.

"얘, 지수야."

익숙한 목소리. 기다렸던 목소리. 그의 다른 손이 내 뒷목을 감싸 안았다. 그리고 움직였다. 나는 그 손에 내 몸을 맡긴 채 물 위에서 흘러다녔다. 걸어가는 것처럼, 달리는 것처럼, 물결처럼, 물고기처럼, 흔들리고 첨벙거렸다. 몸의 열기가 서서히 식었다. 통증이 잦아들었다. 사방에 풀 냄새가 진동했다.
손이 사라졌다.

풀 냄새가 뒤섞인 숨결이 내 얼굴 위로 흘러내렸다. 네 얼굴이 보였다. 오직 네 얼굴만 보였다. 물 위에 떠 있는 나와, 그런 나를 내려다보는 너. 기억하는 그대로였다. 까무잡잡한 피부. 붉은 입술. 살짝 튀어나온 앞니. 다정한 미소. 까만 눈동자. 단발머리.

해리아. 네가 말한다.

"애, 지수야."

나는 너의 오른쪽 뺨을, 희미하게 남아 있는 흉터를 바라본다. 너는 미소를 짓는다. 내 이마를 쓰다듬는다. 머리카락을 매만진다. 다시 내 눈을 가린다. 쉬, 괜찮아. 그 말에 나는 안심한다. 아니, 이미 안심하고 있었다. 통증이 사라졌으니까. 그래. 없다. 없어졌다. 그럴 줄 알았다.

네가 속삭인다.

"너 여기 왜 왔어?"

순식간에 네 손바닥에 힘이 들어간다. 너는 내 얼굴을 물속으로 콱, 밀어넣는다. 나는 허공에서 양팔을 허우적댄다. 손끝이 축축한 공기를 스친다. 그러나 아주 잠깐이다. 몸 전체가 물속으로 끌려들어온다. 나는 완전히 물에 잠긴다. 숨을 쉴 수 없게 된다. 나는 발버둥치지만, 곧 움직임을 멈춘다.

258

14

폭우다.

퇴근길, 지연은 하늘을 올려다보며 인상을 썼다. 온종일 화창하다가 갑자기 소나기? 그러나 날이 좋았어도 지연의 기분은 엉망이었을 것이다. 아침부터 그랬다. 싸움을 벌였으니까. 아니. 지연이 일방적으로 화를 냈다. 크게 소리를 질렀다.

"그만 좀 해!"

그리고 하루 종일, 지연은 분노와 자괴감 사이를 오가며 계속 한숨을 쉬었다.

왜 항상 내가 먼저 나쁜 사람이 되는 걸까.

그리고 현관에 도착하자마자, 지연은 김치찌개 냄새를 맡았다. 멸치와 다시마를 우린 국물에 신김치와 들깻가루를 넣어 푹푹 끓이다가 두부 한 모를 다 썰어 넣은 찌개.

지연이 좋아하는 음식이었다. 침이 꼴깍 넘어갔다.

하지만 안 돼.

지연은 팔짱을 끼고 자리에 꼿꼿하게 섰다. 이렇게 또 넘어갈 수 없어. 오늘은 확실히 말해야 돼. "나 죽으면 부담 갖지 말고 다른 사람 만나." 나한테 어떻게 이런 말을 할 수 있어? 용납할 수 없었다. 건강검진 결과가 안 좋은 것도 아니고, 지연의 마음이 다른 곳에 가 있는 것도 아니었다. 그런데 왜 자꾸 그런 소리를 하지? 내가 듣기 싫다고 하지 않았나?

순간 지연은 조금 자신이 없어졌다. 내가 싫다는 말을 확실히 했었나? 대꾸하지 않거나, 가볍게 짜증을 낸 적은 있다. 하지만 웃으며 넘어간 적이 더 많았다. "아이고, 적당히 해요."

물론 실제로는 전혀 웃기지 않았다. 그 말을 들을 때마다 지연의 마음은 한없이 무너지곤 했다. 불안하고 의심스러웠다. 이 사람, 혹시 다른 생각을 하나? 그래서 지연은 제대로 말하지 못했다. 그만하라고. 나를 두렵게 하지 말라고. 혹여 진지하게 대꾸했다가 알고 싶지 않은 진실을 마주하게 될 것만 같았다. 그래서 적당히 웃기만 했었다.

하지만 결국 소리를 지르고 말았다.

오늘 아침이었다. 지연은 샤워를 마치고 나와 얼굴에 미스트를 뿌렸다. 장미향이 은은하게 풍기는 화장수. 지연은 그 미스트를 좋아했다. 급박하게 흘러가는 출근 준비 중에, 지연이 진심으로 즐기는 짧은 순간이었다. 그때 옆에서 그 목소리가 들렸다.

"있잖아, 나중에 나 없어도……"

지연은 소리를 질렀다.

"그만 좀 해! 대체 왜 그러는 거야?"

때문에 오늘은 말해야 한다. 나는 당신에게 소리 지르고 싶지 않다고. 화내고 싶지 않다고. 무엇보다 나는 당신 외에 다른 사람을 생각해본 적이 없다고. 7년 내내 그랬다고. 그러니까 농담이든 진담이든, 제발 그런 말을 하지 말라고. 그러나 말할 수 있을까? 과연 울거나 화를 내지 않고 또박또박 다 말할 수 있을까. 지연은 자신이 없었다.

그 순간, 이영이 현관으로 나왔다. 두 사람은 서로를 빤히 쳐다봤다. 이영이 먼저 입을 열었다.

"안 들어와?"

"꼴 보기 싫어서 들어가기 싫은데요."

이영의 표정이 조금 더 시무룩해졌다. 지연은 결국 구두를 벗었다. 성큼성큼 집 안으로 걸어 들어갔다. 화장실에서 손을 씻으며 몇 번이나 심호흡을 했다. 진정하자. 차분하게 이야기하는 거야.

식탁에 앉았다. 진수성찬이었다. 지연은 앞에 앉은 이영을 힐끗 쳐다보며 숟가락을 들었다. 들깻가루가 가득 들어간 김치찌개. 소송채볶음. 명란젓을 넣은 계란말이. 마요네즈에 버무린 감자샐러드. 다 지연이 좋아하는 요리였다. 무엇보다 소갈비찜. 지연과 달리 이영은 고기를 좋아하지 않았다. 채식주의자는 아니었지만, 먼저 나서서 고기를 먹자고 하는 일은 없었다. 이영은 특히 돼지고기와 소고기를 꺼려했다. 냄새 때문이라고 했다. 그런데 몇 번이나 핏물을 제거하고, 장시간 삶아야 하는 갈비찜을 만들다니. 아, 역시 봐줘야 하나. 결국 또 이렇게 봐주고 넘어가게 되는 건가. 지연은 속으로 혼잣말을 잔뜩 중얼거리며 갈비찜 한 조각을 젓가락으로 집었다. 입안에서 고기가 부드럽게 뭉개졌다. 짭짤하고 달짝지근한, 고기 특유의 고소한 맛. 어쩔 수 없었다. 기분이 좋아졌다. 그때 이영이 말했다.

"미안해. 이제 그런 말 안 할게."

지연은 이영을 쳐다봤다. 미안함이 깃든, 여전히 멋쩍은 얼굴.

"핑계긴 한데…… 나이를 먹어서 그런가, 자꾸 그런 생각을 하게 돼. 안 좋은 미래 같은 거 말이야. 모르겠어. 내가 사라졌을 때 네가 새로운 사람을 만날지도 모른다는 생각을 하니까 솔직히 싫더라고. 그래서 일부러 그렇게 말한 것 같아. 아무도 안 만날 거라는 대답을 듣고 싶어서."

지연은 대답했다.

"안 만나요. 혼자 살 거니까 걱정하지 마."

이영이 당황한 얼굴로 지연을 쳐다봤다. 지연은 계란말이를 베어 물었다. 이영이 조심스런 말투로 다시 말했다.

"지연아 지금 나는…… 너한테 그런 대답을 들으려고 한 게 잘못이었다는 이야기를 하고 있는 거야."

지연은 이번에도 곧장 대답했다.

"알아요. 잘 알아들었어요."

그리고 덧붙였다.

"그래서 나도 내 이야기를 하는 거예요. 그런 미래가 오든 말든, 나는 다른 생각 없어요."

물론 할 말은 더 많았다. 열한 살. 11년. 왜인지 당신은 계속 그 나이 차이를 의식하며 지연을 어리게만 보는 것 같지만, 사실 지연 자신은 이영보다 늙어버린 기분이 들 때가 있다고. 남들이 모르는 당신을 볼 때 그렇다고. 비관적이고 고집스러운 이영. 스스로를 몰아세우다 좌절하는 이영. 그러면서 아무렇지 않은 척, 눈물을 닦고 일어나 달리기를 하러 나가는 이영. 자신이 지연을 지키고 돌봐야 한다고 믿고 어두운 속내를 꺼내지 않으려 하지만, 결국 심약한 마음을 들키고 이렇게 밥을 차리는 이영.

당신, 오늘 어땠나요. 온종일 궁리했겠죠. 내게 어떤 말을 해야 할까. 쓸데없는 불안에 사로잡힌 이 유치한 마음을 어떻게 이해시킬 수 있을까. 고민했겠죠.

그 마음을 가늠하며 지연은 훌훌 늙어버린 기분이 들었고, 다행이라고 생각했다. 언제나 이영보다 어른이 되고 싶었으니까. 그러면 나도 당신을 지키고 돌봐줄 수 있겠지. 그러니까 괜찮아요. 어떤 미래가 오든, 내가 당신보다 더 사랑할 사람은 없을 거야.

하지만 이 마음을 어떻게 지금 다 말할 수 있단 말인가.

지연의 마음을 조금 짐작한 것일까. 이영이 피식 웃었다. 고개를 끄덕였다. 그리고는 반찬들을 지연 앞에 가까이 가져다줬다. 지연이 볼멘소리로 말했다.

"왜 그래. 같이 먹어요."

"응, 먹고 있어."

"이거 혼자 다 만들었어요?"

"응. 그랬지."

"오늘 학교 안 갔어?"

"어, 수업 없는 날이야. 수요일이잖아."

"그러네."

"회사는?"

"그럭저럭. 오늘도 옆자리 인간이 말을 못 알아들어서 답답했죠."

이영이 또 웃었다. 지연도 그녀를 따라 웃었다. 아침에 왜 그렇게 화가 났지? 지연은 기억이 나지 않았다. 하긴, 이런 게 같이 산다는 거 아닐까. 서로의 온갖 모습을 다 지켜보고, 화를 내고, 용서하고, 또 지켜보고, 이해를 구하며 조금씩 덜 잘못하는 것. 그리고 서로의 앞접시에 갈비찜을 듬뿍 담아 건네는 것. 그러다 문득 지연은 생각했다. 웬일로 이영이 고기를 좀 많이 먹는 것 같네? 그때, 이영이 지연에게 말했다.

"그나저나 너 소리 지르는 거 오랜만에 봤다. 덕분에 정신 차렸어."

지연은 미소를 지었다. 동시에 숨이 막혔다. 날카롭고 묵직한 무언가가 그녀의 말랑말랑한 가슴 한가운데 콱, 들이박혔다. 통증이 생생했다. 그러나 지연은 미소를 거두지 않았다. 아무 말도 하지 않을 것이다. 그래. 영원히 말하지 않을 것이다.

지금까지 계속 그랬다.

7년 전, 다시 만났을 때부터 지금까지 이영과 지연은 수영장 사건을 입 밖으로 꺼낸 적이 없다. 그렇게 많은 대화를 주고받았는데, 서로에 대해 알 만큼 알게 되었는데도 그랬다. 어쩌면 그래서 그런지도 몰랐다. 그 일이 두 사람의 인생에 어떤 영향을 미쳤는지, 왜 영향을 미칠 수밖에 없었는지 너무나 잘 알고 있기에 도저히 말할 수 없는 것이다.

재회했던 그날도, 당연히 그랬다.

당시 이영은 사십대 초반의 꽤 주목받는 스포츠학 교수였다. 한 다큐멘터리에 출연한 이후 이름을 조금 알렸고, 몇몇 기업과 시민단체에서 특강을 하며 활동 영역을 넓혔다. 사실 지연은 이영의 행적을 오랫동안 조용히 따라다녔다. 그녀가 출연한 프로그램을 몇 번이나 돌려봤고, 신간이 나오면 바로 샀다. 하지만 만나러 가지는 않았다. 기회가 없었던 건 아니다. 사실 널려 있었다. 이영은 책 사인회나 북토크를 자주 했고, 말했다시피 특강도 많이 했으니까. 하지만 지연은 어쩐지 발걸음이 떨어지지 않았다. 중학교 때 좋아했던 선생님을, 첫사랑을 만나러 간다는 게 비현실적으로 느껴졌다. 그리고 별 의미도 없을 것 같았다.

다시 만나면 뭐? 지연을 알아보기나 할까?

특별한 사이였던 것도 아니고, 무려 선생과 제자였다. 심지어 지연은 이영이 아끼는 학생이 아니었다. ─그래. 그 사실이 늘 지연의 마음을 찢어놓곤 했다. ─그런데 그해 9월. 가까이 지내던 회사 사보팀 직원이 말했다. 이번 인터뷰 대상자가 김이영 교수라고 말이다. 그러더니 그가 지연에게 말했다.

"오실래요?"

지연은 희미한 미소를 짓고서 그냥 가만히 있었다. 아무 대답도 안 했다. 가고 싶기도 했고 그렇지 않기도 했다. 그러자 그가 또 말했다.

"안지연 씨, 김이영 그 사람 좋아하지 않아요?"

순간, 머리털이 쭈뼛 섰다. 지연은 잠시 숨을 멈췄다. 너무 놀라서 어떻게 반응해야 할지 몰랐다. 그가 웃으며 말했다. 안지연 씨 한동안 김이영 교수 책 들고 다니지 않았냐고. "그때 진작 알아봤죠." 그러더니 그는 마지막이라는 듯 은근한 목소리로 지연에게 물었다.

"한번 보고 싶지 않아요?"

지연은 멍하니 그를 쳐다보았다. 그리고 대답했다.

"네. 보고 싶어요."

그렇게 됐다. 그렇게 다시 만나게 됐다. 그렇게 알아보게 됐다. 그랬다. 이영이 지연을 알아봤다. '잠깐, 너 안지연 아니니?' 그 순간, 지연은 깨달았다. 자신의 마음을, 깊은 그리움과 설렘을 지나치게 과소평가해왔다는 것을.

이후 두 사람은 자주 연락했다. 주말마다 만났다. 매일 만나기 시작했다. 퇴근하고 만나고, 점심시간에 시간을 내서 만나고, 출근 전에 스타벅스에서 만나고, 밥을 먹고 차를 마시고, 영화를 보고 드라이브를 가고, 서로의 집에 갔다. 그리고 이야기를 했다. 그래. 이야기라는 것을 했다. 진짜 엄청나게 했다. 지연이 처음으로 이영의 침대에서 잤던 날도 마찬가지였다. 그들은 서로에게 말을 멈추지 않았다. **수영장 사건은 제외하고**. 그럼 무슨 이야기를 했을까. 글쎄, 할 이야기가 없었겠는가. 서로의 눈빛을 알아본 이들에게, 대화는 그 무엇보다 강렬한 유혹이고 전희이지 않은가. 말. 말. 말. 아, 그 수많은 말. 상대에게 온전히 쏟아내는 그 마음이라는 것. 진심이라는 것. 그 중 하나는 지연이 학생 시절, 이영의 관심을 끌기 위해 저지른 꽤나 대담하고 어리석은 짓들에 대한 회고였다. 운동도 못하면서 체육부장이 되겠다고 고집을 부리다가 비웃음을 당한 일.—담임 선생님이 나서서 망신을 줬다. "지연아, 너 왜 그러니? 그냥 과학부장 해. 너 과학 잘하잖아."—수업 시간, 어쩌다 이영과 시선이 마주치면 그걸 놓칠세라 고개를 빳빳이 들고 그녀를 뚫어져라 쳐다보던 일.—짝에게 들켰고, 또 망신을 당했다. "야, 선생님 부담스럽겠다."—다른 애들이 무슨 말을 하든 말든 절대 포기하지 않고 체육실에 갈 핑계를 계속 만들었던 일.—"체육 시험 정답 내가 알아올게!" "오늘 체육 시간에 뭐 하는지 내가 물어볼게!"—아이들은 지연이 성적에 미쳤다고 수군거렸다. 다행이었다. 그래서 지연은 일부러 더 애를 썼다. 성적에 집착하고, 매달리고, 괴로워하는 얼굴을 했다. 그리하여 아무도 눈치채지 못하기를 바랐다. 사실 지연이 미쳐 있는 건 성적이 아니라, 김이영 선생이라고. 열네 살. 열다섯 살. 열여섯 살. 3년 내내 혼자 애태우고 기뻐하고 슬퍼하고 괴로워하고 포기했다가 다시 사랑하고 있다는 걸, 누구에게도 들키지 않고자 했다.

이 이야기를 들려줬을 때, 이영은 박장대소했다.

"이제 와 하는 말이지만……."

이영은 그렇게 단서를 붙이며 알고 있었다고 대답했다.

"알고 있었다구요?"

지연이 반문하자 이영은 또 웃었다.

"어떻게 몰라. 그렇게 계속 쳐다보는데. 그냥 모른 척했지."

지연은 부끄러웠다. 그리고 두려워졌다. 많은 것들이 갑자기 확 궁금해졌던 것이다. 그래서 내가 부담스러웠어요? 혹시 싫었어요?

어른이 된 후, 지연은 가끔 동지를 만나곤 했다. 그러니까 어린 시절, 학교 선생님을 사랑해본 적 있는 부류의 사람들―동경이나 존경 같은 감정 말고, 진짜 사랑. 만지고 싶고 소유하고 싶은 아주 구체적이고도 확실한 감각.―그들은 모두 선생님 때문에 밤잠을 설치며 울어본 적이 있었고, 그때의 기억을 남몰래 간직한 채 살고 있었다. 지연은 그들 사이에 앉아 은근슬쩍 자신의 과거를 살포시 꺼내놓곤 했다. "그 선생님은 성실한 애들을 예뻐했어. 당연하겠지? 공부 잘하고 착한 애들. 그중에 특별한 애가 꼭 한 명씩 있잖아. 그게 참 싫더라. 처음부터 시선을 빼앗아가는 사람이 있다는 거. 우리 학교에도 있었어. 전교생이 다 그 애를 좋아했는데, 나 혼자 미워했어. 정말 많이 미워했어." 그래. 그래서 지연은 궁금했다.

내가…… 그 애를 미워하는 것도 알았어요?

하지만 지연은 그중 어느 것도 묻지 않았다. 이영 역시 그 시절을 깊이 되돌아보지 않았다. 지금의 지연이 좋다고만 했다. 지연도 그랬다. 지금의 이영이 더 좋았다. 그래 **지금**이 가장 중요했다. 한때 사제지간이었다거나, 나이 차가 많이 난다거나 하는 것들은 두 사람 사이에 문제가 되지 않았다. 그들은 그냥 사랑에 빠졌다.

그래서였다. 그들은 자신들의 세계를 지키기 위해서, 사랑을 보존하기 위해서, 두 사람이 영원히 잊지 못할 잔혹한 기억 하나를 봉인했다. 그들이 함께하기 위해서는 그래야 했다. 연인을 보며 그때 일을 떠올려서는 안 되었다. 연인이, 그때 일을 떠올리게 하는 사람이 되어서는 안 되었다. 때문에 그들은 그 기억 위에 다른 기억들을 덧씌웠다. 대화, 섹스, 다툼, 여행, 입맞춤, 포옹, 다툼, 화해, 동거⋯⋯. 사랑에 사랑을 덧씌우며 그들은 그렇게 서로를 지켰다. 앞으로도 그럴 터였다. 절대로 10월 26일에 대해 이야기하지 않았다. 그리하여, 지연과 이영은 서로의 약점을 모르게 됐다. 그러니까 아무리 노력하고 애를 써도, 불가항력으로 끌려들어가게 되는 찰나. 어느 순간, 함부로 떠오르는 기억. 아니, 기억을 불러들이는 어떤 것들.

이영의 경우, 그것은 고기 요리였다. 이영은 먹음직스럽게 잘 요리된 고기를 보면 갑자기 역겨워지면서 그날 풍경이 떠올랐다. 피투성이가 된 채 응급실 침대에 누워 있던 그 아이. 병원 이곳저곳을 뛰어다니며 도와달라고 외쳤던 이십대의 젊은 교사 김이영.

그때 김이영은 늘 의욕에 가득 차 있었다. 아이들에게 무언가를 선사하고 싶었다. 그녀는 영직동 아이들이 스스로를 과소평가하는 게 안타까웠다. 그녀 역시 넉넉하지 않은 어린 시절을 보냈고, 지역 단체의 지원을 받으며 수영을 배웠다. 때문에 이영은 아주 잘 알았다. 운동은 자신의 육체를 통해 한계를 시험하고 넘어설 수 있는 강렬한 경험이라는 것. **무엇이든 할 수 있어.** 이영은 그 깨달음을 아이들에게 선사하고 싶었다. 그 경험이 인생을 바꾸는 밑거름이 되기를 바랐다. 젊은 선생 김이영. 학교의 유일한 여자 체육 교사 김이영. 도 대표 수영 선수였던 김이영.

그래. 김이영은 정말로 누군가의 인생을 바꾸고 말았다.

왜. 어째서. 내가 아니라 너였을까. 벌을 받을 사람은 나인데, 왜 네가 고통을 받게 된 걸까. 이영은 죄책감을 이기지 못하고 교사를 그만뒀다. 대학원 연구실 구석 책상에 고개를 파묻었다. 그렇게 숨었다. 하지만 도망칠 수 없었다. 지도 교수가 고기를 좋아했다. 그는 식사 때마다 닭고기, 소고기, 돼지고기, 오리고기, 온갖 고기들을 먹으러 다녔고, 대창, 곱창 등의 내장요리까지 종류별로 찾아다녔다. 때문에 그와 함께 식사를 할 때면 이영은 늘 고기를 마주해야 했고, 피투성이가 된 그 아이를 떠올렸다. 그러나 이영은 먹었다. 기억이 불러오는 죄의식에 감히 저항하지 않았다. 자신이 감내해야 하는 형벌이라고 생각했다. 기꺼이 받아들이고, 평생 속죄해야 하는 어떤 것. 절벽에 묶여 매일 간을 쪼아 먹힌 어떤 불운한 남자와 달리, 이영

271

은 자기 자신을 스스로 벽에 매달았다. 눈을 부릅뜬 채 수시로 찾아오는 독수리 떼들을 기꺼이 맞이했다.

오늘, 요리를 할 때도 그랬다. 이영은 아주 확실하게 과거에 사로잡혔다. 마트에 가서 소고기를 사 왔고, 피를 빼기 위해 물에 담갔다. 불순물이 가득한 물을 몇 번이나 직접 버렸던가. 핏물이 싱크대 개수구로 흘러 들어갈 때, 이영은 속이 울렁거렸다. 하지만 지연을 위해서…… 정말? 정말로 그러한가? 솔직히, 이영은 헷갈렸다. 자신의 마음을 잘 알 수 없었다. 나는 정말로 지연을 위해 이 요리를 하나? 지연이 이 요리를 맛있게 먹어주기를 원하나? 그래서 지연이 그 아이를 상기시켜주기를 원하나? 설마? 세상에. 그날 그 사건을 말끔히 삭제한 채, 모든 것을 공유하는 것만이 서로를 지키는 유일한 방법이라고 생각했는데, 아니었나? 혹시 나는 지연을 통해 끊임없이 그때의 기억을 떠올리기를 원했던 건가?

아니다.

절대 아니다.

그런 비열한 이유 때문에 지연에게 속절없이 빠져든 것이 아니다. 그런데 왜 이런 마음이 드는 걸까. 왜 자꾸만 지연이 나를 떠날 것 같은 기분이 드는 걸까. 그래서였다. 이영은 또 숨었다. 그래. 그 생각으로부터 숨었다. 자신의 죽음을 상상했다.―차라리 내가 먼저 사라지는 게 낫겠어.―하지만 정말로 이영이 사라진다면? 지연은 어떻게 될까. 매력적인 사람이다.

사랑스러운 여자다. 누군가는 반드시 저 여자를 사랑하게 되리라. 그러면 지연은? 지연도 그 상대를 사랑하게 될까? 이영을 바라본 눈빛으로, 그 시선으로 그 여자를 보게 될까? 싫었다. 그래서 이영은 계속 물었다. 만일 내가 죽는다면 말이야, 사라진다면 말이야, 당신, 또 누군가를 사랑할 거야? 그 사람을 나보다 더 사랑할 거야? **사랑해도 돼.** 거짓말. **얼마든지 그 사람을 사랑해.** 또 거짓말. 유치하다는 걸 알았지만, 질문을 멈출 수 없었다. 그러다 결국 지연이 화를 내게 만들었다. 왜 그랬을까. 나 정말로 늙어버렸나. 늙긴 늙었지. 죄책감도 질투도 슬픔도, 모든 마음이 다 옛날 같지 않아. 낡아버렸어. 그러면서 이영은 마지막으로 소갈비의 핏물을 싱크대에 부었다.

그 순간, 이영은 어떤 얼굴을 떠올렸다. 기억해냈다. 아주 오랫동안 잊고 있었던 얼굴.

박지수.

지연은 오랜만에 그 애를 생각했다. 비참했다. 그녀는 설거지를 하는 이영을 뒤로하고서, 베란다로 나와 의자에 앉았다. 차가운 녹차가 손에 들려 있었다. 두 사람이 함께 사는 이 소도시에는 높은 건물이 많지 않았다. 덕분에 15층에서 바라보는 노을 진 풍경은 꽤나 아름다웠다. 지연은 이런 곳에서 두 사람의 삶을 꾸릴 수 있게 되어 언제나 감사하다고 생각했다.

하지만 지금, 지연은 박지수를 생각한다.

사실 아침에도 생각했다. 이영에게 소리를 지르고 집을 뛰쳐나오다시피 했을 때, 지연은 손을 덜덜 떨었다. **왜 항상 내가 먼저 나쁜 사람이 되는 거지?** 자괴감이 밀려왔다. 또 자제력을 잃었다는 생각 때문에 괴로웠다. 그래, 온종일 기분이 나빴던 건 이영 때문이 아니었다. 지연 자신 때문이었다. 바로, 소리를 지르던 열여섯 살의 안지연.

"저 돼지 같은 년이 나를 가로막았다고!"

아아.

지연은 차가운 유리컵을 이마에 가져갔다.

'그만 생각해. 제발 그만 떠올라. 그만.'

이영에게 억울하다고 매달리며 박지수를 일러바치던 어린 지연. 소리 지르던 지연. 안지연. 어떻게든 이영의 눈에 들고 싶었던 어린 안지연. 뭐든 열심히 해서 칭찬을 받고 싶었던 열여섯 살 안지연. 이영처럼 수영을 잘하고 싶었던 학생 안지연. 이겨보고 싶었다. 그래서 체육 시간이면, 언제나 전교 1등에게 향해 있는 이영의 시선을 제대로 훔쳐오고 싶었다.

그러다 끝내, 수영장에 핏물이 번지게 만들었다.

돼지 같은 년.

그게 지수의 약점이라는 걸 알았으면서.

한때 지연과 박지수의 엄마는 꽤 가까웠다. 아니다. 지연의 엄마는 지수의 엄마를 별로 좋아하지 않았다. 엄마는 말했다. 지수랑 지수 엄마? 둘이 똑같지. 자존감은 낮고, 욕심은 많고. 그래서 화만 많지. 스스로를 학대하지 않고는 견디지 못하지.
틀린 말은 아니라고 생각했다. 지연은 초등학교 때부터 지수를 봐왔으니까. 중학교 3학년 초반, 지수가 훌쩍 큰 키로 교실 안에 들어선 이후로는 더더욱 시선을 놓지 못했다. 지금 생각하면 그건 꽤 진지한 관심이었던 것 같다. 불룩한 가슴, 긴 다리, 둥근 엉덩이. 하지만 지연은 곧 지수에게 흥미를 잃었다. 지수는 입만 열면 짜증 나는 소리를 했던 것이다. 살이 너무 쪘어. 다이어트를 해야 하는데. 키가 크면 뭐 해. 나는 너무 거대한걸. 곰이 따로 없어. 자신의 몸을 비하하는 그 말들. 태도. 일부러 등을 굽히고 다니고, 주변 시선을 살피던 그 얼굴. 꼴 보기 싫었다. 얄미웠다. 내가 너처럼 키가 크다면, 가슴이 풍만하고 엉덩이가 크다면, 고개를 빳빳이 들고 다닐 거야. 사람들을 내려다보며 웃을 거야. 그리고 김이영 선생에게 가서 인사할 거야. 그러면 이영은 절대 나를 잊지 못하겠지. 기억할 수밖에 없을 거야. 하지만 나는 네가 아니지. 모든 것이 평범해. 키도 크지 않고, 외모도 그저 그렇고, 성적도 그냥 그렇지. 나는 언제나 노력해야 해. 관심을 받기 위해, 사랑을 얻기 위해, 늘 노력해야 한다고.

그래서 그랬다. 일부러 콱 찔렀다.

돼지 같은 년.

그 순간, 수영장의 모든 아이들이 함께 수치심을 느꼈던 것 같다. 아이들은 모두 자신이 가장 볼품없다고 생각하니까. 그래서 아이들은 다 함께 박지수에게 수치심을 떠넘겼다. 그래. 분명하다. 그래서 박지수가 떠난 것이다. '우리'를 떠나 먼 곳으로 걸어갔다. 25미터 레일 끝으로. 그리고 다시는 '우리' 안으로 돌아오지 못했다. 그래. 그날 그 사건 이후, 박지수의 등에 붙어 있던 수많은 말들은 결국 지연이 불러들인 악마들이었다. 친구가 죽든 말든 가만히 서 있던 년. 움직이지도 않던 년. 친구도 아닌 년.
……생각하기 시작하니 걷잡을 수가 없다.
지연은 단숨에 녹차를 들이켰다.
나는 언제쯤 참을 줄 알게 될까. 소리를 지르지 않는 사람이 되고 싶다.
지연은 해가 저무는 풍경을, 도시의 풍경을 응시했다. 기억

276

은 계속 떠올랐다. 사고를 당한 후, 전교 1등은 학교로 돌아오지 않았다. 수술을 많이 받았다고 들었다. 그게 지연이 아는 전부였다. 졸업 후 부모님과 함께 다른 지역으로 이사 가게 되었으니까. 안진의 소식은 전혀 듣지 못했다. 알고 싶지도 않았다. 하지만 종종 화를 참을 수 없을 때, 자신도 모르게 누군가에게 소리를 지르게 될 때, 지연은 계속 그 수영장으로 되돌아갔다. 전교 1등. 친구가 많던 아이. 이영이 예뻐하던 아이. 지수도 그 아이를 좋아했지. 마치 공주처럼 대했지. 지켜줘야 하는 사람처럼. 그래. 분명히 그랬다. 심지어 이름도 다르게 불렀다. 어떤 글자 하나를 더 붙여서, 소중하게 불렀어. 그래.

지수는 박해리의 이름을 꼭 이렇게 불렀다.

해리아.

부엌에서 큰 소리가 났다. 지연은 급히 뒤를 돌아봤다. 깨진 접시가 바닥에 뒹굴고 있었다. 이영이 어쩔 줄 모르는 표정으로 서 있었다. 지연은 재빨리 이영에게 다가갔다. 그녀의 어깨를 부드럽게 잡았다.

"내가 설거지한다고 했잖아요. 좀 쉬어요. 내가 치울게."

그런데 조금 이상했다. 이영이 식은땀을 흘리고 있었다. 지연은 이영의 손목을 잡았다. 맥이 빨랐다.

"왜 그래요?"

김이영이 이마에 손을 짚으며 대답했다.

"괜찮아. 그냥 놀라서 그래. 갑자기 떨어뜨렸거든."

"정말이야?"

이영이 고개를 끄덕였다. 지연은 이영의 반응이 이상했지만, 일단 접시를 치우는 게 우선 같았다. 그녀는 이영을 소파에 앉혔고, 다시 부엌으로 돌아와 깨진 접시 조각들을 치웠다. 혹시 모르는 흔적들을 걸레와 휴지로 마저 꼼꼼히 닦아낸 후, 청소기로 바닥을 밀었다. 그리고 이영을 쳐다봤다.

그녀의 연인은 살짝 창백한 표정으로, 뭔가 꿈꾸는 듯한 시선으로 멍하니 앞을 보고 있었다.

그러나 꿈이 아니었다.

기억이었다.

그날에 대한 기억. 박해리가 피를 흘리며 물 위에 둥둥 떠오른 순간, 김이영이 달려가 그 애를 끌어내고 소리를 지르고 구급차를 부르던 그 순간, 우연히 마주친 박지수의 얼굴.

아주 오랫동안, 이영은 그 기억이 자신의 착각일 것이라 믿었다. 그날 이영 역시 제정신이 아니었으니까. **그렇게 보일 수 있다고 생각했다.** 그러니까 물에 떠오른 해리를 보면서, **지수**

가 진심으로 기뻐하는 것 같았다고. 그래. 그날의 이영은 그렇게 느꼈다. 지수는 마치 이 순간만을 기다렸다는 듯, 지금 당장 박해리가 제발 죽어버렸으면 좋겠다는 듯, 환희에 가득 차 있었다. 이영은 다른 모든 건 감내할 수 있었다. 죄책감, 수치심, 후회, 원망, 슬픔과 고통, 비난, 야유. 하지만 지수의 얼굴이 떠오를 때면 이영은 견딜 수가 없었다.

무서웠다.

그래. 이영이 학교를 그만둔 진짜 이유는 바로 지수 때문이었다. 이영은 그 아이에게서 숨고 싶었다. 그러나 설거지를 하던 중, 이영은 지수의 그 얼굴을 또 떠올리고 말았고, 겁을 먹었다.

기쁨으로 가득한 해맑은 얼굴.

지수야, 나는 너에게 무엇을 선사한 걸까.

이영은 두 손으로 얼굴을 감싸 안았다. 몸이 떨렸다. 괜찮다. 곧 사라진다. 그럴 것이다. 나는 지금 여기에 있다. 기억은 기억일 뿐이다. 그게 중요하다. 그때, 다정한 손길이 그녀의 등을 어루만진다. 지연이다. 그리고 이영은 깨닫는다. 그래. 지연은 이영의 현재이다. 어두운 과거나 알 수 없는 미래가 아닌, 바로 지금 오늘. 내가 여기 있다는 걸 알려주는 사람.

그들은 서로의 손을 잡는다. 놓지 않는다.

15

끝났구나. 그래. 끝나버렸다. 무엇이? 삶이? 기다림이? 그
래. 끝났어. 마음이 가볍다. 평온하다. 아, 사실 나는 이 순간을
기다렸던 것 같아. 왜냐하면 지쳤으니까. 그리하여 내 마음도
너무 늙어버렸으니까. 이렇게 힘을 빼고 있으니 모든 것이 편
하다. 진작 포기할 걸 그랬다. 이제 드디어 쉴 수 있겠구나. 하
지만 조금 억울해. 그리고 아쉬워.

그때, 해리아의 손이 내 목덜미를 부드럽게 어루만졌다. 아,
아직 아니구나. 그녀의 손길이 느껴질 때마다, 심장이 쾅쾅 뛰
었고 눈꺼풀이 떨렸다. 나는 눈을 떴다. 해리아가 나에게 다시
물었다.

"지수야, 너 여기 왜 왔어?"

네가 나아졌다길래, 나도 나아질 수 있지 않을까 싶어서.

"거짓말."

너한테 조언을 듣고 싶어서.

"또 거짓말."

네가 보고 싶어서.

"지수야, 너는 너한테밖에 관심 없잖아."

해리아가 내 목덜미를 힘주어 잡았다. 입이 왈칵 벌어졌다. 물이 빨려들어왔다. 물줄기가 내 목구멍을 통해 어딘가로 흘러들어가는 것 같았다. 나는 숨도 쉬지 못하고 물을 빨아들이고 또 빨아들였다. 그러다 갑자기, 해리아가 내 뒤통수를 힘껏 밀어올렸다. 나는 비틀거리며 바로 섰고, 쿨럭쿨럭 기침을 하며 물을 뱉어냈다. 가쁘게 숨을 들이마셨다. 가슴이 아팠고, 심장이 터질 듯했다. 죽을 것 같았지만 아직은 죽지 않았다. 살아 있다. 뜨겁게 달아오른 체온, 거세게 박동하는 심장, 물이 가득 들어찬 배, 저릿저릿한 손끝과 발끝. 나는 주먹을 쥐었다 폈다. 수영장 물로 손바닥을 씻어냈고, 얼굴도 닦았다. 머리카락을 뒤로 넘겼다.

해리아가 나를 계속 쳐다봤다. 그녀는 아직 내 대답을 기다리는 것 같았다. 왜? 이미 다 말했잖아. 알려줬잖아. 꼭 다른 이유가 있어야 해? 네가 납득할 만한 이유가 아니면 안 되는 거야? 너도 알려주지 않았잖아. 금요일에 더 이상 수영장에 가고 싶지 않다고 했을 때, 내가 필요 없어졌다고 했을 때, 너는 아무 말도 안 했지. 모든 걸 신아에게 넘겼어. 신아가 대답하게 만들었지.

"응. 지수야, 네가 뚱뚱해서 싫대."

그래서 나도 궁금하다. 묻고 싶다. 언제나 묻고 싶었다.

그때 왜 죽지 않았어?

해리아가 대답했다.

"그럼 내가 죽었어야 해?"

응.

물속에 서 있는 나. 한껏 부서진 내 몸. 더는 숨기지 못하는 진심. 내게도 들려오는 나의 목소리. 오래된 질문. 그때 왜 바로 죽지 않았어? 나는 네가 죽을 줄 알았어. 해리아. 너는 왜 그렇게 끈질기게 살아남은 거야? 너는 모든 걸 잃었잖아. 신은 너에게 지독히도 잔인하게 굴었지. 아, 너에게는 정말로 신이 있었어. 조칠현이 만든 세상의 신. 그가 숭배하라고 강요했던 신. 조칠현의 쇼에 불과했지만, 어쨌든 형식상으로나 명목상으로나 너의 세계에는 분명히 신이 있었어. 너는 그 신을 믿었지? 충실했지? 나는 알아. 네가 교회에 대해 한마디도 하지 않았던 건, 사실 그 신을 진심으로 사랑했기 때문이야. 너무나도 소중하고 비밀스러워서, 굳이 드러낼 필요 없다고 생각했기 때문이야. 그래서 너는 조칠현도 감내했고, 무엇보다 네 엄마를 견뎌냈지. 하지만 신은 너를 배신했어. 무책임하고 잔인한 인간들에게 너를 넘겨버렸어. 무수히 많은 사람들이 너의 삶에 있었지. 너를 치료했던 사람들. 통증을 없앨 수 있다며 너를 유혹한 사람들. 그래서 너는 그들이 네 몸을 마음대로 열도록 허락했고, 허락하지 않을 수 없었고, 다시 고통받았지. 모든 것이 계속 반복됐어. 치료비를 벌기 위해 일을 했고, 과로는 다시 통증으로 돌아왔어. 치료사들은 네게 일을 그만두라고 말했어. 하지만 돈을 내지 말라는 소리는 하지 않았지. 그리고 엄마 역시 네게 손을 벌렸지. 조칠현이 달아난 이후에도, 그에게 전 재산을 강탈당한 이후에도, 네 엄마는 조칠현을 믿었지. 믿음의 세계에서 한 발짝도 나오지 않았지. 그녀는 네가 주는 돈을 받으며 계속 기도했어. 네가 낫게 해달라고. 어디선가 조칠현이 같은 시간에, 같은 마음으로 기도하고 있으리라 믿으면서. 이 끔찍한 오해가 풀리는 날이 오리라 믿으면서 말이야. 죽는 날까지 그랬지?

"지수야, 여기 왜 왔어?"

나는 정말 궁금해. 그런데 왜 계속 견뎠어? 차라리 죽음으로 복수하고 싶지 않았어? 신이여, 당신 뜻대로 끝없이 고통받으며 살지 않겠다고. 어느 날 당신의 우연한 변덕으로 일상을 되찾고, 그리하여 당신에 대한 믿음을 공고히 하는 그런 짓거리는 하지 않겠다고. 그런 마음을 품은 적 없어? 해리아, 왜 계속 노력했니? 몸이 매일 울부짖으며, 이제 그만, 이 끔찍한 생의 순환을 멈춰달라고 외치는데 왜 끝내지 않았어? 버튼! 그래, 왜 버튼을 누르지 않은 거야? 비통한 목소리가 들리지 않았니? 제발 나를 꺼줘! 부디 제발 나를 멈춰줘! 나를 그만 끝내줘! 쉬게 해줘! 무엇 때문에? 미련이 남아서? 그래. 미련은 가장 인간적인 감정이지. 하지만 내가 살아 있다는 걸 깨닫게 해주는 가장 강렬한 감각은 통증이야. 그렇지 않니? 통증은 모든 걸 정지시켜. 아무것도 느낄 수 없게 하지. 오로지 이 순간, 내가 살아 있다는 걸 느끼게 해. 그래. 내가 살아 있기 때문에 통증을 느끼는 거야. 하지만 그건 삶이 아니야. 통증을 인정하는 삶? 진심으로 그렇게 이야기하는 거야? 통증 이후의 삶? 정말

285

그걸 믿는 거야? 통증은 통증일 뿐이야. 교훈도 깨달음도 놀라운 반전도 없어. 내 육신이 쇠하는 과정을 절절히 느낄 뿐이야. 나는 덩어리야. 고통을 느끼는 덩어리.

"지수야, 내가 죽지 않은 이유를 알게 되면 너도 살고 싶어질 것 같았어? 그래서 왔어?"

응.

"또 거짓말."

왜 죽지 않았어?

"지수야, 너는 살고 싶어?"

응. 살고 싶어. 그런데 잘 살고 싶어. 돈 많이 벌고 편안한 집에서 여유 부리며 사는 거 말고. 그럴싸한 옷을 입고 걸어 다니며 웃는 거 말고. 진짜 웃고 싶어. 아프지 않은 몸으로, 건강한 몸으로 살고 싶어. 그렇게 잘 살고 싶어. 내 몸이 쓰레기 같다는 생각을 하지 않고 싶어. 내 몸에 대한 생각을 그만하고 싶어. 그 시간을 다른 곳에 쓰고 싶어. 외국어를 공부하고, 책을 읽고, 영화를 보고, 다른 사람들의 이야기를 듣고 싶어. 누군가를 사랑하고, 애틋해하고, 차라리 미워하고 더 원하면서 살고 싶어. 비열하게 욕도 하고, 비겁하게 회피도 하고, 추잡하게 매달려도 보고 그렇게 살고 싶어. 그럴 만한 힘이 있었으면 좋겠어. 매일 아침 몸무게를 재며 전날 무엇을 처먹었는지 생각하고, 그래서 오늘 무엇을 먹고 어떤 걸 먹으면 안 되는지 생각하는 짓거리를 그만두고 싶어. 먹고 싶어서 먹었으면서 만족하지도 못하고, 스스로를 통제하지 못하는 나를 두들겨 패는 걸 그만두고 싶어. 그러다 통증이 찾아오면 바닥을 뒹굴며 짐승처럼 끙끙대고, 병원에 기어가서 혈관에 진통제를 놓아달라고 비는 짓을 그만하고 싶어. 약에 의존하면서, 의존할 수밖에 없는 몸을 가진 나를, 그렇게 생각하는 나를 그만 미워하고 싶어. 완벽한 건강이라는 것. 완벽한 몸이라는 것. 내가 살려면 완벽해야 한다는, 그래야 살 자격이 있다는 그런 생각을 멈추고 싶어. 해리아. 내 몸이 새것이었으면 좋겠어. 그럼 이번에는 정말 잘 살 거야. 그럴 거야. 왜 나는 새것을 갖지 못하는 거야? 열심히 살았는데, 노력했는데 왜 그런 거야? 내가 주제에 맞지 않게 너무 욕심을 부린 거야? 영직동에 처박혀 살지 않고 그곳을 벗어나고 싶어 해서 그런 거야? 곰으로 태어났으면서 곰처럼 살기 싫어해서 그런 거야? 그래서 벌을 받은 거야? 이 생각. 생각들. 그래. 나는 이 생각들에 중독됐어. 생각하는 걸 멈출 수 없어. 눈을 뜨는 순간부터, 밥을 먹고 아파서 뒹굴고 소리 지르고 깨어나고, 또 약을 먹고 헛것을 보고 몸무게를 재고, 거울 앞에 선 나를 보는 순간. 그 모든 순간. 매일 매 순간! 나는 언제나 내 몸에 대해서만 생각해. 생각이 멈추지를 않아. 뇌 어딘가 고장 난 것 같아. 매일 내가 한 움큼씩 집어 먹는 약들은 사실 생각들이야. 그 약들이 나를 이렇게 만들었어. 나비와 같은 날개를 가진, 펄럭거리며 날아다니는 생각들. 나비들은 이미 내 머릿속을 꽉 채우고 위장과 자궁, 혈관과 항문까지 번져 가고 있어. 어떻게 하면 이것들을 몰아낼 수 있지? 어떻게 해야 해? 또 약을 먹어야 할까. 이 나비들을 죽이는 약 말이야. 그래. 해리아. 나는 그래서 왔어. 나를 새것으로 만들고 싶어서. 이 생각들을 멈추고 싶어서. 네가 그랬잖아. 최초의 기억을 찾아내면, 그래서 그 기억의 의미를 알게 되면 사는 것처럼 살 수 있다고. 나를 구할 수 있다고. 새것이 될 수 있다고.

"그래서 기억을 찾았니?"

해리아, 그때 왜 죽지 않았어?

"그럼 내가 죽었어야 해?"

응.

"이건 거짓말이 아니네."

응. 네가 물 위에 떠오르기 전까지는 몰랐어. 나는 그저 너를 도와주고 싶었어. 그래서 안지연 앞을 가로막았지. 하지만 들켰고, 나는 또 쓸모없어졌어. 네 말이 맞아. 뚱뚱해서 그랬던 거야. 뚱뚱해서 들킨 거지. 이해할 수 없었어. 나는 작았어. 아주아주 작았지. 그래서 혼자 조용히 시간을 파먹으며 살고 있었어. 얌전히 책을 읽으며 시간 위에 둥둥 떠 있었지. 그런데 어느 날 갑자기 거대해졌지. 그리고 네가 날 봤어. 그래. 내가 거대해졌기 때문에, 네가 나를 알아보았던 거야. 그날 너는 나를 불렀어. 이전까지는 내가 누구인지도 몰랐으면서. 나를 지켜보고 있었다면서, 내게 다가왔지. 그리고 거대한 내가 싫다면서 떠나버렸지.

"그래서 다시 작아지려 했구나?"

응.

"지수야. 기억해? 아우더는 이렇게 썼어. '그녀는 곰으로 태어났다.' 그런데 이장화는 이렇게 다시 썼지. '나는 곰으로 태어났다.' 무슨 차이가 있는 걸까."

모르겠어.

"눈을 감아볼래? 힘을 빼보렴. 응, 물에 누워보는 거야. 네가 잘하는 거잖아. 그래. 물 위에 떠오르는 거야."

해리아가 한 손으로 내 눈을 덮었다. 그리고 다른 손으로는 내 어깨를 부드럽게 잡았다. 나는 그녀가 이끄는 대로 가만히 있었다. 그대로 느꼈다. 흘러가는 물의 흐름을. 아래로, 위로, 끊임없이 출렁이는 물처럼 나도 흐르고 또 흘렀다. 나는 대답했다.

이장화도 싫었던 게 아닐까.

"무엇이?"

안티오페가 가냘픈 여인이라는 것. 아우더는 그녀를 다른 여자들보다 아주 약간, 덩치가 있는 모습으로 그려놓았잖아. 겨우 그렇게 그려놓고, 곰으로 태어났다고 찬사하는 것. 싫었을 거야. 생각해보면 아우더는 안티오페에게 한 번도 자신의 목소리를 준 적이 없어. 그녀는 아름답고, 곰처럼 강하고, 힐라리아를 지켜내고 테베의 미래를 건설하는 영웅이지만, 그렇게 불렸을 뿐이야. 안티오페는 진심으로 기뻤을까? 자신이 곰으로 불리는 게? 힐라리아를 지키는 게 진짜 꿈이었을까? 테베가 그녀에게 무슨 의미가 있지? 이장화도 그런 의문이 들었을

290

거야. 그래서 안티오페 스스로 말하게 한 거 아닐까. 나는 곰으로 태어났다고. 자랑스럽다고. 이장화의 안티오페는 달랐어. 우람한 어깨와 두꺼운 허벅지를 가졌고, 다른 사람들보다 머리통 두 개는 더 컸지. 헤라클레스처럼 넓은 가슴을 가졌다고 썼어. 그리고 또 아름답다고 썼지. 그건 아우더의 안티오페가 아니야.

"그래서 너는 이장화를 더 좋아했구나."

응.

"지수야, 네가 아우더를 몰랐다면 좋았을 텐데. 그치? 세상은 아우더를 더 사랑하고 이장화를 비난한다는 걸 몰랐다면 정말 좋았을 텐데. 이장화의 안티오페가 가짜이고 아우더의 안티오페가 진짜라는 걸 몰랐다면 아무 일도 없었을지 몰라. 너는 그저 이장화의 책 속에 머무르며 평온했겠지. 네가 아주 아주 작았던 시절, 그 시간만을 맴돌면서 말이야. 그래서야? 그래서 내가 죽었어야 했던 거야?"

응.

"나도 신아도 아우더도 존재하지 않던 순간으로 돌아가고 싶구나?"

응. 네가 물 위로 떠올랐을 때 나는 희열을 느꼈어. 네 피를 보며 나는 숨을 쉬었어. 그때 깨달았던 거야. 네가 세상에 없다면, 죽어버린다면, 그렇게 사라진다면, 이전으로 돌아갈 수 있을 것 같았거든. 네가 나를 알아보지 않는 세상에서, 나는 새것이 되었을 거야.

"그런데 나는 죽지 않았네."

죽지 않았지.

"그게 너의 기억이구나?"

그런 거야?

"응. 내가 너를 알아본 순간. 그래서 네가 나를 받아들인 순간."

맞아.

"너 여기 그래서 왔구나? 끝내고 싶어서."

나는 흐느꼈다. 해리아에게 물었다.

그래도 돼?

해리아가 내게 가까이 다가왔다. 내 귓가에 속삭였다. **그건
진심이었다.** 나는 알 수 있었다. 그리하여 나는 다시 눈을 감았
다. 이번에도 역시나 그녀가 나를 이끌었다. 그래. 이거였구나.
기적의 샘물. 내 의지에 의한 믿음. 나는 해리아에게 나의 모든
것을 맡겼다. 우리는 물 위에 나란히 누웠고, 어떤 희망이나 절
망도 없이 둥둥 떠다녔다. 아주 오래도록 계속 끝없이.

*

눈을 떴다. 천장이 보였다. 내 방이었다. 낯익은 목소리가 들
렸다.
"지수 님 괜찮으세요?"
고개를 돌렸다. 지우가 걱정스런 얼굴로 나를 내려다보고
있었다. 나는 가볍게 고개를 끄덕였다. 그녀의 목소리가 귓가
로 쏟아졌다. 내가 수영장에서 쓰러졌다고. 그래서 데려와 침
대에 눕혔는데 잠시 화장실 간 사이에 내가 사라졌다고. 채수
회관 곳곳을 다 뒤졌는데도 내가 없었고, 너무 불안했다고 말
이다. 마지막이라는 생각으로 다시 방에 왔더니 내가 이렇게

293

누워 있었다고 했다.

"지수 님, 어떻게 된 거예요?"

어지러웠다. 목이 말랐다. 지우가 물이 가득 담긴 컵을 건넸다. 나는 몸을 조금 일으켰고, 물을 마셨다. 지우가 물었다.

"통증은 괜찮으세요?"

글쎄. 뭐라 말해야 할지 몰랐다. 아프지 않았다. 전혀 아무렇지 않았다. 대신 해리아의 목소리가, 그 대답이 어른거렸다. 그래, 통증이 오롯이 나만의 것이라면 회복의 순간도 오롯이 내 것이겠지. 나의 의지로 다시 태어나야 하는 거겠지. 그렇지 해리아?

지우가 말했다.

"이런 경우가 있어요. 잘 지내시다가 갑자기 금단 증상이 일어나는 거죠. 통증이 재발한 것일 수도 있구요. 너무 걱정하지 마세요. 인내심이 중요해요. 처음부터 다시 시작하면 됩니다."

처음부터 다시?

나는 소리 내 웃었다. 지우가 당황한 표정으로 나를 봤다. 조심스런 목소리로 물었다.

"지수 님, 무슨 일 있으셨어요?"

나는 침대에 누웠다. 천장을 바라보다 천천히 대답했다.

"치유의 빛을 봤어요."

16

우리는 몰락할 겁니다.

*

지우는 빈 메일함을 바라보며 입술을 깨물었다. 냉정을 유지하려 애썼다. 채수회관의 무능하고 귀 얇은 인간들이 박지수의 감언이설에 넘어가는 건 이해할 수 있었다. 그래. 저들은 멍청하니까. 돈 주고 시간을 사서 겨우 자격증을 얻어낸 박약한 인간들. 저들에게는 비전이 없었다. 그러니 채수회관이 병들어가는 걸 내버려두는 거겠지. 아니 스스로 곰팡이가 되어가는 거겠지. 벗은 말했다. 자신의 의지로 삶을 만들어가야 한다고. 저들 중 그렇게 사는 이는 아무도 없었다. 그저 자신들에게 주어진 어떤 권한. 건물을 관리하고, 지우들에게 일을 나누어주고, 지기님이라는 말을 들으며 대우받는 일에 취해 있을 뿐이었다. 더 좋은 음식, 더 좋은 운동, 더 깊은 수련, 그리하여 진실에 닿는 것. 몸과 기억의 연결성을 찾아내고 그것으로 육체의 한계를 극복하는 것. 그 방안을 연구하고 제시하는 것. 그것이 지기들이 할 일 아니던가. 그러나 누가? 누가 그렇게 살고 있지? 없었다. 다들 게으르고 무능했다. 그러면 계속 가만히 있을 것이지, 어떻게 저 사탕발림에 넘어간단 말인가. 벗을 만났다고? 치유의 빛을 봤다고? 채수회관에 대한 새로운 메시지를 들었다고? 아아, 끔찍했다. 지금 지기들은 당장이라도 지수에게 채수회관을 넘겨줄 것처럼 굴고 있었다.

지우는 아니었다. 그녀는 제대로 공부했다. 목표가 있었다. 채수회관을 더 발전시키고 사람들을 평온으로 이끌 것. **헌신할 것.** 그래. 지우는 '헌신'이라는 단어를 쓸 자격이 있었다. 얼마나 노력했던가. 얼마나 성실하게 임했던가. 또 얼마나 진심이었던가. 그 마음을 심우는 잘 알았다. 벗도 알았다! 지우에게 직접 말하지 않았던가.

"불안하다가도 지우님이 이곳에 계시다는 걸 떠올리면 곧장 안심이 됩니다."

세상에, 지금 지우는 공치사를 하려는 것이 아니다. 진실을 말하는 것이다. 그런데 왜 심우는 답장이 없는가. 박지수 그 사람이 채수회관의 규칙을 무시하고, 망가뜨리고, 거짓말로 사람들을 현혹시키고 있다고 분명히 전했는데!

"제가 어떻게 해야 하나요? 심우님, 답을 주세요."

수신확인. 무응답. 수신확인. 무응답. 수신확인. 무응답. 지우는 마음이 아팠다. 3년 전 그날이 사무치도록 그리웠다.

그 시절.

벗과 심우는 늘 채수회관에 있었다. 입소자들과 허물없이 어울렸다. 같이 밥을 먹고, 물속을 걷고, 긴 시간 이야기를 나누었다. 그들의 기억을 함께 낱낱이 뒤적였다. 그 전까지 지우는 수많은 치료센터를 전전했지만 채수회관 같은 곳은 처음이었다. 그녀는 이곳에 마음을 줬고, 진심을 바쳤다. 그리하여 그녀 역시 최초의 기억을 찾았다. 동굴을 빠져나왔다.

물론 첫날부터 신뢰했던 건 아니다. 처음에는 우스웠다. 야채 위주의 식생활, 규칙적인 운동, 요가, 명상, 물속 걷기? 이런 건 지우가 끝없이 시도해온 것들이었고, 다른 치료센터에서도 동일하게 권한 내용이었다. 그뿐인가. 지우는 뜨거운 관에도 들어갔고, 신경주사도 맞았고, 영양제도 종류별로 먹어봤다. 기혈 치료도 받았고, 온갖 즙이란 즙은 다 먹었다. 명의는 환자의 얼굴만 봐도 병명을 알아차린다고 하는데, 지우는 의사나 치료사의 얼굴만 봐도 견적이 나왔다. 이 사람은 진정성이 있군. 나름대로 연구를 했네. 근거가 있는 사람이네. 아, 이 사람은 그냥 사기꾼이군. 말만 번지르르하네. 그러면서도 지우는 사기꾼의 진료를 거부하지는 않았다. 속고 있다는 걸 알면서도 속는 것. 그가 거짓말을 한다는 걸 알면서도 일단 시키는 대로 해보는 것.

미련 때문이었다.

혹시나 하는 마음. 그래. 이렇게 처절하게 매달리는데, 기적이 일어나지 않을 리 없어. 당장은 효과가 없더라도, 이게 다 쌓여서 크게 되돌아올 거야. 보상받을 거야. 지우는 채수회관역시 그런 마음으로 왔다. 그리고 헷갈렸다. 여기는 진짜인가? 아니면 그저 그런 가짜인가. 벗과 심우. 지기, 지우라는 유치한호칭. 최초의 기억과 마지막 동굴이라는 말장난 같은 이론. 이게 뭐지? 싸구려 심리상담 같았다. 소꿉장난이 따로 없어 보였다. 차라리 동네 점집이 나을 것 같았다. 모든 식재료를 직접재배한다고? 약재를 넣은 물에 몸을 담그라고? 특별한 효과가있다고? 아니, 치유 센터를 운영한다면 그 정도 노력은 당연하지 않은가. 뭐가 그렇게 대단하다는 듯 홍보하는 거지? 지우는한때 심우가 오랫동안 채식 음식점을 운영했다는 이야기를 듣고서 더 시큰둥해졌다. 결국 사업을 **이쪽**으로 확장한 게 아닌가 싶었다.

이쪽.

그러니까, 늘 식생활을 신경 써야 하는 사람들. 건강 생각에사로잡혀 매일 매시간 전전긍긍하는 사람들. 좋은 걸 먹고, 좋은 습관을 유지하려는 사람들. 그러지 않으면 금방이라도 미쳐버릴 것 같은 기분에 사로잡히는 사람들을 대상으로 한 아주 확실한 사업. 절박한 사람들이 돈을 내는 법이니까. 그러나 지우는 곧장 떠나지 못했다. 왜였을까. 역시 미련 때문이었나. 모르겠다. 기억나는 풍경은 있다. 벗. 그 어린 여자가 입소자들의 손을 꽉 붙잡고 있는 모습. 그 뒤에 서 있던 심우의 다정한 시선. 이상했다. 그 모습을 보고 나면, 1분 더 머무르고 싶어졌다. 1시간 더 있고 싶었다. 하루, 이틀, 그렇게 조금만 더 지켜보자 싶어졌다. 그랬다. 그러다 한 달 후, 지우는 채수회관의 일원이 되었다. 서울에 있는 남편이 전화 너머에서 소리를 질렀다.

"넌 중독자야! 완전히 미친 중독자라고!"

살면서 어디 한번 크게 앓아본 적 없는 사람. 그녀가 뭔가를 시도할 때마다 지겹고 한심하다는 표정을 짓던 남자. 그는 매번 같은 질문을 했다. "이렇게까지 해야 해?" 그리고 이제는 그녀를 비난했다. 돌팔이 의사. 미친 약팔이들 때문에 정신이 나갔다고. 지우는 마음이 아팠다. 어리석은 사람. 당신이 뭘 알겠어. 그저 운 좋게 튼튼한 육체를 갖고 태어났을 뿐인 사람. 그리하여 자신의 육체로만 세상을 인식하는 사람. 그 세상이 전부인 사람. 통찰력이라고는 조금도 없다. 당신은 자신의 그 비좁은 육체 안에서 말라 죽게 될 거야. 마지막에 이르러서야, 몸과 정신이 모두 쇠약해지고 나서야 두리번거리겠지. 이게 무슨 일인지 궁금하겠지. 그러나 그때도 당신은 통찰력이 없을 거야. 그런 채로 죽어갈 거야. 하지만 나는 당신을 찾아갈게. 왜냐하면, 나는 헌신하는 사람이 되었으니까. 통증에서 자유로워지는 것. 삶을 옥죄는 근원을 이해하고 다음 단계로 넘어가는 것. 나는 그것을 배웠지. 그것을 수련하지. 전파하지. 내 삶은 이제 의미로 가득해. 그래 나는 그것을 저 어린 여자로부터 배웠어.

그런데 지금 박지수, 저 여자가 벗의 행세를 하고 있다.

*

처음에 지우는 지수를 달랬다. 지수 님, 그건 환각이에요. 금단 증상으로 인한 섬망입니다. 왜냐하면 그것이 사실이었으니까. 지난 1년간, 벗은 사람들 앞에 나타나지 않았다. 누구와도 면담하지 않았다. 새로운 프로젝트가 완성될 때까지 지기와 지우들에게 채수회관을 맡기겠다고 했다. 이해했다. 그건 더 큰 미래를 위한 헌신일 테니까. 지우가 생각해도 이대로는 수련자들을 제대로 돌볼 수 없었다. 그런데, 벗이 자격을 갖춘 사람들조차 만나지 않는 건 납득하기 어려웠다. 아, 물론 지우 혼자만의 판단이긴 했다. **충분히 수련을 마쳤다고 생각되는 사람들. 마지막 동굴을 거쳐 가도 될 것 같은 사람들.** 지우는 그들에게 미래를 선사하고 싶었다. 벗은 반대했다.

K의 경우가 그랬다.

그는 아주 오랫동안 이유 없는 수면발작에 시달렸다. 잠을

301

자다가 온몸이 경직되면서 숨을 쉴 수 없게 되는 공황. 수년 동안 정신과 약을 복용했지만 차도는 없었다. 증상은 점점 낮 시간까지 침범하기 시작했다. 회사에서 일을 하다가도, 점심식사를 하다가도 갑자기 공황이 찾아왔다. 손발이 딱딱하게 굳으며 숨이 막혔다. 정신을 잃고 쓰러졌다. 제대로 생활할 수 없었다. 그래. 그의 삶은 무너졌다. 사람들과의 단절, 고립, 언제 찾아올지 모르는 공황에 대한 두려움. 하지만 그건 새로운 시작이기도 했다. 그는 끝을 찾아 헤매기 시작했다. 책을 읽고, 인터넷에서 강연을 찾아보고, 질환에 대해 검색하고, 의사를 만났다. 차도는 없었다. 그래도 계속했다. 그리고 채수회관에 왔다.

K는 모든 과정을 성실하게 이행했다. 물속 걷기. 단약. 깨끗한 식사. 하루 1리터 이상의 음수, 명상, 기억수련. 그 모든 과정의 반복. 재생. K는 매일 기억의 밑으로 헤엄쳐 들어갔고, 아주 오랫동안 잠수했다. 지난 3년간 지우는 많은 수련자들을 만났지만, K처럼 절실한 사람은 처음이었다. K를 마주할 때면 어쩐지 경건한 마음이 들기도 했다. 그래서 지우 역시 최선을 다했다. 그의 손을 붙잡았다. 함께 기억 속을 뒤졌다. 그 모든 잔상들. 조각들. 파편들. 열 살. 캠프파이어. 화장실. 그림자. 숲. 노래. 깨진 무릎. 그리고 비명. *너 왜 여기 있어? 왜 혼자 있어?* 그건 분명 최초의 기억이었다! 지우는 심우에게 보고서를 썼다. K는 벗을 만날 준비가 되었다고. 그는 다음 단계로 넘어갈

준비가 되었습니다. **어라, 그런데 언제부터였지?** 지우는 메일을 보내며 낯선 기분에 사로잡혔다. 벗을 만나는 일이 원래 이렇게 복잡했던가. 언제부터 이런 형식과 절차를 필요로 했지? 벗은 언제나 채수회관에 있었는데, 누구에게나 마음을 열고서 이야기를 들어줬는데 어쩌다 이렇게 됐지?

다음날, 심우에게 답장이 왔다.

"벗이 말하길, 시간이 조금 더 필요할 것으로 보입니다. 수련을 더 이끌어주세요."

K는 채수회관을 떠났다.

그게 벌써 3개월 전 일이다. 그런데 갑자기 벗이 지우를 찾아왔다고? 아니, 지수만 만났다고? K가 아닌 당신을? 당신이 뭔데? 처음부터 이상했다. 채수회관에서 약을 금지한다는 걸 알면서도 지수는 지퍼백에 온갖 약을 다 챙겨서 들어왔다. 뻔뻔하기 짝이 없었다. 사실 지우는 평소에 수련자들의 가방을 검사하지 않았다. 대체로 그들은 간절했고, 그만큼 정직했기 때문이었다. 하지만 지수는 딴생각을 하고 있는 게 훤히 보였다. 그래서 지우는 규칙 핑계를 대며 지수의 가방을 검사했다. 온갖 종류의 약이 나왔다. 거의 한 달분 이상이었다. 그러나 지수는 표정 하나 변하지 않은 채 지우에게 말했다.

"혹시 몰라서요."

그때 지우는 확신했다. 아마 이 사람은 약을 더 숨기고 있을 것이다. 그러나 지우는 지수를 내버려뒀다. 가방을 더 뒤져보거나, 옷 주머니를 비워보라는 말을 하지 않았다. 필요 없었다. 타인의 믿음과 신뢰를 하찮게 여기며 혹시 모른다는 이야기를 당당하게 하는 사람. 이런 사람에게 지우의 시간과 노력을 쓸 필요는 없었다. 그리고 경험상 어차피 지수 같은 사람은 절대 최초의 기억을 찾지 못했다. 1년을 머무르고, 2년을 머물러도 마찬가지였다. 그저 바닥을 데굴데굴 구르며 자신을 낮게 하라고, 그런 마법을 부리라고 떼를 쓸 뿐이었다.

예상대로 지수는 불성실했다. 매일 늦잠을 잤고, 오전 운동에 나오지 않았다. 편식이 심했다. 야채는 거의 먹지 않았고, 항상 고기를 신청했다. 많이 먹었다. 그러다 갑자기 굶었다. 물속 걷기 역시 하는 둥 마는 둥 했고, 그늘에 멍하니 앉아 있었다. 제멋대로였다. 지우와의 상담 역시 엉망진창이었다. 지수는 오직 벗에 대해서만 궁금해했다. 기억을 찾는 일. 다른 수련자들을 존중하는 일. 생활습관을 바꾸고 자기 자신에게 몰입하는 일. 지수는 어떤 일에도 관심이 없었다. 오직 벗에 대해서만 물었다. 이봐요. 장기 수련에 들어가면 벗을 만날 수 있다고 하지 않았어요? 대체 언제까지 수련을 해야 하는 거죠? 제 기억에 대한 진실을 왜 당신이 결정해요? 민덕병원 자격증? 웃기시네. 그게 뭔데. 당신이 의사야? 옛날에 여기가 어떤 곳이었는지 알아요? 박근만이 얼마나 멍청한 인간인지 아냐고. 당장 벗을 불러주세요. 저는 그 사람을 만나러 온 거예요. 돈을 냈잖아요. 장기체류를 결정하면 벗을 만날 자격이 부여된다면서요. 왜 오지 않죠? 사기 아닌가요? 고발할 거야. 채수회관을 사기로 고발할 거야! 빨리 벗을 데려와요. 당장 나를 만나러 오라고 해!

지우는 매번 후회했다. 아아, 왜 하필 이 사람에게 장기체류를 권했을까.

왜긴, 욕심이었지.

K가 떠나고 얼마 지나지 않았을 때였다. 심우가 왔다. 거의 반년 만의 방문이었다. 그래. 반년. 당분간 채수회관을 방문하지 못할 것 같다며, 대부분 업무를 지기들에게 맡긴다는 말을 했던 날. 그 이후 처음이었다.
저녁 8시가 넘은 시간이었다. 수련자들은 모두 방으로 들어갔고, 지기들과 지우들도 개인 시간을 보내고 있었다. 때문에 사무실, 오래전 교무실로 쓰이던 그 공간을 지키고 있던 이들은 겨우 세 명이었다. 지우와 또 다른 지우. 그리고 졸면서 교대 시간만을 기다리던 나이 든 지기 한 명.
"오랜만입니다."
낯익은 목소리에 지우는 고개를 들었다. 설마? 맞았다. 심우

305

였다. 지우는 웃음을 터뜨렸다. 이게 얼마만이에요. 나이 든 지기가 신난 목소리로 외쳤다.

"다른 사람들을 불러올게요!"

심우는 고개를 저으며 지기를 말렸다. "잠시 들른 거예요." 그러면서 양손에 쥐고 있던 검은 비닐봉지를 사무실 탁자에 올려놓았다. 밀폐용기가 차곡차곡 쌓여 있었는데, 열어보니 미트볼이 가득 들어 있었다. 진짜 고기가 아니라 콩고기로 만든 비건 미트볼. 지우는 코끝이 찡했다.

지우가 채수회관에 처음 오고 얼마 지나지 않아, 심우와 벗이 환영회를 열어준 적이 있었다. 그래. 그때만 해도 그런 모임이 있었다. 그날의 메인 메뉴가 바로 이 비건 미트볼이 가득 들어간 토마토 수프였다. 샐러리와 양파, 병아리콩, 토마토와 당근, 양배추를 잘게 썰어 푹푹 끓인 뜨거운 수프. 그날, 벗은 지우의 옆자리에 앉았다. 그래. 그런 순간이 있었다.

"어머, 이 많은 걸 직접 만드셨어요?"

옆에서 다른 지우가 심우에게 말했다. 심우는 미소를 짓고 고개를 끄덕이며, 지금 사무실에 계신 분들만 뵙고 가려고 한다고 했다.

"너무 오랜만에 찾아뵙죠. 프로젝트 때문에 정신이 없네요. 그래도 거의 끝나가요."

"어휴, 바쁘시니까 그렇죠. 알아서 다들 잘 있답니다. 걱정 마세요."

다른 지우가 호들갑을 떨며 말했다. 지우는 그 사람을 슬쩍 쳐다봤다. 우스웠다. 낮에 점심을 먹을 때까지만 해도 심우를 욕하던 사람이었다. 처음이 아니었다. 그리고 사실 유일한 사람도 아니었다. 그러니까, 심우와 벗이 채수회관을 버렸다고 말하는 사람들. 그들이 뒷돈을 챙겨 사라질 거라고 수군대는 사람들. 그러니까 지우와 지기들도 각자 살길을 도모해야 한다고 말하는 사람들. 그래서 몇몇은 정말로 그만두었다. 채수회관을 떠났다. 이어 더 구체적인 소문이 돌기 시작했다. 심우가 아이를 비싼 사립 유치원에 보내기 위해 온 가족을 동원해 새벽부터 줄을 섰다든지, 고급 마사지 숍에 자주 출몰한다든지, 백화점 VIP라든지, 그런 것들.

인스타그램에 대한 이야기도 있었다. 심우로 추정되는 사람의 계정. 그곳에서 심우는 온갖 명품 자랑을 하고, 비싼 식당에 가고, 화려하게 인테리어 된 넓은 거실과 방을 보여준다는 것. 지우도 그 계정에 들어가보았다. 소문대로였다. 값비싼 차, 사립 유치원 원복을 입은 사내아이의 뒷모습, 고급 레스토랑, 남편이 줬다는 선물, 까다롭게 골랐다며 자랑하는 명품 반지, 팔찌, 목걸이. 그러나 본인의 사진은 없었다. 남편의 사진은 있기는 했으나, 워낙 흐릿하게 찍혀 있어서 얼굴을 알아볼 수 없었다. 아이 얼굴도 마찬가지였다. 다만 계속 눈에 들어오는 해시태그는 있었다. #드디어전국체인목표. 무슨 말일까. 알 수 없었다. 지우는 아무리 생각해도 이 사람이 심우 같지 않았다. 그리고 눈앞의 심우는, 드디어 나타난 이 사람은 역시나 지우의 기억대로였다. 화장기 하나 없는 얼굴, 흐트러진 머리칼, 목이 늘어진 티셔츠와 펑퍼짐한 바지, 그리고 비건 미트볼. 이걸 다 만드는 데 꼬박 하루는 걸렸을 것이다. 심우는 그런 사람이었다. 친구인 벗을 돌보며 평생을 보냈다. 벗의 뜻이 의미 있다는 걸 알기에, 자신의 삶에도 그 의미를 포함시켰다. 그런 사람이었다. 이런 사람을 두고 다들 그런 말을 수군대다니. 하긴 저들은 지우와 K를 두고도 쑥덕거렸다. '지우님은 저 남자에게 집착하고 있어.' '이미 그렇고 그런 사이야.' '설마. K는 별생각 없어 보이는데?'

헌신이 무엇인지 모르는 인간들.

다음날 아침, 지우는 비건 미트볼 구이를 먹었다. 오븐에 구운 콩고기. 그런데 맛이 조금 달랐다. 맛이 없다는 게 아니었다. 훌륭했다. 그러나 이전의 그 맛이 아니었다. 가장 중요한 어떤 감칠맛이 빠져버린 느낌. 아니야. 정신 차려. 지우는 고개를 흔들었다. 당연히 맛이 다르지. 직접 만든 건데. 공장에서 찍어낸 게 아니잖아. 그때 다른 지우가 와서 말했다.

"봤어요?"

지우는 대답했다.

"뭘요?"

"벗의 공지요."

"벗이 공지를 보냈어요? 무슨 내용인데요?"

다른 지우가 이맛살을 찌푸리며 대답했다.

"수련자들에게 장기 체류를 권하래요. 판매왕이 되라는 소리죠. 아무래도 여기 이상해요. 지금이라도 발을 빼야……."

지우는 자리를 박차고 일어났다. 뒤에서 다른 지우가 그녀를 불렀지만 돌아보지 않았다. 곧장 사무실로 돌아갔다. 이메일을 확인했다. 사실이었다.

[새로운 프로젝트의 일부를 공개합니다.]

아니, 아니었다. 다른 지우는 벗의 의중을 완전히 잘못 파악했다. 그랬다. 그렇게 험담만 하는 사람이니, 진실을 제대로 볼 수 있을 리 없지. 그래, 자신이 불투명한 사람이기에 세상 모든 것을 그렇게 보는 것이다. 수련자들에게 장기 체류를 권하라는 말은 물론 사실이었다. 하지만 돈이 목적이 아니었다. 그래! 채수회관은 언제나 그랬다. 벗은 말했다. 아니, 벗의 말을 전하는 심우가 이렇게 썼다. "지금처럼 열흘이나 2주, 혹은 겨우 사나흘 머무는 사람들에게, 수련은 큰 의미가 없습니다." **사실이었다!** "우리는 채수회관의 원래 모습을 되찾아야 합니다." 아아, 그래. 이것이었다. 지우가 원하는 바였다. "채수회관의 초창기, 여럿이 모여 함께 식사를 하던 순간을 떠올려보세요." 어떻게 잊겠는가. 언제나 기억했다. 바로 그 순간 때문에 지우는 이곳에 있는 것이다. "그러나 몰려오는 사람들을 막을 수는 없습니다." 맞다. 역시 맞는 말이다.

"그래서 선택과 집중이 필요합니다."

방법은 단순했다. 식사, 운동, 상담 등의 모든 프로그램 수준을 업그레이드할 것. 대신 "장기 수련자들을 대상으로." 그리고 그들에게 벗을 만날 우선권을 부여할 것. 지우는 박수를 쳤다. 탁월한 방법이다. 이것이 채수회관이지. 시간과 노력을 들인 사람만이 동굴을 빠져나올 자격이 있다. 그래. 그렇다. 지우도 그렇지 않았는가. 순간 지우는 K를 떠올렸다. 벗은 그에게 조금 더 시간이 필요하다고 했었다. 그건 정말로 약간의 시간을 의미한 것이었을 테다. 만일 K가 다시 용기를 낸다면 어떻게 될까. 그러니까, K가 이곳에 돌아온다면? 그 순간, 메일 마지막 문장이 눈에 들어왔다.

"승급 기준을 조정합니다."

지우에서 지기가 되는 조건. 실무자에서 관리자가 되는 조건. 지금까지는 3년간의 수련 시간을 모두 채우고, 민덕병원의 3년 교육과정까지 이수해야 지기로 승급할 수 있었다. 생각보다 까다로운 조건이라 지기로 올라간 사람들은 지금까지 겨우 일곱 명에 불과했다. 지우는 딱히 지기가 되고 싶지는 않았다. 채수회관을 총괄적으로 관리하는 일보다는 수련자들을 일일이 상대하는 실무가 자신에게는 더 어울린다고 느꼈다. 하지만 지기들이 누리는 혜택을 생각하면 종종 짜증이 나기는 했다. 방세와 식비가 지우들의 절반 이하였고, 근무시간도 적었다. 심지어 1년 전부터 그들은 거의 아무 일도 하지 않았다. 자기들끼리 모여서 회의를 하고, 지우들에게 느닷없이 이런저런 지시를 내리기만 했다. 식단 개발, 수영장 수질 점검, 상담의 밀도와 지우들의 수준 관리, 아무것도 신경 쓰지 않았다. 어떻게 그럴 수 있지? 그들은 일꾼이었다! 그런데 지기들은 채수회관을 마치 개인 요양원처럼 쓰고 있었다. 지우는 내내 혼란스러웠다. 심우와 벗은 왜 이런 결정을 내린 걸까. 분명 무슨 뜻이 있을 텐데. 지우가 그걸 알아차리지 못하는 걸까. 그러다 이메일을 봤던 것이다. 지우는 곧장 깨달았다. 아, 이건 하나의 메시지구나. 그러니까 **지우에게 지기가 되라는 은밀한 지령.**

"지우님들께서는 수련자들과 더 많이 소통해주세요. 과업의 완료에 따라 승급을 결정하겠습니다."

지우는 생각했다. 만일 자신이 지기가 된다면? 그녀에게 권한이 주어진다면? 절대 함부로 쓰지 않을 것이다. 그녀는 진짜로 헌신할 것이다. K를 데려올 것이다. 그와 함께 동굴의 마지막 길을 걸을 것이다. 빛을 보여줄 것이다.

아아, 세상에.

그러나 그날 밤, 다른 지우가 짐을 싸며 말했다.

"수련자들에게 돈을 많이 받아내라는 뜻이잖아요. 그 돈이 어디로 갈 줄 알고 그 짓을 해요? 지기 따위가 뭐라고?"

헌신.

그 뜻을 모른다면 아무것도 할 수 없다.

이후 지난 3개월, 지우는 수련자들과 가장 많은 소통을 이루어냈다. 심우에게 메일을 받았다.

"수고하셨습니다. 이번 달 소통까지 안정적으로 이끌어주세요. 머지않아, 지우님이라고 부르던 날들이 그리워질 것 같네요."

이번 달. 안정적인 소통. 마지막.

그때 박지수가 나타났다.

지우는 욕심을 냈다.

그래. 욕심이었다. 그렇다면, 결국 이 사달은 지우가 만든 것 아닐까. 혹시 심우는 그래서 답을 하지 않는 걸까. 지우는 다시 한번 이메일을 새로고침했다. 똑같았다. 수신함은 비어 있었다. 그녀는 이메일 창을 닫고 인스타그램에 들어갔다. 새로운 사진이 올라와 있었다. 검은색 치마와 가느다란 종아리. 그리고 발에 꼭 맞아 보이는 은색 스틸레토 힐. 그게 전부였다. 그리고 추가된 해시태그. #드디어진짜전국체인 #기도 #완성. 지우는 화면을 닫았다. 그리고 양손으로 머리를 감싸안았다. 이건 심우가 아니다. 벗도 아니야. 그 누구도 아니지. 여기서 무슨 답을 찾을 수 있단 말인가. 그렇다면 어디서 답을 찾을 수 있나. 헌신에 대한 답. 진짜 헌신을 위한 답. 이곳에 처음 왔을 때 느꼈던 그 마음. 진심. 위로. 그런데 지금 당신들은 어디 있죠? 왜 아무 말도 하지 않나요? 제발 대답해주세요. 지우는 고개를 들었다. 그 문장을 생각했다. **재생을 향한 치유, 치유를 통한 재생—우리는 스스로 우리 몸을 다시 만들 수 있습니다.** 만일 채수회관이 병든 것이라면, 죽어가고 있는 것이라면, 그것을 되살리는 건 누구의 몫일까.

지우의 의지가 불러온 화라면, 그녀의 의지로 꺼야겠지.

그녀는 자리에서 일어났다. 심우에게는 더 이상 메일을 보내지 않을 것이다.

가자.

거짓말쟁이를 몰아내는 거야.

17

그러나 아무 말도 못했다.

미친 인간. 미친 여자.

1층 식당에 사람들이 바글바글했다. 수련자들, 지우들, 지기들이 모두 뒤섞여 시끄럽게 떠들고 있었다. 그게 전부가 아니었다. 그들은 뭔가를 만들고 있었다. 그러니까 음식, 어떤 요리. 다 같이 만들어 함께 먹을 무엇.

식탁을 이어 붙여 만든 조리대 위에 단호박이 한가득 쌓여 있었다. 사람들은 단호박을 반으로 잘라 숟가락으로 씨를 파내고, 커다란 솥에 넣었다. 그 옆의 서너 명은 커다란 냄비에서 면보에 쌓인 어떤 덩어리를 꺼내더니, 채망 위에 올려놓고 꾹꾹 눌러 짰다. 면보 사이로 투명한 액이 흘러내렸다. 이어 그들은 면보 안에서 하얀 덩어리를 꺼내 다른 그릇에 옮겨 담았다. 요거트 같았다. 유청을 빼낸 꾸덕꾸덕한 질감의 그릭요거트. 이게 다 무슨 일이지? 지우는 북적거리는 사람들 사이에서 박지수를 찾았다. 어디 있는지 잘 보이지 않았다. 미친 인간. 미친 여자. 죄다 비슷한 옷을 입고 있어서 그런지 다들 비슷해 보였다. 그래봤자 삼십 명이 안 되는 것 같은데, 왜 이렇게 많아 보이지? 오랜만이라 그런 것 같았다. 그랬다. 채수회관의 사람들이 이렇게 많이 모여 있는 걸 얼마 만에 보는지 몰랐다. 1년? 아니, 3년 만인가?

저기 박지수가 보였다.

휴대용 가스레인지 앞에 서서 냄비에 담긴 무언가를 나무 젓가락으로 열심히 젓고 있었다. 지우는 그쪽으로 걸어갔다. 그런데 박지수에게 다가갈수록 준비한 말들이 힘없이 부스러지는 기분이 들었다. 이 모든 걸 중단하세요. 당신은 거짓말쟁이입니다. 헛된 말로 사람들을 현혹시키지 마세요. 채수회관을 존중하세요. 지우에게는 그런 말을 할 자격이 있었다. 의무가 있었다. 정말로? 정말로 그러한가? 사람들은 서로 수다스럽게 이야기를 나누며 단호박을 자르고, 요거트를 만들었다. 누군가는 부지런히 식재료를 들고 움직였고, 또 누군가는 설거지를 했다. 다들 흥겨워 보였다. 활기가 넘쳤다. 매일 아프다며 눈물을 보이고, 자신에게 미래가 없다며 낙담하는 사람들은 없었다. 이들 모두 살아 있었고, 앞으로도 이렇게 살아갈 것이다. 그렇게 보였다. 그런데 이들에게 이 순간을 빼앗는다면? 중단시킨다면? 그건 어떤 의미를 갖지?

누군가 지우의 어깨를 툭 치며 말했다.

"이제 왔어요? 언제 오나 했네."

김홍란이었다. 그녀는 검버섯이 가득한 얼굴로 지우에게 씨익 웃어 보였다. 채수회관의 단골 수련자. 장기 수련을 해본 적은 없는 사람. 그러나 누구보다 최초의 기억을 찾고자 하는 사람. 시간과 돈이 부족한 것에 늘 한이 맺혀 있는 사람. 암 환자였다. 김홍란은 병원 대신 채수회관을 선택했다고 했으나, 사실 그녀는 꾸준히 항암치료를 받았다. 아마 지금도 받고 있을 것이다. 지우는 그런 그녀를 딸인 박인영이 지긋지긋해한다는 것도 알았다. 김홍란의 고집에 못 이겨 채수회관에 함께 몇 번 방문했으나, 박인영은 자신과 엄마가 애써 번 돈을 '이런 곳'에 써버리는 것을 납득하지 못했다. 사나운 사람이었다. 대체 최초의 기억이라는 게 뭐죠? 그걸 누가 판단하죠? 그걸 안다고 병이 치료되나요? 어떤 과정을 거치는데요? 이거 다 사기 아닌가요? 아픈 사람들은 병원에 가야 해요. 엄마를 속이지 마세요. 제발 그만 오라고 말해주세요. 당신들이 그렇게 말해야 엄마는 받아들일 거예요. 박인영은 자신의 엄마를 이해하지 못하는 것 같았다. 왜 양쪽을 다 놓지 못하는지, 그 절박함이 어떤 것인지 말이다. 김홍란의 담당 지우는 박인영에게 뭐라 대꾸하지 못했다. 쩔쩔매기만 했다. 지우라면 그러지 않았을 것이다. 당당하게 말해줬을 것이다. 당신의 엄마는 단지 죽기 싫은 게 아닙니다. 우리가 죽음을 두려워한다고 생각하나요? 그래서 이렇게 모여 있다고 생각하나요? 아니요. 죽음은 공포의 대상이 아닙니다. 그건 어느 순간, 그냥 벌어질 사건에 불과하지요. 우리가 원하는 건, 살아 있는 동안 사는 것처럼 사는 것. 그것입니다. 수치심과 두려움을 느끼지 않고 하루를 보내는 것. 모욕감과 자기혐오에 휩싸이지 않은 채 아침을 맞이하는 것. 궁금하네요. 과연 당신의 하루는 어떠한지. 당신의 삶에는 어떤 통증도 존재하지 않나요? 혹시, 몰래 숨기고 있는 건 아닌가요? 당신의 엄마처럼 보일까봐, 허무맹랑한 믿음에 빠진 사람처럼 보일까봐 **두려워서요.** 어쨌든 이후 박인영은 김홍란과 동행하지 않았다. 최근 김홍란의 연명치료가 중단되었다는 소식을 들었다. 이제 이 사람을 볼 날이 얼마 남지 않은 것이다.

하지만 지금 김홍란은 무척 활기차 보였다. 그녀는 지우에게 바구니 하나를 안기며 말했다.

"지우님, 이거 단호박 좀 씻어와요. 얼른 얼른."

그러고서 김홍란은 박지수에게 다가갔다. 두 사람은 서로를 마주 보자마자 웃음을 터뜨렸다. 뭐가 그리 재미있는 거지? 왜 다들 웃고 있는 거야? 다들 왜 이렇게 힘이 넘치는 거야? 왜? 언제부터?

박지수.

저 어린 여자가 침대에서 일어난 그날. 그래, 바로 그날부터.

박지수는 3층에서 밥을 먹지 않았다. 그녀는 1층으로 내려갔다. 김홍란을 찾아갔다. 자신의 식판에 3층의 음식을 한가득 담아서. 미친 인간. 미친 여자. 지난 1년 동안, 채수회관은 장기 수련자들과 단기 수련자들을 구분하여 잘 관리해왔다. 물론 장기 수련자들의 처우가 더 좋다는 건 단기 수련자들도 알았다. 하지만 그걸 구체적으로 알 필요는 없었다. 괜한 서운함이나 오해를 사서 지나친 차별이라고 느끼거나 불만을 가지게 되는 일을 만들어서는 안 되었다. 이 역시 심우의 통찰이었다. 그러니까 장기 수련자들이 어떤 혜택을 받는지 단기 수련자들이 모르게 할 것. 그러나 그들 역시 장기 수련에 관심을 가질 수 있으니, 두루뭉술하게 이야기는 해줄 것. 더 좋아요. 더 편해요. 더 집중할 수 있어요. 박지수는 그 규칙을 박살냈다. 견과류를 넣은 쌈장, 부드럽게 익힌 양배추, 케일, 올리브오일을 넣은 후무스, 잘 익은 아보카도를 썰어 넣은 토마토 샐러드, 해초, 산나물, 파래무침. 박지수는 이 음식들을 김홍란과 나누어 먹었다. 단기 수련자들이 그 음식들을 모두 봤다. 누군가는 상처를 받았고, 누군가는 화를 냈다. 어떤 이는 환불을 요구했다. 채수회관을 떠났다.

미친 인간. 미친 여자.

지우가 경고하자, 박지수는 이해할 수 없다는 목소리로 되물었다.

"제 음식이잖아요. 왜 나누어 먹으면 안 되죠?"

지우는 대답했다.

"그건 3층 음식입니다. 1층으로 가져가시면 안 됩니다."

박지수가 웃었다.

"왜요? 김홍란 님은 돈을 안 냈으니까요?"

"그런 게 아니에요. 이건 채수회관의 운영방침에 관한 문제입니다."

"돈 문제 맞는 것 같은데."

박지수가 빈정거리듯 말했고, 지우는 입술을 깨물었다. 화내서는 안 된다. 이 사람은 수련자다. **미친 인간. 미친 여자.** 내가 돕고 이끌어야 하는 사람이다. 감정적으로 대하지 말자. 조금 더 지켜보자. 그러면 언젠가는 제대로 이해시킬 수 있을 것이다. 최초의 기억이 무엇인지 이해하겠지. 받아들이겠지. 그래, 그때가 올 것이다.

박지수는 계속 1층으로 내려갔다. 김홍란과 음식을 나누어 먹었다. 다른 단기 수련자들이 박지수에게 다가갔다. 이제 박지수는 그들을 위한 음식도 가져가기 시작했다. 지우는 고개를 절레절레 흔들었다. 그래. 결국 이렇게 될 수밖에 없지. 또 다른 문제가 생길 수밖에 없지. 아니나 다를까, 이제는 장기 수련자들이 불편함을 드러내기 시작했다. 돈을 더 낸 건 우리 아닌가요? 왜 저 사람들이 3층 음식을 먹죠? 이러려고 장기 수련을 결정한 게 아닙니다. 평화로운 시간을 원했는데 왜 이런 혼란에 휩싸이는 거죠? 그들 중 몇몇이 또 환불 요청을 했고, 채수회관을 떠났다. 지우는 이제 드디어 그 '때'가 왔다고 생각했다. 이 모든 사태를 단번에 정리하고 채수회관을 재정비할 시간.

지우는 지기들을 찾아갔다. 더는 이 사태를 내버려둘 수 없습니다. 1층과 3층이 뒤섞여서는 안 됩니다. 그건 벗의 뜻이 아니에요. 채수회관이 망가져가는 걸 보기만 하실 건가요?

지기들 중 한 명이 지우를 불렀다.

"저기, 지우님."

유방암을 완치하고 3년간의 수련을 마친 뒤 이제 막 지기가 된 여자. 함께 지우 일을 할 때는 안 그랬는데, 지기가 된 후부터 그녀는 지우에게 말을 놓았다. 왜지? 지우가 나이가 더 많은데. 어째서? 아무튼 그 여자가 말했다.

"그 사람이 돈을 냈어."

"네? 무슨 돈이요?"

"그 사람들 식대와 숙박비를 다 냈어."

김홍란을 비롯한 다른 단기 수련자들. 여섯 명? 일곱 명? 그들의 석 달 치 식대와 숙박비를 지불했다는 것이다. 지우는 머리가 어지러웠다. 박지수. 왜 이렇게까지 하지? 지기가 이어 말했다.

"집을 팔았대. 본인도 여기에 더 머무르겠다고 하더군."

도대체 왜? 아, 이렇게 하면 벗을 만날 수 있다고 생각하는 건가? 소란을 일으켜서 벗의 관심을 끌어보려고? 하! 착각이다. 벗은 이런 일로 움직이지 않는다. 그녀는 비전을 제시하는 존재다. 이런 하찮은 일에 신경 쓰지 않는다. 신경 쓰게 해서도 안 된다. 이 일을 해결해야 하는 사람은 일꾼들이다.

"안 돼요."

지우가 단호한 목소리로 말했다. 일곱 명의 하얀 얼굴들이 동시에 지우를 쳐다봤다. 참 이상했다. 왜 지기가 되면 저렇게 얼굴이 창백해질까. 마치 싸구려 분으로 얼굴을 두드린 것처럼, 다들 생기가 하나도 없어. 이게 저들의 수련 결과인가? 나는 저렇게 하얗고 멍청한 얼굴로 돌아다니지 않을 거야. 지우는 말을 이어나갔다. 이건 원칙을 무너뜨리는 거예요. 벗이 정한 방침 잊으셨나요? 선택과 집중. 기억 안 나세요? 단지 돈 때문이 아니잖아요. 돈을 내면 다 먹을 수 있다구요? 음식은 수련의 일부일 뿐입니다. 전체 과정에 참여하지도 않는 사람들에게 갑자기 그런 혜택을 다 제공할 수는 없어요. 본인의 의지로 남았는지 아닌지도 알 수 없잖아요. 그저 누군가의 도움으로 여기에 남아 무엇을 하겠다는 거죠? 그걸 다 확인했나요? 그런데 말을 이어나갈수록, 지우는 어떤 죄책감이 마음 깊은 곳에서 불쑥 솟구쳐오르는 걸 느꼈다. 누군가를 거세게 밀어내는 기분. 그들의 마음을 짓밟는 기분. 지우는 내내 자신이 헌신해왔다고 생각했다. 봉사해왔다고 믿었다. 그것이 그녀 삶의 목표였고, 남은 인생의 전부였다. 그런데 왜 이렇게 부끄러운가. 왜 이렇게 수치스러운가. 그 순간, 지기가 지우의 손을 잡았다.

"지우님."

"네."

지기가 나른한 목소리로 말했다.

"우리, 먹고 자는 거 가지고 이러지 맙시다."

지우는 이를 악물었다. 흐리멍텅한 인간. 이렇게 대충대충 일을 처리하니까 채수회관이 이 꼴이 되었지. 왜 비전을 갖지 않는 거야? 왜 이렇게 다들 물러 터졌어? 지기들이 서로 시선을 주고받았다. 무표정한 하얀 얼굴들. 그러나 의미심장한 눈빛들. 목표라고는 없지. 그저 돌아가는 상황에 자신들의 입장을 끼워 맞출 뿐이지.

"그리고 우리는 그분을 만나볼 생각이야. 벗의 이야기를 들었다고 하잖아."

지우는 곧장 반박했다.

"거짓말이에요. 제가 담당이잖아요. 처음부터 약봉지를 한가득 들고 온 사람이에요. 환각이에요. 섬망이라구요."

"벗과 중학교 동창이라는데, 그것도 거짓말이야?"

지우는 잠시 멍해졌다. 그 이야기는 들어본 적 없었다. 박지수와 한 달 넘게 이야기를 나누었지만, 처음 듣는 말이었다. 왜 내게 말하지 않았지? 아, 거짓말이니까. 그래. 거짓말이다. 그

322

런데 이 사람들은 내가 모르는 이야기를 듣고서 곧장 믿어버리는 거야? 정말로 지기들은 지우를 신경 쓰지 않았다. 어느새 자기들끼리의 대화에 빠져 있었다. 친구라면, 한번 만나러 왔을 수도 있겠네요. 벗은 인연을 중요하게 생각하잖아요. 격식을 차리지 않고 대화했을 수도 있죠. 무슨 이야기를 했을까요? 어쨌든 특별한 대화가 있었던 건 맞는 것 같습니다. 박지수 씨를 한번 만나봅시다. 그럴 가치가 있어요. 벗이 그 사람을 통해 새로운 메시지를 전달했을지도 모르니까요.

멍청이들. 그럴 리 없잖아.

저러니 매번 속았지. 낫게 해준다는 소리만 들으면 덥석 손을 내밀며 고개를 조아렸지. 돈을 싸 가지고 가서 들이밀며 무릎을 꿇었지. 제발 낫게 해주세요. 낫게만 해주신다면 뭐든 하겠습니다. 당신들은 자격이 없어.
지우는 곧장 그들의 사무실을 빠져나왔다. 심우에게 메일을 보냈다. 미친 인간. 미친 여자. 그 사람 때문에 우리는 몰락할 겁니다.

그리고 지금, 지우의 손에는 단호박이 들려 있다. 어느새 이 사람들 중 한 명이 된 것 같다. 그러니까 김홍란, 멍청한 지기들. 의심조차 할 줄 모르는 지우들. 한때 그녀의 말을 신뢰하던 수련자들. 박지수 곁에 서서 떠들고 웃고 있는 이 모든 사람들. 채수회관.

아니. 아니야.

그때, 박지수가 고개를 들었다. 지우를 쳐다봤다. 그녀는 바구니를 잡은 손에 힘을 주었다. 숨을 참았다. 그런 그녀를 향해 박지수가 손을 흔들었다.

"지우님!"

모두의 시선이 지우에게 향했다. 지우는 얼굴이 달아올랐다. 이런 식으로 주목받기 위해 온 것이 아니다. 그녀는 할 말이 있어서 왔다. 진실을 밝히기 위해 왔다. 지우는 단호박 바구니를 바닥에 내려놓았다. 이번에는 반드시 결말을 내고 말 것이다.

지우가 다가오자 박지수가 말했다.

"이것 좀 보세요. 잘 만들어진 것 같나요?"

지우는 얼결에 박지수 앞의 냄비를 들여다봤다. 꿀처럼 끈적끈적한 점성의 액체가 가득 담겨 있었다. 맵싸하면서도 달콤한 냄새. 은은하게 퍼지는 계피향. 조청인가?

박지수가 말했다.

"지우님, 이거 점성 좀 봐주실래요?"

지우는 박지수에게서 숟가락을 건네받았다. 불 위의 조청을 젓던 기다란 나무 숟가락. 지우는 숟가락을 위로 들어올렸다. 살짝 기울였다. 조청이 아래로 실처럼 흘러내렸다. 적당했다.

지금은 묽지만 차게 식으면 지금보다 단단한 점성을 띠게 될 것이다. 지우는 박지수에게 말했다.

"좋네요. 잘 만들어진 것 같아요."

그 순간 옆에 있던 사람들이 모두 박수를 쳤다. 지우는 깜짝 놀랐다. 자신이 덫에 걸렸다는 걸 깨달았다. 대답해버렸으니까. 이들의 무질서한 소란에 합류해버린 것이다. 마치 그녀가 이 모든 것의 일부인 것처럼 행동한 것이다.

사람들이 분주히 움직이기 시작했다. 그들은 얼음이 가득한 대야에 조청이 담긴 냄비를 통째로 넣어 식혔다. 식당 냉장고에 단호박과 그릭요거트를 넣었다. 아몬드와 캐슈넛, 호두를 면보에 싼 뒤 방망이로 두드렸다. 웃었다. 떠들었다. 즐거워했다. 순식간에 시간이 지나갔다. 그들은 냉장고에 넣어둔 요거트와 단호박을 꺼내왔다. 반으로 자르고 속을 파내 익힌 포근포근한 단호박. 사람들은 단호박 속에 하얀 요거트를 채워넣었다. 그렇게 하나, 둘, 셋. 식당을 메우고 있는 사람만큼. 이 사람이 저 사람의 몫을, 저 사람이 이 사람의 몫을 하나씩 만들었다. 초록색 껍질 아래 부드럽게 익은 노란색 과육. 그 안을 채운 하얀 요거트. 마지막으로 사람들은 그 위에 잘게 부순 견과류를 올렸다. 아니다. 진짜 마지막은 따로 있었다.

"자, 이제 다 같이 앉을까요?"

박지수의 말에 사람들이 일사분란하게 움직였다. 조리대로 쓰던 식탁을 들어 옮겼다. 둥근 형태로 자리를 만들었다. 지우

역시 얼결에 그들과 함께 움직였다. 그리고 자리에 앉았다. 마주보면서. 서로가 서로를 에워싼 모양으로.

각자 자리에 단호박이 하나씩 놓였다. 차갑고 부드럽고, 달콤해 보이는 작은 단호박. 그 위에 흩뿌려진 고소한 견과류. 지우는 침을 삼켰다. 갑자기 기억이 안 났다. 여기 내가 왜 왔더라? 무슨 말을 하려고 했지? 그때, 사람들의 시선이 한 곳으로 몰리는 게 느껴졌다. 지우도 고개를 돌렸다. 박지수가 보였다. 유리병에 옮겨 담은 조청을 끌어안고 있는 어린 여자. 기시감이 들었다. 이 풍경, 어디선가 본 적이 있는 것 같아. 어린 여자는 나무 숟가락으로 조청을 푹 떠서, 각자의 단호박 위에 정성스레 흩뿌렸다. 한 명씩. 한 명씩. 곧 지우의 차례가 왔다.

아무 말도 할 수 없었다. 무슨 말을 하겠는가.

박지수의 기세에 눌려서? 사람들이 모두 박지수를 지지하는 것 같아서? 그리하여 누구도 지우의 편을 들어줄 것 같지 않아서? 모두가 이렇게 좋아하는데, 한마음으로 음식을 만들었는데, 그래서 나누어 먹는 자리를 마련했는데, 어깃장을 놓으며 분위기를 망치는 사람이 될까봐?

아니. 아니었다. 그런 게 정말로 아니었다.

지우는 이 음식이 먹고 싶었다. 그래! 그것이 진짜 이유였다. 그저 삶은 단호박에 요거트를 채워넣고 조청과 견과류를 뿌린 것에 불과한 이 소박한 간식. 그러나 모두 함께 만든 음식. 그래. 지우는 언제나 이 순간을 그리워했다. 이 장면을 재

326

현하고 싶었다. 그래서 벗을 기다렸다. 심우의 뜻을 존중했다. 그들이 이 공간을 만들었으니까, 그리하여 지우를 머물게 해 줬으니까. 그래. 3년 전 그날, 김용자가 지우가 되었던 바로 그 순간.

*

떠나려 했었다. 치유식. 물속 걷기. 통증인지 기억인지 모를 어떤 것을 찾아다니는 망상의 시간. 다 우스웠다. 완치는 없다 고? 수련은 계속되는 것이라고? 그러니까 최초의 기억을 찾아 자기 자신과 대면하라고? 수법이 너무 어설펐다. 그래서 그날 김용자는 짐을 쌌다. 일주일 정도의 기간이 더 남아 있었지만, 환불을 받아 집으로 돌아갈 생각이었다. 그런데 갑자기 벗이 말했다.

"김용자 님, 오늘 저녁에 환영회가 있어요."

함께 음식을 만들어 먹을 거라 했다. 대화를 한다고 했다. 서 로의 통증을 고백하고 위로하는 시간이 될 거라고 했다. 하! 위로? 고백? 어설퍼. 정말 어설퍼. 그러나 김용자는 환영회에 갔다. 어차피 저녁은 먹어야 했으니까. 할 일도 없었으니까. 그 러나 사실은 습관 때문이었다. 상대가 자신을 속이고 있다는 걸 알면서도 일단 속아보는 것. 시키는 대로, 제안하는 대로 따 르며 희망을 품어보는 것.

이미 많은 사람들이 분주히 움직이고 있었다. 한쪽에서는 샐러리와 양파를 썰고 있었고, 다른 쪽에서는 토마토를 뜨거운 물에 데쳐 껍질을 벗기고 있었다. 김용자는 자연스레 벗과 심우를 찾았다. 이 어설픈 사업의 주인들은 어디에 있나. 그들은 바닥에 쭈그리고 앉아 있었다. 커다란 대야에 담긴 갈색 덩어리를 반죽하고 있었다. 그래. 덩어리.

"저게 콩으로 만든 고기래요."

누군가 김용자의 귀에 대고 속삭였다. 그녀는 고개를 돌렸다. 아무도 없었다. 아니다. 너무 많은 사람들이 있었다. 창백한 사람. 앙상하게 마른 사람. 눈 밑이 까만 사람. 머리카락이 반쯤 빠진 사람. 기운이 없어 쭈그리고 앉은 사람. 입술이 바짝 마르고 볼이 허옇게 튼 사람.

김용자는 다시 벗과 심우에게 시선을 돌렸다. 그러자 이상하게도, 그 어린 여자들이 조금 다르게 보였다. 벗은 얼굴에 긴 흉터가 있었다. 그녀는 아이 같았다. 반대로 건너편의 심우는 무척 어른스러워 보였다. 늙었다는 표현이 더 어울릴지도 몰랐다. 마치 벗의 엄마 같기도 했다. 그냥 그렇게 느껴졌다. 걱정하는 눈빛으로, 안타깝고 쓸쓸한 표정으로 자신의 친구를 바라보고 있었으니까. 친구가 원하는 대로 손을 빌려주고, 대답을 해주고, 고개를 끄덕이는 사람. 문득 김용자는 궁금했다. 심우는 진심일까. 다른 마음은 없을까. 그러니까 개인적인 욕심 같은 것. 다른 꿍꿍이라 불리는 것. 왜 그런 게 궁금하지? 사람은 사람을 이해하지 못한다고 생각하니까? 그렇게 믿으니까? 그 누구도 다른 사람의 아픔에 진심으로 공감할 수 없다고, 이 세상에는 그저 아픔을 이용해 상대의 마음을 지배하려는 사람만 있다고 생각하니까? 심우라니. 벗이라니. 지기라니. 지우라니. 그런 건 존재하지 않아. 그래서는 안 돼. 왜냐하면 외로우니까. 다른 사람들이 이렇게 서로를 도우며 위로하는 사이, 김용자 자신에게는 아무도 없었다고 생각하면, 너무 비참하니까.

왜 다들 나만 빼고 살아남으려 하지?

"좀 도와주실래요?"

심우가 김용자에게 말했다. 김용자는 두말없이 손을 씻고, 두 사람 사이로 걸어갔다. 쭈그리고 앉았다. 심우가 친절한 목소리로 설명했다.

"콩을 갈아서 마늘, 견과류, 향신료와 전분 가루를 넣어 뭉친 거예요. 이제 이걸 동글동글하게, 미트볼처럼 작게 만들 거예요. 같이 해주실래요?"

김용자는 고개를 끄덕였다. 그리고 덩어리에 손을 넣었다. 차가운 반죽이 그녀의 손에 닿았다. 부드러우면서도 까끌거리며, 묵직하면서도 가벼운 느낌. 진짜 고기 같기도 했고, 다소 거친 밀가루 반죽 같기도 했다. 기분이 이상했다. 뭐랄까, 덩어리를 만지는 내내 손끝에 어떤 기운이 스며드는 듯했다. 굳이 표현하자면 생기. 희망. 어떤 염원 같은 것. 정신을 차려보니 모두가 함께하고 있었다. 그랬다. 이곳에 있는 사람들 모두, 바닥에 자리를 잡고 앉아 함께 이 덩어리를 주무르고 있었다.

본격적으로 요리를 시작했다. 커다란 냄비에 잘게 썬 토마토와 양파, 샐러리, 당근, 감자, 병아리콩, 올리브유를 넣고 볶았다. 물을 넣어 푹푹 끓였다. 비건 미트볼을 넣어 또 끓였다. 좋은 향이 났다. 웃음소리와 환호성이 뒤섞였다. 어느새 김용자는 사람들 사이에 서 있었다. 웃고 있었다. 똑같이 호들갑을 떨었다. 감탄을 멈추지 못했다. 맛있겠다! 정말 맛있겠다! 향이 진짜 좋아요. 즐거웠다. 그래. 김용자는 아주 오랜만에 기뻤다. 그리고 자신이 환자라는 사실을 잊었다. 김용자는 그저 이 사람들 중 한 명이었다. 함께 음식을 만들고 나누어 먹는 사람들 중 한명.

수프가 완성되었다.

심우가 김용자 옆에 앉았다. 두 사람은 나란히 앉아 후루룩 후루룩 수프를 떠먹었다. 따뜻했다. 익은 야채의 녹진하고 깊은 향. 비건 미트볼의 쫄깃한 식감. 내일도 이런 순간이 있을까. 모레도? 그다음 날에도? 그렇다면 머물고 싶다. 왜? 단지 이 순간의 기쁨을 계속 느끼고 싶어서? 그게 무슨 의미가 있는데?

김용자. 너는 무엇을 바라지? 진짜로 바라는 게 뭐지?

저 멀리 벗이 사람들 사이에서 웃고 떠들고 있었다. 얼굴에 긴 흉터를 가진 채, 통증에 계속 시달리는 사람. 하지만 고통에 얽매이지 않고 다음 단계로 건너간 사람. 그렇다고 말하는 사람. 그리하여 다른 사람들도 그곳으로 데려가고 싶어 하는 사람. 김용자는 옆으로 고개를 돌렸다. 심우 역시 벗을 보고 있었다. 어린 여자. 그러나 늙어버린 여자. 김용자는 불쑥 입을 열었다.

"정말 대단하세요."

"무엇이요?"

심우가 김용자에게 대답했다.

"항상 진심으로 벗을 돕고 계시잖아요."

"아니에요."

"아닌가요?"

"네. 오히려 제가 도움을 받지요."

김용자는 아무 말도 하지 않았다. 어쩐지 긴 대화가 시작될 것 같았다. 맞았다. 심우는 천천히 오래된 이야기를 풀어놓았다.

"저 애는 친구가 많았어요. 그런데 사고가 났어요. 쟤한테는 저밖에 없더라구요. 그래서 떠나지 못했어요. 힘든 시간이었습니다. 한번 통증이 시작되면 일주일, 혹은 열흘이 넘게 지속되었죠. 공부도 할 수 없었고, 일도 할 수 없었어요. 하필이면 얼굴이 아프니까 밥도 먹을 수 없고 물도 못 마셨어요. 영양 상태가 좋을 수 없었지요. 그걸 어떻게 알았는지 별별 이상한 사람들에게 연락이 오더군요. 단기간에 체력을 끌어올려줄 수 있는 약이 있다. 즙이 있다. 저 애는 간절했고, 사람들은 비열했죠. 그런 걸 파는 사람들이 말은 참 번지르르하게 하잖아요. 이걸 먹고 바로 일어섰다. 눈을 번쩍 떴다. 완치되었다. 하지만 아니잖아요. 희망은 언제나 더 큰 절망을 불러들이죠. 저 애가 말하더군요. 자기는 재수가 없는 것 같다고. 남들은 다 쉽게 낫는데, 자기만 그 운을 피해간다고. 그런 팔자를 타고난 것 같다고.

저 애를 도저히 떠날 수 없었습니다.

그래서 밥을 해줬어요. 제가 유일하게 할 줄 아는 것이었습니다. 부모님이 집에 잘 계시지 않아서, 혼자 밥을 해 먹는 날이 많았거든요. 그러다 식품영양학과에 진학했습니다. 영양사 자격증을 취득했죠. 조금 더 깊이 공부하고 싶어서 어느 절에 들어가 채식 요리도 배우고, 세미나와 학회도 열심히 다녔습니다. 그렇게 배운 지식으로 음식을 해서 저 애에게 먹였습니다. 그게 일상이 되었습니다. 그러다 보니 채식 음식점까지 운영하게 되었어요. 그렇게 잘 되지는 않았어요. 목표가 없어서 그랬던 것 같아요. 생각해보니 저는 항상 그렇게 살아왔더군요. 그냥 할 줄 아는 걸 하면서 살았던 거죠. 답답했어요. 저 애의 통증이 낫지 않는 것처럼, 제 삶에도 어떤 깊은 문제가 있는 것 같았죠. 뭔가에 꽉 막혀서, 뚫지 못하고 있는 것 같았어요. 그게 없어지면, 뭔가 보일 것 같은데…… 치우지 않았죠. 게으르게 내버려뒀어요. 그러다 그 애 엄마를 봤어요. 아, 저 애 말구요. 다른 친구의 엄마요. 글쎄, 친구는 아닌가. 아무튼 한때

332

가까이 지냈던 아이였죠. 저보다 키가 크고 책을 많이 읽었죠. 수영을 잘했어요. 그리고 엄마 아빠가 참 애지중지했죠. 자식을 모임에 맡겨두고 나 몰라라 하는 부모가 아니었어요. 네, 메시지에서 말씀드렸죠. 저와 저 애는 그 모임에서 자랐습니다. 특별한 공동체였죠. 많은 영향을 받았구요. 그 친구는 아니었어요. 그때는 뭐랄까, 그 평범함이 참 부러웠답니다. 아무튼 그 친구의 엄마가 마트에서 비슷한 또래의 아주머니 두 분과 함께 장을 보는 걸 목격했습니다. 흔한 풍경이었는데, 이상하게 눈길이 갔어요. 그분들은 재료를 꼼꼼하게 들여다봤고, 하나하나 심혈을 기울여 고르는 것 같았어요. 이상했어요. 나도 분명히 저렇게 까다롭게 재료를 고르는데…… 왜 뭔가 다른 것 같지? 이게 무슨 느낌이지? 저도 모르게 그 친구 엄마를 따라갔습니다. 어느 건물로 들어가더군요. 알아보니 그 건물에서 일주일에 한 번 열리는 쿠킹 클래스 수업을 듣고 있더군요. 이건 비밀인데요. 사실 채수회관이라는 이름은 그 모임명에서 빌려왔답니다. 아무튼 어느 대학의 영양학과 교수님이 진행하는 클래스였는데, 주로 건강에 좋은 음식, 식재료의 영양분을 파괴하지 않고 조리하는 방식, 이런 걸 가르치는 수업이었어요. 뭐, 좋은 수업이었겠죠. 나이 먹을수록 음식을 가려 먹는건 중요하니까요. 그런데 괜히 궁금하더라구요. 그래서 아는 사람을 통해 그 모임에 식재료를 납품했어요. 그 사람에게 좀 묻고 들어보라고 했어요. 무슨 요리를 만드는지, 레시피는 어떤지. 덕분에 그분들은 가끔 제 가게에 왔어요. 평범한 아주머니들이었죠. 평생 열심히 일하다 은퇴를 했고, 남은 시간을 잘 보내고 싶어 하는 사람들. 막상 직접 보니 별거 없더군요. 내가 이상한 집착을 했다 싶어서 관심을 끄기로 했어요. 그러다 우연히 들었어요. 그 친구 엄마가 하는 말이요. 제가 만든 콩고기 미트볼을 먹으면서 그러더라구요. '이거 맛있다. 이번 주말에 딸이 오는데, 이걸 만들어줄까? 애가 좋아하려나.' 그때 알겠더라구요. 나는 누군가에게 뭘 먹이고 싶어서 요리하는 사람이 아니라는 걸요. 음, 그래요. 그랬던 거예요. 음식이란 내가 먹고 싶거나, 누군가를 먹이고 싶어야 하는데, 저는 어느 쪽도 아니었던 거예요. 배가 고프니까 그냥 밥을 해 먹었을 뿐이죠. 그리고 저 애에게는…… 저는 그저 저 애가 낫기만을 바랐어요. 완전히 나아서, 제가 떠날 수 있기를 바랐던 겁니다. 그게 진심이었어요. 지금껏 내가 유일하게 저 애 곁에 남아 있다고 생각했는데, 사실 저 애 곁에는 아무도 없었던 거예요. 그런데 말이에요. 저 애가 그러더군요. 최초의 기억이 중요하다구요. 그걸 제 덕분에 알게 되었다구요."

웃음소리가 들렸다. 사람들과 어우러진 벗의 커다란 웃음소리. 무슨 일인가 싶었는데, 별거 아니었다. 수프에서 다 벗기지 못한 토마토 껍질이 나온 것뿐이었다. 벗은 그게 뭐가 그리 웃긴지, 옆 사람의 손을 꽉 잡고서 웃음을 멈추지 못했다. 어쩐지 그리운 풍경이었다. 김용자도 어린 시절, 저런 순간을 경험했

334

다. 그냥 아무 이유 없이 웃음이 터지던 순간들. 웃음을 멈추지 못하던 날들. 심우가 말했다.

"제가 만든 음식을 먹으면서 생각했대요. 어떤 걸 먹으면 기분이 좋은데, 또 어떤 걸 먹으면 기분이 좋지 않다고. 그 이유를 찾아 파고들어가다가 깨달았대요. 자기는 오래전 수영장에서의 사고 때문에 불행이 시작되었다고 믿었다고. 그 기억에 얽매여 살았다고. 그런데 아니라고 하더군요. 그보다 더 깊은 기억이 있다구요. 그날 수영 시합에서, 스스로를 그렇게까지 몰아세운 이유. 지고 싶지 않았대요. 이기고 싶었대요. 필사적으로 싸워서, 반드시 이기겠다고 생각했대요. 그래서 앞을 보지 않고 있는 힘껏 돌진했던 거래요. 그러면 빠져나갈 수 있을 것 같았대요. 이렇게 온 힘을 다하면, 언젠가는 자기를 둘러싸고 있는 지긋지긋한 모든 것으로부터 달아날 수 있을 것 같다고. 학교. 소문. 아빠. 엄마. 조칠현."

"조칠현이요?"

"아…… 그냥 사이가 나쁘던 친구 이름이에요. 무심코 말해버렸네요. 잊으셔도 됩니다."

"네."

"계속해도 될까요."

"그럼요."

"하지만 결국 빠져나오지 못했죠. 그래서 불행했던 거래요. 빠져나가기 위해 헤엄쳤는데, 결국 물속에 갇혀버렸으니까요.

그래서 고민했대요. 어떻게 하면 그 기억으로부터 자유로워질까. 기억의 무게를 이겨내고 살 수 있을까. 그러다 저를 생각했대요. 어릴 때 학교 끝나고 집에 가서 같이 먹던 것들. 콩나물무침, 두부부침…… 그런 걸 먹으면 기분이 좋더래요. 옛날로 돌아간 것 같아서. 그리고 그 기분에 집중할수록, 그때의 기억속으로 빨려들어가는 걸 느꼈대요. 네. 결국은 똑같은 시간이죠. 학교. 엄마. 아빠. 그 사람…… 갇혀 있다고 생각했지만, 사실 기쁨도 있었던 거예요. 말하더군요. '어쩌면 나는 이미 그때 통증에 시달리고 있었던 걸지도 몰라. 수영장 사고는 어떤 계기에 불과했던 거야.' 그러면서 말하더군요. 그 공간으로 다시 돌아가겠다고. '나의 마지막 동굴을 만들 거야. 그게 나의 치유야.' 저는 물었지요. 마지막 동굴? 저 애는 말했지요. 응, 우리같은 사람들, 어디로 가야 할지 몰라 헤매는 사람들. 어떤 경계에 서서 울부짖는 사람들. 내 몸을 내 몸처럼 여기지 못하는 사람들. 그래도 포기하지 않는 사람들. 그들과 함께 모여 밥을 먹고, 웃으며 시간을 보내고, 자신만의 기억을 찾을 수 있게 서로가 서로를 돕는 공간. 빛으로 이끄는 공간. '아팠지만 아픈지 몰랐던 바로 그때처럼, 나는 다시 살아갈 거야.' 박근만 원장님의 도움을 받게 되었다고 했습니다. 사실 박근만 원장님은, 오래전 그 모임의 일원이었어요. 아주 늦게 합류하신 분이었죠. 모임이 와해된 후, 많이 안타까워하셨습니다. 언젠가는 그 공동체를 회복시키고 싶다고도 하셨죠. 박근만 원장님 역시 헌신적인 분이시니까요. 그랬으니, 박근만 원장님은 벗의 뜻에 굉장히 공감하셨을 거예요. 저는 두 사람이 그런 일을 시작했다는 것에 굉장히 감명받았습니다. 과거를 내버려두는 것이 아니라, 내 의지로 다시 만들어내는 것. 그때 벗이 말했지요. '도와줄래?' 저는 말했습니다. '나는 환자가 아닌걸. 내가 사람들을 이해할 수 있을까?' 벗이 다정하게 말했습니다. '정말로 아프지 않아? 아무 데도?' 그 순간 저는 이해했습니다. 깨달았습니다. 네. 벗이 말하는 고통은 단지 육신의 문제가 아니었어요. 우리의 마음과 몸이 연결되어 있다는 말이었으니까요. 네. 저도 아팠습니다. 아주 오랫동안 아팠지요. 그래서 무엇도 사랑하지 못했고, 열의를 갖지 못했던 거예요. 그런데 벗이 제게 그 깨달음을 던져준 순간, 알았습니다. 제가 원하는 것이 무엇인지를요. 저는 동굴을 그렇게 빠져나왔어요. 나는 이걸 찾고 있었구나. 할 줄 알아서 하는 일이 아니라, 내가 하고 싶은 일. 그래서 의미를 가질 수 있는 일."

웃음소리가 잦아들었다. 사람들이 천천히 자리에서 일어났다. 주변을 정리하고 설거지를 시작했다. 김용자도 일어났다. 심우가 말했다.

"김용자 님도 그런 걸 찾고 계신 거죠?"

그녀는 심우를 바라보았다. 이제 보니, 심우의 얼굴에도 앳된 흔적이 남아 있었다. 벗과 비슷한 느낌의 분위기. 어떤 시절을 그리워하고, 때문에 그 시간에 일부러 남아 있는, 남아버린 사람의 표정. 김용자는 대답했다.

"……모르겠어요."

그리고 다시, 스스로에게 물었다. 김용자 너는 무엇을 원하지? 진짜로 원하는 게 뭐지? 몰라. 모르겠어. 낫기만 하면 다 해결될 거라 믿었는데, 내 몸을 되찾기만 하면 이전으로 돌아갈 수 있다고 믿었는데. 그때, 벗이 그녀에게 다가왔다. 김용자의 손을 잡았다. 부드러운 말투로 말했다.

"어떻게 그렇게 혼자 버티셨어요. 정말 애쓰셨어요."

나를 이해하는 사람들.

내가 이해할 수 있는 사람들.

그래, 그 순간이었다.

김용자는 무너지고 말았다. 모든 것을 쏟아내기 시작했다. 네. 버텨야 했으니까요. 그것 말고는 방법을 몰랐으니까요. 네. 저는 제 몸이 싫습니다. 통증을 느끼는 몸. 통증에만 집중하는 몸. 그것 외에는 아무것도 느끼지 못하는 이 몸이 싫습니다. 김용자는 기억들을 털어놓았다. 김용자. 52세. 결혼 22년 차. 아이는 없음. 수학교사 출신. 43세에 수술을 받았고, 외음부가 아프기 시작했다. 남편과 섹스를 할 수 없었다. 자존심이 상했다.

자신이 망가졌다는 생각에 부끄러웠다. 도저히 받아들일 수 없었다. 아, 김용자는 오직 섹스만을 생각했다. 나아야 한다. 섹스해야 하니까. 먹어야 한다. 섹스해야 하니까. 뜨거운 관에 들어가야 한다. 섹스해야 하니까. 기혈 치료를 받아야 한다. 섹스해야 하니까. 내가 이렇게 섹스에 집착했나. 이 생각밖에 못하는 여자였나. 하지만 멈출 수 없었다. 망가진 건 되돌려야 하는 법이니까. 남편의 표정이 전과 같지 않으니까. 결혼 생활을 유지해야 하니까. 아이가 없는 삶. 보기 드문 삶을 선택한 그들에게, 섹스가 없다면? 김용자와 남편. 그 둘의 관계를 무엇으로 증명하지? 무엇으로 설명할 수 있지? 고뇌에 빠져 있는 동안, 남편은 아무 말이 없었다. 그는 별로 신경 쓰지 않는다고 했다. '나는 괜찮아. 당신 몸을 신경 써.' 왜? 어째서 신경 쓰지 않아? 혹시 당신 다른 여자가 생겼어? 그 여자와 섹스해? 그래서 나와의 섹스는 필요 없어졌어? 나는 필요해. 나는 원해. 너는 괜찮을지 모르지만 나는 괜찮지 않아. 그러니까 김용자. 나는 반드시 나아야 해. 정상이 되어야 해. 그래야 남편과 섹스할 수 있어. 그래서 이걸 먹어야 해. 이게 뭔데? 동물의 심장이야. 발톱이야. 창자야. 항문의 끄트머리지. 이것을 푹 고아서 한 달을 먹어. 그러면 온몸의 각질이 떨어져나오고 새 피부가 돋아날 거야. 되살아나는 거지. 김용자는 그것을 먹었다. 동물의 심장. 발톱. 창자. 항문의 끄트머리를 큰 솥에 넣고 팔팔 끓였다. 기괴한 냄새가 났다. 김용자는 기대에 찼다. 냄새가 악독할수록 희망이 피어올랐다. 그래. 이런 것이니까. 이런 냄새를 풍기는 것이니까, 나는 나을 것이다. 쉽지 않은 고비를 넘겨 살아남을 것이다.

집에 돌아온 남편이 이게 무슨 냄새냐고 소리쳤다. 김용자가 말릴 새도 없이 냄비 뚜껑을 열었다. 소리를 질렀다.

"당신 이걸 먹어? 이걸 먹을 거야?"

먹었다. 다 먹었다.

그리하여 어떻게 되었나. 김용자의 몸에 새살이 돋았다. 아아, 몸에서 통증이 밀려나갔다. 그래. 그녀는 나았다. 완치했다! 세상에, 그녀는 되돌아왔다. 이전의 삶으로. 그리하여 욕구가 부드럽게 끓어오르는 날, 그녀의 몸이 완전해진 날. 남편은 그녀를 원하지 않았다.

"이렇게까지 해서."

돌아온 몸을 원하지 않았다. 차라리 그에게 다른 여자가 있었다면 납득했을 것이다. 그런데 그는 그녀가 치료받은 걸 경멸했다. 오직 섹스를 위해! **그것**을 먹었다는 걸 용납하지 못했다. 그래서 그녀를 원하지 않았다. 그렇다면 김용자는 어떻게 했어야 했나. 아니, 이제 김용자는 누구인가. 환자인가? 환자였던 사람인가. 이제 김용자는 무엇을 원하나? 여전히 섹스를 원하나? 누구를 원하나. 어떻게 살기를 원하나. 그래서 김용자는 계속 치료센터를 전전했다. 적어도 치료를 받고 있으면 삶이 날아가버렸다는 생각은 들지 않았다. 아직 통증이 남아 있다는 착각에 빠져 있으면, 마음이 편했다. 그래. 아직 나는 온

전하지 않아. 더 나아져야 해. 나에게는 돌려받을 삶이 있어. 그런데 어떤 삶?

그리고 지금 김용자의 눈앞에 단호박이 있었다. 다 함께 만든 간단한 간식. 지난 3년. 김용자는 지우가 되었고, 채수회관의 일부가 되었다. 그녀는 서울 생활을 정리하고 남편과 헤어지고 가족과 연락을 끊고서 채수회관에 몸을 묻었다. 심우와 같았다. 그녀는 목표를 찾았다. 무엇을 원하는지 깨달았다. 그녀는 마지막 동굴의 지킴이가 되고자 했다. 동굴을 찾아오는 이들을 기다리는 사람이 되고자 했다. 통증 때문에 뒤바뀐 삶을, 다시 한번 뒤집은 여자. 그래서 고통을 이해하는 벗. 수련자들의 지우. 3년! 그 시간 내내 김용자는 늘 진심이었다. 진심이 아닐 수 없었다. 여기가 김용자의 모든 것이었으니까. 그녀의 몸 자체였으니까. 그런데 그들은 왜 떠났는가. 사라졌는가. 돌아오지 않는가. 벗과 심우. 그 어린 여자들. 늘 믿는다고 했으면서, 김용자와 함께 이 동굴에 오래오래 함께 머물겠다고 했으면서! 나를 여기에 홀로 처박아두고 사라지다니. 나는 내 모든 것을 바쳤는데. 앞으로도 내 모든 것을 내어줄 수 있는데.

*

박지수가 김용자의 옆에 앉았다. 그녀가 말했다.

"저 때문에 속상하셨죠?"

김용자는 울컥, 치솟아오르는 감정을 애써 억눌렀다. 하지만, 또다시 터져나오려 했다. 쏟아지려 했다. 무너지는 감정. 마음. 배신감. 놀라움.

고통은 왜 항상 존재할까요. 어째서 사라지지 않는 걸까요.

박지수가 말했다.
"지우님이 여기 계셔서 정말 다행이에요."

아, 제발 그만.

그러나 박지수는 김용자의 손을 잡았고, 이어서 또 말했다.
"감사합니다."

결국 김용자는 또 무너졌다. 그리고 되살아났다. 그래. 이 여자가 누구인지는 중요하지 않다. 벗과 심우가 사라진 것도 중요하지 않다. 언제나 고통이 있다는 게 중요하다. 사라지지 않는다는 게 중요하다. 그렇다면 김용자는 언제나 지우로 있을 수 있다. 계속 동굴 속에 있을 수 있다.

그래. 그것이 중요하다.

*

두 사람은 함께 산책을 했다. 화단을 구경하고 산길을 걸었다. 박지수는 김용자의 나이를 듣고 놀라워했다. 그렇게 보이지 않는다고 했다. 김용자는 손사래를 치며 아니라고 답했지만, 기분이 나쁘지 않았다. 두 사람은 별거 아닌 이야기를 조금 더 주고받았다.

"저 어린 시절에 꽤 뚱뚱했어요. 제가 너무 뚱뚱해서 같이 놀기 싫다고 한 친구도 있었어요."

"세상에 정말 못된 아이네요."

"그래요? 못된 건가요?"

"못된 거죠. 친구한테 그런 말을 하다니."

"그런데 저는 그게 못된 말인지도 몰랐어요. 당연하게 느껴졌어요. 내가 못났으니까 같이 놀기 창피했겠지 싶었어요"

"이런. 그랬군요."

"그런데 마음이 변하더라구요. 걔를 만나기 전으로 돌아가고 싶어지더라구요."

"이해해요."

"정말 이해하세요?"

"그럼요. 누구나 그럴 겁니다."

"위로가 되네요."

박지수가 이어 물었다.

"지우님, 혹시 이게 저의 최초의 기억일까요?"

지우는 대답했다.

"거의 도달한 것 같기는 해요. 하지만 어쩐지 그보다 더 아래쪽에 숨어 있을 것 같군요."

"……맞아요. 저도 그런 느낌이 들어요."

"거의 다 왔네요. 조금 더 애를 써봐요. 제가 함께할게요."

박지수가 고개를 끄덕였다. 그리고 두 사람은 함께 건물로 돌아왔다. 어느새 시간이 꽤 흘러 있었다. 어두웠다. 지우는 박지수를 방까지 데려다줬다. 박지수는 그럴 필요 없다고 했지만, 지우는 괜찮다고 했다. 마음이 시키는 일이라고 대답했다. 사실이었다. 그런데 박지수의 방문 틈으로 불빛이 보였다. 어라, 문이 열려 있었다. 이게 뭐지? 지우는 방문을 확 밀어 열었다. 안으로 성큼 들어갔다.

심우가 침대에 앉아 있었다.

검은색 원피스에 은색 구두. 스틸레토 힐. 지우는 곧장 고개를 돌렸다. 순식간에 식은땀이 흘렀다. 아침까지만 해도 박지수를 내쫓아달라고 메일을 보냈는데, 이제는 같이 산책을 하고 들어오다니. 그 모습을 들키다니. 심우가 자신을 어떻게 생각할까.

박지수가 방 안으로 들어왔다. 그녀는 심우를 쳐다보지 않았다. 그녀는 심우를 마치 없는 사람처럼 대했다. 그저 책상 앞에 서서 유리컵에 물 한 잔을 따라 천천히 마셨을 뿐이다. 그러

고는 물 한 잔을 더 따랐다. 그 모습을 보자 지우의 마음도 차
갑게 식었다. 그래. 심우가 돌아왔군. 드디어 왔어. 그게 무슨
상관이지? 저 여자가 없는 동안, 지우는 늘 이곳에 있었다. 한
번도 떠난 적 없었다. 마지막 동굴의 길목에 서서 사람들을 기
다렸다. 박지수도 말하지 않았던가. "지우님이 여기 계셔서 정
말 다행이에요." 그리고 또 말했지. "감사합니다." 지우가 헌신
했기 때문이다. 그래. 헌신! 지우는 그 단어를 쓸 자격이 있었
다. 하지만 심우, 당신은 아니지. 당신은 나의 요청을 묵살했
고, 지기들이 제멋대로 굴게 내버려뒀어. 당신은 채수회관을
위해 아무것도 하지 않았어. 박지수와의 화해 역시 내가 이루
어낸 거야. 내가 그녀를 찾아갔기 때문에, 대화를 했기 때문에,
함께 단호박을 먹었기 때문에. 이제 박지수는 최초의 기억을
찾게 될 거야. 다 내가 해낸 일이지. 그러자 불현듯, 지우는 이
런 생각이 들었다. 저 사람이 꼭 여기에 있어야 하나? 아니, 저
사람이 반드시 심우여야 하나? 만일 내가 심우가 된다면? 곧
장 K를 부를 수 있겠지. 지우는 그 남자의 커다란 손과 굵은 목
덜미를 떠올렸다. 가끔 서로의 손이 스칠 때, 지우는 알 수 있
었다. K 역시 그녀와 같은 생각을 하고 있다는 것. 그래. 분명
했다.

　　다행이야.

고통이 언제나 존재해서. 사라지지 않아서.

그러니까 역시 지우밖에 없었다. 언제나 여기 있을 수 있는 사람. 얼마든지 헌신할 수 있는 사람. 채수회관의 모든 것을 이해하고 받아들이는 사람. 자기가 무엇을 원하는지 아는 사람.

김용자.

지우는 박지수를 보았다. 그 순간, 모든 장면이 무척 빠르게 지나갔다. 박지수가 웃옷 안에서 조심스레 작은 봉투를 꺼냈다. 유리컵에 살짝 기울였다. 하얀 가루가 잔뜩 쏟아져나왔다. 그리고 순식간에 물에 녹기 시작했다. 그 찰나가 빠르게, 아주 빠르게 지나갔다. 지우와 박지수의 눈이 마주쳤다. 박지수가 미소를 지었다. 그리고 지우에게 가만히 다가와 아주아주 작은 목소리로 속삭였다.
"설탕이에요."

18

"물 마실래?"

나는 신아에게 물었다. 신아는 턱을 살짝 들어올리며 쌀쌀 맞게 대답했다.

"그래. 줘."

목이 꽤 탔던 모양이었다. 그녀는 내가 건넨 유리컵의 물을 단숨에 들이마셨다. 그리고 살짝 인상을 찌푸리며 물었다.

"너 컵 안 씻니?"

옛날 생각이 났다. 내가 해리아의 팔짱을 끼면, 신아는 그 사이를 팔로 툭 내려치며 피식 웃었다. 별것 아닌 장난을 친다는 듯, 하지만 나를 언제든 툭 잘라낼 수 있다는 듯 그렇게 웃었다. 나는 불안했지만, 그닥 믿기지는 않았다. 금요일마다 함께 수영장에 가고, 내게 의지해 물에 떠오르고, 돌아가는 길에 함께 햄버거를 먹으며 소소한 이야기를 나누는 일들이 그렇게 한

번에 다 잘라낼 수 있는 것들일까. 하지만 그렇더라. 신아 너는 결국 내게 해리아 곁에 오지 말라고 했지. 사라지라고 했어.

생각해보면 너는 정말로 나를 많이 믿었던 것 같아.

그렇게 대해도 된다고, 별일 없을 거라고 말이야. 하지만 신아야. 나는 네 콜라에 침을 뱉은 적이 있단다. 그때 너는 나를 쳐다보지도 않았지. 내가 들고 온 콜라를 휙 집어서 단숨에 마셨어. 그때나 지금이나, 너는 별로 변한 게 없구나.

참 반갑다.

그리고

"서운해."

내가 말했다.

"뭐라고?"

"사람들이 서운해한다고. 너희들이 너무 안 찾아와서 말이야."

신아가 다시 얼굴을 찌푸렸다. 그 표정도 참 어릴 때와 똑같았다. 듣기 싫은 말을 들었을 때, 돌아가는 상황이 마음에 들지 않을 때, 그래서 억지를 부릴 때 신아는 늘 저런 얼굴이었다.

"네가 상관할 일이 아니야."

"왜 상관이 없어? 나도 수련자인데. 너 내 돈 다 받지 않았니?"

나는 책상 앞의 의자를 끌어당겨 신아 앞에 앉았다. 차가운 공기가 밀려들었다. 풀 냄새와 흙냄새. 신아가 창 쪽으로 고개를 돌렸다. 나는 신아의 옆얼굴을, 익숙하고도 낯선 그 얼굴을 지그시 바라보았다. 그녀가 입을 열었다.

　"환불해줄게. 채수회관에서 나가."

　"신아야."

　"왜."

　"이번에도 전해주는 거야?"

　신아가 다시 나를 쳐다봤다. 무슨 말이냐는 표정이었다. 나는 또박또박 다시 말했다.

　"해리아 생각을 이번에도 네가 전해주는 거냐고."

　이에 신아가 한숨을 쉬었다. 나는 그 애의 말을 기다렸다. 오래 걸리지 않았다.

　"야, 너 개 좀 그렇게 그만 불러. 소름 끼쳐 죽겠어. 네가 그럴 때마다 박해리가 얼마나 진절머리 냈는지 알아?"

　"아닌데. 좋아했는데."

　신아가 한숨을 쉬며 오른손으로 이마를 짚었다. 어지러운 듯했다. 나는 신아의 떨리는 손끝을, 다소 창백해진 낯빛을 유심히 바라보며 이어 말했다.

　"해리 힐라리아. 해리아."

　신아가 웃음을 터뜨렸다. 기막히고 어이없다는 듯이. 당연히 나는 웃지 않았다. 하던 말을 계속했을 뿐이다.

"신아야, 해리는 이렇게 불러주는 거 좋아했어. 네가 진실을 모르는 거야."

신아가 고개를 들었다. 나를 봤다. 눈화장이 조금 번져 있었다. 코끝도 약간 붉어져 있었다. 울었나?

"지수야."

"응."

"맞아. 이번에도 내가 해리 생각을 전해주는 거야. 걔가 부탁했어. 너 채수회관에서 나가달래."

"거짓말."

신아가 입술을 깨물었다. 나는 허리를 꼿꼿이 세웠다. 말했다.

"나 해리아 만났어. 그 애가 그랬어. 다시 만나러 오라고. 이게 바로 벗이 내게 준 최후의 해결책이야. 마지막 동굴."

그러자 신아가 자리에서 벌떡 일어났다. 침대에 유리컵이 뒹굴었다. 남은 물이 흘러나와 침대를 적셨다. 아까웠다.

"박지수."

"응?"

"해리가 너를 어떻게 만나. 걔 너 못 만나."

나는 신아를 쳐다봤다. 뭐랄까, 신아는 나를 당장이라도 한 대 치고 싶은 얼굴이었다. 그런데 나도 그랬다. 참 반가웠다. 하지만 그렇게 하지 않았지. 왜냐하면 너는 나를 믿으니까. 많이많이 믿으니까. 그래서 너를 때릴 필요가 없지. 이렇게 생각하니 좀 아쉬웠다. 돌이켜보면 어린 시절, 신아와 보낸 시간은 그리 나쁘지 않았다. 말이 잘 통한다고 느낀 적도 있었다. 음. 딱히 조심스러워할 필요가 없어서 그랬던 것 같다. 잘 보이려 노력하고, 나를 알아봐달라고 애를 쓰지 않아도 되었으니까. 신아는 언제나 그냥…… 신아였다. 숙제를 자주 잊고, 쉬는 시간에 엎드려 자고, 예쁘고 잘생긴 연예인들 이야기하는 걸 좋아하고, 책상 아래 로맨스 소설이나 만화책을 숨겨놓고 보던 아이. 그래서인지 신아는《힐라리아》도 좋아했다. 나와 해리아 사이가 가까워지는 게 싫어서, 셋이 있을 때 혼자만 대화 주제를 놓치는 게 싫어서 따라 읽었지만, 결국은 진심으로 좋아하게 된 소설.《힐라리아》의 마지막 권을 읽은 다음날, 신아는 퉁퉁 부은 눈으로 학교에 나타났다. 나를 보자마자 말했다.

"이 책 제목은 잘못됐어."

"무슨 소리야?"

"이건 안티오페 이야기야. 힐라리아는 주인공이 아니라고. 아무것도 안 하잖아! 안 그래?"

나는 고개를 끄덕였다. 맞아. 네 말이 맞아. 나도 그렇게 생각해. 그래서 나도 안티오페를 좋아해. 처음에는 힐라리아가 좋았지만, 그 고귀함 자체가 그저 황홀했지만, 계속 읽다 보니 안티오페를 사랑하게 됐어. 응원하게 됐어. 왜냐하면 그 장면이 너무 슬프잖아. 감동적이잖아. 그래. 네가 말하는 바로 그 부분. 여왕이 될 여자를 가둔 동굴. 안티오페와 용사들은 여왕을 찾아 벽을 더듬으며 안으로 깊숙이 들어간다. 앞과 뒤만 조심하면 된다고 생각한다. 하지만 착각이다. 동굴은 살아 있다. 신이 그렇게 만들었다. 살아 있는 악마로. 용사들은 악마의 입 속으로 걸어 들어온 것이다. 그리하여 고난이 시작된다. 머리가 세 개 달린 용, 머리카락이 늘어나는 마녀, 독이 든 혓바닥으로 입을 맞춰오는 타락한 님프. 그들을 마주할 때마다 용사들은 저항한다. 싸운다. 동굴 벽을 칼로 찌르고, 화살을 쏘고 불을 지핀다. 도망친다. 싸운다. 이긴다. 진다. 다시 일어난다. 그러나 결국은 동굴의 벽에 잡아먹힌다. 매달린다. 현실을 부정한다. 내가 이렇게 나약할 리 없어. 나는 강해. 강하게 태어났어. 그런데 왜 이렇게 처참하게 무너지는 거지? 누구보다 안티오페가 그렇다. 그녀는 계속 무너지고, 넘어지고, 절망에 빠진다. 님프의 유혹에 빠지고, 배신당한다. 의무를 잊는다. 비난을 받는다. 당신은 영웅이 아니야. 그럴 줄 알았어. 여자 따위가 영웅으로 태어날 리 없지. 당신은 아테나와 아르테미스의 실수이고, 허접한 모작에 불과하지. 그리하여 안티오페는 모두에게 버림받는다. 그녀는 오랫동안 바닥에 엎드려 있다. 그리고 일어난다. 절룩거리며 걷는다. 왜? 그녀에게 주어진 의무를 다하기 위해서? 영웅으로 태어났다는 걸 증명하기 위해서? 자신을 버린 동료들에게 다시 인정받기 위해서? 맞다. 그런 이유이다. 사랑받기 위해. 사랑하기 위해. 인정받기 위해. 그러나 진짜 이유는 **잊기 위해서다.** 타락하고 망가져버린 영웅. 아니. 영웅이라고 믿었으나 보잘것없는 인간에 불과했던 자신. 뭐

그리 잘났다고 생각하고 살았을까. 뭐 그리 대단하다고 다른 이의 인생을 구하려 했을까. 안티오페는 끝없이 밀려오는 자기혐오를 잊기 위해, 그것으로부터 달아나기 위해 힐라리아를 향해 걸어간다. 달려간다. 힐라리아만 생각하면, 오직 그녀만 떠올리면, 다른 건 모두 잊을 수 있었으니까. 그래. 그녀는 자기 자신으로부터 달아나기 위해, 타인을 구원하고자 했다.

신아가 말했다.

"펑펑 울었어. 밤을 새웠어."

나는 대답했다.

"나도 거기서 많이 울었어. 지금도 읽을 때마다 눈물이 나."

왜냐하면 우리는 안티오페를 이해했으니까. 나를 싫어하는 마음. 그래서 나를 잊어버리고 싶은 마음. 그래서 늘 무언가에 열중하지. 나를 기억하지 않기 위해. 떠올리지 않기 위해.

"해리는 너 안 만났어."

신아가 말했다. 나는 대답하지 않았다. 그러자 신아가 신경질인 말투로 이어 말했다.

"내가 물어봤어. 확인했어. 그리고 솔직히…… 걔가 지금 누구를 도와주고 만나고 그럴 상황이 못 돼."

말을 마친 후, 신아는 숨을 몰아쉬었다. 호흡이 가쁜 듯했다. 슬펐다.

나는 말했다.

"신아야, 사실 너도 잘 모르잖아. 너 하루 종일 해리아 곁에 있어? 그 애가 하는 말을 다 믿어? 그럼 너는? 너는 해리아에게 거짓말한 적 없어?"

신아의 손이 떨렸다. 입술도 떨렸다. 그녀는 여전히 인상을 쓴 채, 손을 쥐었다 폈다. 나는 그 손을 바라보며 덧붙였다.

"내가 나가줬으면 좋겠다고 말했다는 거, 그것도 거짓말 맞지?"

그러자 신아가 소리를 질렀다. 더는 참을 수 없다는 듯, 이 상황을 견딜 수 없다는 듯.

"그럼 직접 들어!"

"무엇을?"

"여기서 꺼지라는 말. 해리에게 직접 들으라고. 박지수."

그럴까.

아아, 신아야. 너는 정말로 나를 믿는구나.

신아가 방문을 향해 성큼성큼, 아니 또각또각 걸어갔다. 문고리를 잡았다. 동시에 몸을 살짝 휘청였다. 하지만 그녀는 곧바로 섰고, 문을 벌컥 밀어 열었다. 나는 그녀의 뒤를 따랐다. 우리는 함께 건물 밖으로 걸어 나왔다.

안개 냄새. 풀 냄새.

354

그리고 내 앞을 걸어가는 신아에게서 풍기는, 살아 있는 사람의 체취. 그 외에는 별로 느껴지는 게 없었다. 살갗에 부딪혀 오는 바람이 너무 차갑다는 것. 칼날처럼 날카롭다는 것. 어깨를 짓누르는 공기가 너무 무겁다는 것. 마치 물속을 걸어가는 기분이라는 것. 그런데 깜깜해. 너무 어두워. 내 마음조차 잘 알아볼 수가 없다. 때문에 나는 그저 신아의 구두 소리를 따라 앞으로 걸어갈 뿐이었다.

하지만 나는 우리가 어디를 걷고 있는지 알게 되었다.

깊고 진한 흙냄새. 서늘한 한기. 아, 여기구나. 채수회관 뒤편으로 이어지는 좁은 길. 그 순간, 등줄기가 뻑뻑해지는 느낌이 찾아왔다. 나는 어깨를 움츠렸다. 통증이 오랜만에 나를 기억해낸 모양이었다. 약을 안 먹어서 그런가. 하지만 나는 곧 진정했다. 아직은 괜찮을 것이다. 얼마간은 무사할 것이다. 다행히 날개뼈 아래가 조금 간지러운 것 빼고는 별다른 느낌이 없었다. 나는 신아의 구두 소리를 쫓아 계속 앞으로 걸었다. 그렇게 채수회관 뒤편으로 완전히 들어왔다.

신기하게도 앞이 조금 밝아졌다. 검은 장막. 아니, 거대한 비닐봉지를 뒤집어씌워놓은 것 같은 커다란 덩어리. 우리는 비닐하우스 앞에 섰다. 신아가 주머니에서 은색 열쇠 하나를 꺼내 들었다. 심우. 나의 옛 친구. 그녀가 열쇠로 자물쇠를 돌려 열었다. 오래된 경첩이 듣기 싫은 쇳소리를 냈다.

전구 하나 없었는데, 비닐하우스 안이 더 밝았다. 그리고 따

355

뜻했다. 나는 곧장 바닥을 쳐다봤다. 잎사귀가 뾰족뾰족한 푸른 채소들. 다 어디로 갔을까. 그러고 보니 그때도 다 사라지고 없었지. 애초에 아무것도 없었던 걸까. 그렇다면 내가 본 건 뭐였을까. 그러고 보니 《힐라리아》에도 이런 장면이 나온다. 나와 신아가 감동했던 장면. 하루 종일 이야기를 나누었던 바로 그 부분.

안티오페는 마지막 관문을 넘는다. 이제 얼마 남지 않았다. 이 지역을 지나면 힐라리아에게 도착한다. 그녀를 구해내 테베로 돌아갈 수 있다. 임무를 마칠 수 있다. 동굴은 위협을 느낀다. 무섭다. 안티오페가 이 동굴을 무너뜨릴 것이다. 그렇다면 어찌할 것인가.

시간을 잘라내자.

그래. 그렇게 한다. 동굴 속의 동굴. 똑같은 풍경. 똑같은 거리. 안티오페는 본 것을 또 보게 된다. 들은 것을 또 듣게 된다. 걸은 곳을 또 걷게 된다. 그녀는 갇힌 것이다. 방금 지나온 시간에. 공간에. 그곳을 끝없이 맴돌게 된 것이다. 그리하여 그녀의 머릿속도 정지되어버린다. 오직 힐라리아를 향해 쭉 뻗어나가던 생각이, 훅 고꾸라지며 바닥에 고여버린다. 그녀가 잊으려 했던 것. 묻어두려 했던 것들이 다시 기어 나온다. 그것들이 안티오페를 붙든다. 자기혐오와 자기비하. 번뇌와 잡념. 그녀는 또다시 무너진다. 바닥에 쓰러져 그 생각에 묻힌다. 끝없이 떠오르는 생각. 생각. 생각. 나는 비천하고 나약한 존재이며, 어떤 가치도 없는 인간이다. 나는 덩어리다. 그래. 덩어리. 이 동굴의 덩어리. 여기에 버려진 채 짓밟혀야 하는 무가치한…… 안 돼. 그만둬야 해. 안티오페는 간신히 정신을 차린다. 여기서 빠져나가겠다고 다짐한다. 하지만 어떻게? 어떻게 하면 생각을 그만할 수 있지? 멈출 수 있지?

안티오페는 칼을 뽑아든다.

왼팔을 자른다.

비명. 그래. 통증! 엄청난 고통이 그녀를 집어삼킨다. 덕분에 그녀는 아무 생각도 하지 않게 된다. 오로지 육신의 고통만이 그녀의 전부가 된다. 아니, 그녀는 고통 자체이다. 때문에 그 무엇도 그녀의 머릿속을 침범하지 못한다. 통증보다 더한 감각은 없다. 그것을 이겨낼 생각은 없다. 동굴 속의 동굴은 스스로 무너진다. 그녀에게 길을 열어주게 된다. 빛이 보인다. 안티오페는 피를 흘리며 앞으로 달려나간다.

"여기야."

비닐하우스 끝에서 신아가 말했다. 단단한 벽이 보였다. 신아가 그곳에 손을 올렸다. 밀었다. 그러자 벽이 안쪽으로 움직이며 문처럼 열렸고, 그 안의 좁은 길이 보였다. 복도. 열 걸음 정도나 되려나. 끝에 또 문이 있었다. 신아와 나는 그 문을 향해 다시 걸었다. 그리고 문 앞에 도착했을 때, 나는 심우를, 나의 옛 친구를 불렀다.

"신아야."

"왜."

"나 살 빠지지 않았어?"

신아가 눈을 빠르게 깜빡였다. 숨이 무척 거칠어져 있었다. 그녀는 분명 나를 보고 있었지만, 아닌 것 같았다. 다른 무언가를 보고 있는 듯했다. 그녀는 몽롱한 목소리로 대답했다.

"아니, 너는 언제나 똑같아."

동시에 신아의 고개가 아래로 훅 떨어졌다. 나는 신아의 어깨를 꽉 잡았다. 그녀의 몸이 힘없이 축 늘어졌다. 나는 신아를 꽉 끌어안은 채, 등으로 앞의 문을 밀어 열었다. 마지막으로 바깥을 보았다. 기억할 만한 것은 별로 없었다.

문을 닫았다.

*

밝은 곳이었다.

나는 신아를 바닥에 눕혔다. 그녀는 숨을 몰아쉬며 허공을 바라봤다. 동공이 확장된 게 보였다. 나는 그녀의 심장 부근에 손을 가져다 댔다. 느껴졌다. 너무 빨라서, 무서울 정도의 박동. 또 다른 증상이 있으려나? 아마 숨이 막히고, 온몸이 타는 듯하겠지. 지금 이 광경이 일그러져 보이겠지. 꿈을 꾸는 것 같겠지. 하지만 모른다. 사람마다 다르니, 나로서는 짐작만 할 뿐이다. 그런 듯했다. 이 와중에도 신아는 나를 노려보고 있었으니까. 글쎄, 그냥 그렇게 느껴지는 걸까. 나는 미소를 지으며 신아 옆에 쭈그리고 앉았다. 손을 뻗어 신아의 머리카락을 넘겨주었다. 아, 노려보는 게 맞았던 것 같다. 신아가 흠칫 놀라며 몸을 꿈틀거렸던 것이다. 나를 피하고 싶어 하는 게 느껴졌다. 하지만 신아의 호흡은 더 가빠졌고, 그녀의 눈빛은 이제 다른 곳을 봤다. 너는 무엇을 볼까. 보고 싶은 것. 혹은 보고 싶지 않은 것. 아마 네 머릿속에 갇혀 있는 무언가를 보겠지. 궁금하긴 했다. 신아야, 너는 이런 순간에 무엇을 볼까. 무엇을 두려워하고 무엇을 원할까. 나는 신아의 손으로 신아의 이마를 어루만졌다. 그리고 그녀의 귓가에 대고 속삭였다.

"신아야, 걱정하지 마. 너는 기적의 샘물을 마셨어."

이에 그녀가 쿨럭거리며 기침을 했다. 드디어 구토가 밀려나오는 모양이었다. 신아가 몸을 옆으로 움직였다. 나는 그녀의 어깨를 바닥으로 밀어 다시 바로 눕게 했다. 신아는 여전히 어딘가를 보며, 억 소리를 냈다. 입을 벌렸다. 나는 그녀에게서 눈을 떼지 않았다. 신아가 누운 채, 자신의 토사물을 뱉어내지 못하고 그대로 삼키는 걸, 그리하여 천천히 질식해가는 걸 지켜보았다. 그녀의 눈동자에서 서서히 의식이 사라져가는 게 보였다. 나는 그녀의 가슴에 손을 얹었다. 토닥여주었다.

그리고 자리에서 일어났다.

여전히 밝았다.

방 한가운데, 침대와 의자 하나. 그리고 탁자가 있었다. 침대
가 조금 특이했다. 병원에서나 볼 수 있는 바퀴 달린 이동식 침
대였다. 그곳에 해리아가 누워 있었다. 조금도 움직이지 않은
채 마치 이 정물들의 일부인 것처럼. 그러나 아니었다. 그녀를
향해 한 걸음 내딛자, 시선이 보였다. 바닥에 누운 신아를 보고
있는 해리아의 눈동자. 그녀는 나를 보지 않았다.

그래서 나는 몸으로 신아를 가렸다. 그제야 해리아가 나를
쳐다봤다. 알아보는 것 같았다. 나를, 박지수를. 아, 힐라리아.
오랜만이야. 긴 동굴 속을 오래도록 걸어 내가 여기까지 왔어.

나는 해리아에게 다가갔다. 그녀는 많이 변해 있었다. 짧게
자른 머리. 흰머리. 잔뜩 부은 몸. 거뭇거뭇한 기미. 변하지 않
은 것도 있었다. 오른쪽 볼에 희미하게 남아 있는 상처. 가늘고
긴 흉터. 하지만 얼굴빛이 워낙 좋지 않아서 그런지 그렇게 눈
에 띄지는 않았다. 게다가 입에는 산소 호흡기를 달고 있었으
니까. 힘든 모양이었다. 숨을 한 번 들이쉴 때마다 가래 끓는
소리가 심하게 났다. 말을 거의 하지 못하는 듯했다. 팔에는 링
거 주사가 꽂혀 있었는데, 연결된 관 끝에 플라스틱 버튼이 달
려 있었다. 진통제인 모양이었다. 내 눈빛이 의심스러웠던 걸
까. 해리아가 손으로 버튼을 감쌌다. 절대 빼앗기지 않을 것처
럼 꼭 쥐었다. 슬펐다. 해리아가 나를 미워하는 것 같았다. 원

망하는 것 같았다. 증오하는 것 같았다. 죽이고 싶어 하는 것 같았다.

　나는 밝은 방을 둘러보았다. 꽤나 널찍하고 쾌적했다. 침대를 중심으로 오른편에는 책상과 옷장이 있었다. 왼편에는 책장들이 늘어서 있었고, 그 안에는 책들이 가득했다. 대부분 건강에 관한 책들이었다. 자연스럽게 나이 드는 방법. 노화를 늦추는 방법. 덜 아픈 방법. 아프지 않는 방법. 어떻게 먹고 자고 움직일 것인가에 대한 방법. 그리고 암에 관한 책들이 잔뜩 있었다. 자궁암 완치. 호르몬 문제에 맞서는 법. 수술은 유일한 해결책인가? 암을 자연 치유하기. 먹는 것으로 암에 맞서기. 말기 암 환자가 해야 할 일. 연명치료가 중단된 이후의 마음가짐. 그런 것들에 대한 책. 서운했다.《힐라리아》가 없었다. 하긴, 해리아는《힐라리아》를 그렇게 좋아하지 않았지. 재밌다고만 했을 뿐, 그 이야기 속의 인물들을 이해하는 것 같지는 않았다.

　만일 그 소설을 진짜로 이해했다면, 해리아, 그렇게 부르는 걸 좋아했을 리가 없다.

　왜냐하면 힐라리아는 결국 여왕이 되지만, 테베라는 또 다른 동굴에 갇혀 자신의 인생을 신에게 바치게 되니까. 결국 그곳에서 죽고 말지. 그때 안티오페는 곁에 없다. 왜냐하면 안티오페는 힐라리아를 구해낸 후, 어딘가로 사라져버렸으니까.

　책장이 끝나는 곳에는 창문이 있었다. 커튼을 쳐놔서 여기가 어디인지는 알 수 없었지만, 어쨌든 바깥이 잘 보일 것 같았다. 그러고 보니 해리아의 침대는 그 창문이 잘 보이는 곳에 놓여 있었다. 그렇구나. 너는 이 안에서 늘 밖을 바라보고 있었구나. 혹시, 내가 온 것도 봤을까.

나는 다시 해리아 곁으로 다가갔다. 침대 옆 의자에 앉았다. 팔걸이 장식이 고풍스러웠고 가죽은 부드러웠다. 등받이는 적당히 머리 부근까지 올라와 있어서 편안하게 등을 기댈 수 있었다. 음. 이건 신아를 위한 것일까. 아니면 해리아를 찾아오는 또 다른 누군가를 위한 것일까. 아니다. 어쩌면 해리아의 것이었을지도.

치유를 통한 재생. 재생을 향한 치유.

기억을 파고들어가서 진짜 나의 고통을 마주할 것. 그것의 의미를 찾아낼 것. 그리하여 통증으로부터 자유로워질 것. 그래. 아프지 않은 날, 마음과 몸이 하나가 되어 치유의 순간을 온전히 경험한 날, 재생의 찰나를 깊고 진하게 느낀 날, 해리아는 이 의자에 앉아 방 안을 둘러보며 자신만의 시간을 보냈겠지. 여왕처럼 이 공간을 온전히 누렸겠지.

탁자 위의 달력이 눈에 띄었다. 나는 그것을 집어 들었다. 그러자 해리아가 숨을 거칠게 쉬었다. 불편한 것 같았다. 달력에는 일정과 메모가 적혀 있었다. 수련자 입소일, 지기 교육일, 수련자 입금 날짜, 지기 승급일, 박근만에게 송금, 신아 방문일, 들풀나라 재개장일, 항암 날짜, 연명치료 상담. 모르핀 용량 상담. 약 먹는 시간, 닥터 상담일, 닥터 방문일. 나는 달력을

362

제자리에 돌려놨다. 그리고 물었다.

"닥터 방문 일에는 누가 와? 박근만?"

해리아가 다시 숨을 거칠게 내쉬었다. 그녀는 나를 보지 않았다. 천장을 바라보며 간신히 숨만 쉴 뿐이었다. 마음이 아팠다. 등이 따끔따끔거렸다. 그래. 벗의 말이 맞다. 몸과 마음은 연결되어 있고, 내가 원치 않는 마음에 사로잡혀 있을 때 몸 역시 불행해진다. 그게 무엇인지 알아야 한다. 극복해야 한다. 마지막 동굴을 찾아내야 한다. 나의 의지로. 그것이 치유. 바로 재생의 길.

"해리야, 나 너한테 진짜로 물어보고 싶은 게 있어."

해리가 내게 고개를 돌렸다. 나는 양손을 마주잡았다. 그녀를 보았다. 생명의 빛이 꺼져가는 얼굴. 나는 말문이 막혔다. 입술을 깨물었다. 어떻게 말해야 할까. 뭐라고 물어봐야 할까. 어릴 때 말이야. 나는 너를 떠날 수 없을 것 같았어. 영원히 기억에 사로잡히게 될 것 같았지. 예상대로였어. 결국 여기까지 오게 되었잖아. 그런데 그날, 네가 물에 떠오른 걸 보며 깨달았어. 네 몸에서 흘러나온 피가 나를 감싸는 걸 보며, 그 피비린내를 맡으며 정말 확실히 알았지. 아주 잠시였는데 말이야. 네가 죽었다고 생각하니까, 네가 이 세상에 없다고 생각하니까, 자유로웠어. 너무너무 홀가분했어.

그때 왜 죽지 않았어?

나는 고개를 숙였다. 손끝을 내려다봤다. 떨리고 있었다. 무

363

서워서가 아니었다. 그냥 아픈 거였다. 서서히 시작될 그 순간, 통증이 다가오는 징조였다. 나는 주먹을 꽉 쥐었다.

"정말로 내가…… 뚱뚱해서 싫었어?"

해리는 대답하지 않았다. 눈을 감으며, 손에 쥐고 있던 진통제 버튼을 꽉 눌렀다. 신음 소리를 냈다. 나는 해리의 손을 잡고 싶었다. 그리고 돌아가고 싶었다. 해리도 신아도 그 무엇도 존재하지 않던 순간으로. 내가 누구의 눈에도 띄지 않던 시절. 너무너무 작아서 내가 있는지 없는지 누구도 모르던 시절. 나는 너를 몰래 훔쳐보았고, 그것으로 좋았다. 너와 함께 있는 꿈을 꾸었지만, 그것으로 족했다. 하지만 너는 나를 알아보았지. 그래서 나는 이렇게 말할 수밖에 없어.

"해리야. 내 최초의 기억은 너야."

그래서 왔어.

다 없애버리려고.

그러면 이번에는 정말로, 다시 시작할 수 있지 않을까?

새것이 될 수 있지 않을까?

응?

하지만 나는 의자에 앉은 채 그대로 있었다. 손등으로 눈물을 닦았다. 나는 알았다. 내 시간이 잘려나갔다는 것을. 그리하여 이곳에 갇혔다는 것을. 해리도 그런 것 같았다. 그녀는 잠들지도, 깨어 있지도 못하는 것 같았다. 진통제에 취한 상태로 그냥 있는 것 같았다. 살아 있기만 한 것 같았다. 나라고 다르지 않았다. 금단 현상이 찾아오는 모양이었다. 속이 울렁거리고 어지러웠다. 기억인지 꿈인지 모를 것들이 눈앞에서 번쩍였다. 의식이 멀어졌다가 돌아오고, 눈물이 났다가 멈추고, 구역질이 밀려오다 갑자기 사라졌다. 점점 더 몽롱해졌다. 그러다 화들짝 고개를 들었다. 나는 주위를 둘러보았다. 다 그대로였다.

그때 소리가 났다.

창밖에서.

새소리였다. 아, 아침이 오고 있구나.

그리고 나는 여전히, 아직 완전히 모든 것을 지우지 못한 채였다. 여기 갇혀 있었다. 그 순간, 어떤 목소리가 들렸다.

거짓말.

네가 머무르고 있는 거잖아.

너의 의지로.

나는 어떤 대꾸도 하지 못했다. 그때, 해리가 소리를 냈다. 어, 어, 하는 어떤 부름. 나는 해리를 봤다. 그녀가 나를 쳐다보고 있었다. 나는 물었다.

"왜 그래?"

그러자 해리가 왼손을 들어올렸다. 검지로 정면을 가리켰다. 그곳에 커튼이 있었다. 나는 물었다.

"커튼을 걷을까?"

해리가 살짝 고개를 끄덕였다. 나는 일어났다. 그러자 해리가 다시 어, 소리를 냈다. 여전히 커튼을 가리키고 있었다. 뭘 원하는 거야? 생각해보면 나는 단 한 번도 해리의 마음을 알아챈 적이 없었다. 늘 짐작만 했다. 이렇게 하면 나를 좋아하겠지. 저렇게 하면 나를 싫어하겠지. 언제나 내 마음대로 생각하고 망설이고, 그러다 아무것도 안 했다. 그래서 싫었을까. 거대한 덩어리처럼 가만히 서 있는 모습이 마음에 들지 않아서, 그래서 싫어했던 걸까. 아, 이번에도 나는 또 혼자 생각하고 있구나. 이 생각에 갇혀 있구나. 어떻게 해야 할까. 어떻게 하면 이걸 멈출 수 있니? 들으면 될까? 너의 목소리를? 마음을?

나는 해리의 입가로 귀를 가져갔다.

"……앞…으로."

나는 해리에게 눈을 맞추며 물었다.

"창문 앞으로 가고 싶어?"

그녀가 고개를 끄덕였다. 나는 침대 뒤로 걸어갔다. 전선들이 보였다. 해리아의 생명을 유지하고 있는 많은 선들. 길이가 짧았다. 딱 여기까지였다. 침대가 놓여 있는 이곳까지. 앞으로 나아가려면, 이 선들을 모두 뽑아야만 했다. 나는 해리아에게 물었다.

"정말로 더 가고 싶어?"

해리아가 다시 왼손을 들어올렸다. 앞을 가리켰다. 나는 전선을 모두 뽑았다. 기계가 멈췄다. 그리고 침대를 앞으로 힘껏 밀었다. 드륵드륵 소리를 내며, 침대가 창에 가까워졌다. 해리가 두려워하는 게 느껴졌다. 작고 마르고, 한껏 부서진 그 몸이 더 망가질까봐 겁을 내고 있었다. 하지만 그 애는 손가락을 내리지 않았다. 계속 앞을 가리켰다. 나는 마지막 힘을 다해 침대를 밀었다. 해리의 산소 호흡기가 연결된 끈이 떨어져나갔고, 링거 주사의 줄도 끊어졌다. 해리의 숨이 심하게 거칠어졌다. 나는 멈추지 않았다. 침대를 창가 벽 끝까지 밀었다.

해리가 기침을 하며 버둥거렸다. 악착같이, 온 힘을 다해 움직여 자리에서 일어났다. 나는 그녀의 등에 베개를 받쳐주었다. 그녀의 얼굴에서 산소 호흡기를 떼어냈다. 이제야 얼굴이 제대로 보였다. 동그란 얼굴. 까만 눈동자. 미소. 그래. 해리가 내게 미소를 지었다. 나는 창문으로 걸어갔다. 검은 커튼을 확 걷었다. 닫혀 있는 창문도 활짝 열었다. 그러자 공기가, 운군의 차디찬 바람이 방으로 밀려들었다.

풀 냄새. 화단의 꽃 냄새. 흙냄새. 벗이 직접 심고 가꾼 모든 것들의 향기.

나는 의자를 침대 옆으로 가져왔다. 우리는 나란히 앉아 바깥을 바라보았다. 아직 어두웠다. 하지만 곧 해가 떠오를 것이다. 해리가 한바탕 또 기침을 했다. 그리고 아주 작은 목소리로 더듬더듬 말했다. 나는 숨을 죽였다. 들었다.

"사람들은…… 다…… 자기만 아프다고 생각해."

해리는 이제 정말로 힘들어 보였다. 하지만 이상하게도, 즐거워 보였다. 누군가를 한 곳에 오래도록 가둔 악마처럼, 그 사람의 괴로움을 지켜보며 비정하게 웃음 짓던 어떤 존재처럼. 어스름한 가운데, 저 멀리서 천천히 해가 떠올랐다. 뜨거운 태양. 노랗게 빛나는 저 너머.

해리가 말을 이었다.

"나는…… 그게 참…… 좋더라."

나비 한 마리가 날아와 창가에 앉았다.

아.

우리는 동시에 소리를 냈다. 뒤에서도 소리가 났다. 나는 돌아보았다. 반듯하게 누워 있던 신아의 몸이 옆으로 돌아가 있었다. 억, 하는 신음과 함께 신아의 입에서 토사물이 흘렀다. 그렇구나. 너는 그렇게 되었구나. 나는 신아에게서 고개를 돌렸다. 여전히 창가에 나비가 앉아 있었다. 하얀 날개의 작은 나비. 저걸 꿀꺽 삼키면 어떻게 될까.

나는 나비를 향해 조심스레 손을 뻗었다. 천천히, 아주 천천히. 그리하여 나비의 날개에 내 손끝이 닿았다. 아, 그 순간, 나는 드디어 작아지고, 작아지고, 완전히 작아져 나비의 얇은 날개 위해 살포시 올라간 먼지가 되었다. 누구의 눈에도 띄지 않고, 누구에게도 불리지 않고, 그리하여 어떤 기억도 갖고 있지 않은 아주 작디작은 존재. 모든 것이 시작되기 이전의 조그마한 덩어리.

응.

덩어리.

…… 좋아?

369

에필로그

지수에게

나 태인이야. 잘 지내고 있는지 궁금하다. 그날 너에게 전화 왔을 때, 나는 무척 당황했어. 걱정도 했어. 네가 술에 많이 취한 것 같았거든. 그래서 안진에 가려고 했어. 지하주차장까지 내려갔지. 그러나 가지 않았어. 차 문을 여는 순간 네 말이 떠올랐거든. 내가 위선자라는 말. 내가 오직 나의 기분을 위해 너를 돕고, 그것으로 만족감과 쾌감을 느낀다는 비난 말이야. 그래서 가지 않았어. 화가 났거든. 하지만 후회가 된다. 너는 여전히 위선이라고 생각하겠지만, 나는 진심으로 너를 걱정해. 그래. 네 말대로 그건 결국 나에 대한 걱정일지도 모르겠다.

지수야, 이전에 내게 보이스카우트 모자에 대해 물어봤었지? 나는 보이스카우트가 아니었어. 그 모자는 사실 반 친구에게서 훔친 거야. 갖고 싶어서 그랬어. 보이스카우트에 가입하면 될 일이었는데, 부모님이 반대하셨지. 그분들은 내가 그런 단체에 가입해서 어떤 소속감을 느끼는 걸 싫어하셨어. 나름의 원칙이 있으셨던 거지. 지금은 이해해. 그게 어떤 의미인지도 알고. 하지만 그때는 그저 원망스럽고 너무 화가 났었지. 그래서 그 모자를 훔쳤어. 동네 쓰레기통에 버렸지. 다음날, 그 친구는 거의 하루 종일 울었어. 그때 내가 어땠을 것 같아? 그 아이를 보면서 말이야. 좋아했을까? 아니면 미안해했을까.

그때 일이 지금의 나를 만들었어. 그래. 나는 지나치지 못하는 사람이 됐어. 그래. 그게 위선일지도 모르지. 하지만 그게 나야. 그게 내가 되었어. 그래서 나는 또 물을 수밖에 없어. 지수야. 왜 울었어? 전화했을 때 말이야. 왜 말없이 계속 울기만 했어? 네 울음소리가 지금도 귀에 맴돌아. 어린 시절, 그 아이의 울음소리처럼 말이야. 너는 말했지. 나는 너를 절대 온전히 받아들이지 못할 거라고. 언제까지나 그런 척할 뿐이라고.

지수야. 가끔 궁금해. 너의 그 말은 진심이었을까? 사실 그건 어떤 요청이 아니었을까? 내가 오만한 거야? 위선에 젖은 착각인 거니?

이야기가 너무 길어졌다. 이런 말을 늘어놓으려던 게 아닌데. 이제 진짜 이야기를 시작할게. 네 전화를 받은 후, 한동안 머릿속이 복잡했어. 답답했지. 그래서 어제 오랜만에 대청소를 했어. 네 생각을 하지 않으려고 다른 일에 열중한 거지. 그러다 네 짐을 발견했어. 네가 다 가져갔다고 생각했고, 보이는 대로 다 내다버렸다고 믿었는데, 아직까지도 남아 있는 게 있더라.

사과부터 할게. 읽어봤어. 감상은 말하지 않을게. 감히 이해한다는 말도 하지 않을게. 다만 네 마음을, 네 안에 있는 작은 무언가를 나도 조금 느꼈다고는 말하고 싶어. 그게 통증인지, 아니면 내가 모르는 새로운 감각인지는 잘 모르겠다. 어쨌든 네가 이걸 돌려받아야 한다는 생각이 들었어. 꼭 읽어봤으면 해. 그리고 언젠가 너에게 진심을 듣고 싶다. 그럼 부디 이 노트가 너에게 빨리 도착하기를 바라며. 이만 줄일게.

지수야. 반드시 잘 지내.

―태인

◑

우리는 나란히 섰다. 신아가 제일 앞이었고, 다음은 해리아, 마지막은 나였다. 키 순서대로였다. 앞 사람의 어깨에 손을 올리고서, 줄을 맞춘 뒤 물속을 걷기 시작했다. 앞으로 나아갈수록 몸이 점점 따뜻해졌다. 덜 추웠다. 신아가 김이영 선생 흉을 봤다.

"쓸데없이 수영을 가르친다고 난리야. 짜증나."

거짓말.

좋으면서.

확실했다. 신아는 수영을 좋아했다. 물에 뜨게 된 이후, 신아는 수영에 꽤 욕심을 냈다. 내가 하는 말에 귀를 기울이고, 어떻게든 동작을 따라 하려고 애썼다. 그래서인지 실력이 빠르게 늘었다. 내가 수영을 배울 때보다 훨씬 잘했다. 반면 해리아는 생각보다 진도가 느렸다. 물에는 쉽게 떴는데, 앞으로 나갈 때 은근히 속도가 잘 나지 않았다. 그런데 그건 나도 마찬가지여서, 어떻게 조언해줘야 할지 알 수 없었다. 일단 함께 계속 연습하는 수밖에 없겠지.

앞에서 해리아가 나를 불렀다.

"지수야."

"응?"

"나 오늘 《힐라리아》 3권 빌려줄 수 있어?"

"응, 있지. 2권 벌써 다 읽었어?"

"어, 진짜 재밌어. 힐라리아가 굴에 갇히는 순간 엄청 긴장되더라."

"응, 맞아. 거기가 진짜 재밌지."

신아가 신경질적으로 말했다.

"야, 너희 둘, 내가 모르는 이야기는 좀 하지 마라."

373

해리아가 신아의 어깨를 주무르며 말했다.

"너도 읽으면 되잖아. 지수가 빌려줄 텐데 분명히."

"안 읽어. 나는 책 싫어해."

에이, 또 거짓말.

신아의 목소리에 이미 호기심이 가득 담겨 있었다. 몇 번 더 권하면 못 이기는 척 읽을 것이다. 그러고는 아마 우리 중 가장 열심히 떠들어대지 않을까? 힐라리아가 불쌍하다는 둥, 안티오페가 너무 멋있다는 둥, 제우스 같은 남자는 만나면 안 된다는 둥, 열정적으로 이야기하겠지. 궁금했다. 신아가 정말로 《힐라리아》를 읽어봤으면 싶었다. 해리아는 책이 재밌다는 말은 했지만, 그 이상의 표현은 그렇게 많이 하지 않는 편이었다. 하지만 신아라면, 남 일에 관심이 많고 수다스러운 저 애라면 조금 다른 반응을 할 것 같았다. 아무래도 신아에게 《힐라리아》 이야기를 더 해봐야겠다 싶었다. 기뻤다. 이런 생각을 할 수 있다니. 항상 나 혼자 읽었으니까. 물론 그 시간도 충분히 즐거웠지만, 언제나 다른 사람들의 생각이 궁금했다. 나 혼자만 안티오페를 좋아하는 걸까? 그녀의 고난이 지나치다고 생각하는 걸까. 이야기의 끝에서 안티오페가 사라졌을 때, 다른 사람들도 자유로움을 느꼈을까. 인터넷에서 검색해보기도 했는데, 대부분 아우더의 《힐라리아》 이야기만 있을 뿐 이장화의

《힐라리아》에 대한 의견은 거의 없었다. 어쩌다 찾아도 욕이 대부분이었다. 그건 가짜라고. 해적판이라고. 아무 가치가 없다고. 그래서 계속 혼자 읽었다. 해적판 소설을 좋아한다는 게 부끄러웠으니까. 도둑질을 한 것 같았다. 누구에게도 인정받지 못하는 이야기를 혼자 끌어안고 있는 것 같았다. 하지만 해리아와 신아의 관심 덕분에 기분이 좋았다. 이장화의 이야기도 가치가 있구나. 내가 느낀 감정도 충분히 소중하구나. 그래. 많이 소중해.

신아가 말했다.

"야, 쟤 오늘 또 왔다."

나는 고개를 돌렸다. 오른편 레일 끝에 안지연이 앉아 있었다. 혼자였다. 신아 말대로 '또'였다. 우리가 오는 시간에 안지연도 꼭 왔던 것이다.

"쟤, 박해리 너 진짜 의식한다. 그치?"

"그런가."

해리아는 관심 없다는 듯 대꾸했지만, 옆얼굴을 보니 꼭 그렇지는 않은 듯했다. 안지연을 쳐다보는 시선에서 미묘한 긴장감이 느껴졌다. 신아가 또 말했다.

"그런데 안지연 쟤는 항상 혼자 오네."

우리는 아무 말도 안 했다. 안지연에게 친구가 없다는 걸 모두 알고 있었으니까. 안지연은 늘 경쟁적으로 공부했고, 누군가에게 마음을 잘 열지 않았다. 뭐랄까, 고민이 너무 많아 보여서 말을 걸기가 어려웠다. 쟤 엄마도 그랬을까? 나는 두 사람에게 말했다.

"있잖아. 우리 엄마, 쟤네 엄마랑 되게 친했어."

해리아가 대꾸했다.

"진짜?"

"응. 근데 지금은 아니야. 이사 가고 연락 끊겼거든."

그러자 신아가 뭔가 깨달았다는 듯한 말투로 대꾸했다.

"맞아, 쟤 이제 영직동 안 살지?"

그리고 바로 덧붙였다.

"쟤 거기 살 거야. 자구동. 거기 애들이 못돼 처먹어서 전세 사는 집을 엄청 무시한대."

헷갈렸다. 엄마 말로는 집을 사서 갔다는데, 아니었나? 전세였나? 그런데 그게 뭐가 그리 중요하지? 해리아가 말했다.

"외롭겠네."

신아가 되물었다.

"뭐가 외로워?"

정말 궁금하다는 듯이.

그러나 나는 해리아의 말을 이해했다. 정말로 알 것 같았다. 그랬다. 그래서 말했다.

"영직동 사람도 아니고, 자구동 사람도 아닌 거잖아."

우리 모두 다시 입을 다물었다. 수영장 끝에 다다랐다. 몸에 열이 올랐다. 더 이상 춥지 않았다. 그래서였나. 나도 모르게 말이 툭 튀어나왔다.

"우리, 지연이랑 같이 수영할래?"

신아와 해리아 모두 답이 없었다. 아, 실수했나. 안지연이 해리아를 귀찮게 구는 걸 뻔히 알고 있으면서 괜한 말을 했나. 그러자 신아가 해리아를 쳐다보며 말했다.

"난 네가 괜찮으면 상관없어."

해리아가 길쭉하고 날씬한 팔을 앞으로 쭉 뻗으며 웃었다.

"좋은데? 네 명이서 하면 더 재밌을 것 같아."

좋았다. 그래. 정말 좋았다. 어쩐지 조금 두근거리기도 했다. 무언가 새로운 사건이 다가오는 느낌. 즐거운 기대감. 그러나 서두를 필요는 없지. 나는 아이들에게 말했다. 일단 너희 둘이 시합을 하기로 했으니, 그걸 다 끝낸 후 안지연에게 한번 말해 보자고.

해리아와 신아가 고개를 끄덕였다. 나는 말했다.

"그럼 나는 저 끝에 먼저 가 있을게. 신호하면 둘이 동시에 출발해. 그리고 자리도 정해줄게. 신아가 오른쪽, 해리아가 왼쪽."

신아가 어처구니없다는 말투로 대꾸했다.

"뭐야, 너 해리 왜 자꾸 그렇게 불러."

이에 해리아가 살짝 거만한 말투로 대답했다.

"해리 힐라리아라는 뜻이란다."

"그게 뭔데?"

"여왕."

해리아의 미소를 보며 신아가 질색했다. 고개를 절레절레 흔들었다. 나는 두 사람에게 물을 튀겼다. 아이들이 소리를 지르며 웃었다. 내게도 물을 튀겼다. 우리는 한바탕 웃었다. 너무 시끄럽고 정신없이 웃어대서, 누군가는 우리를 보며 미쳤다고 생각할지도 몰랐다. 하지만 뭐 어때. 무슨 상관이야. 나는 웃으며 돌아섰고, 재빨리 물속 깊이 잠수했다. 바닥에 몸이 닿았다. 깊은 물속만큼 고요하고 아늑한 곳이 있을까. 이보다 편안한 곳이 있을까. 할 수만 있다면, 아주 오래오래 숨을 참고 싶다. 하지만 세상으로 나가는 것도 나쁘지 않지. 응. 맞아. 나는 몸에서 서서히 힘을 빼며 물 위로 솟아올랐다. 어느새 레일 중간이었다. 후, 하고 숨을 들이마신 뒤 나는 다시 물에 고개를 집어넣었다. 그리고 팔로 물을 끌어당겼다. 자유형으로 헤엄쳤다.

끝에 도착하자마자 뒤를 돌아보았다. 25미터. 두 사람이 물에 뜰 준비를 하는 게 보였다. 나는 왼팔을 들어올렸다. 손을 흔들었다. 두 사람이 출발했다. 헤엄쳤다. 느리지만 확실하게.

나는 그들이 내게 다가오는 풍경을, 멈추지 않고 유영하는 모습을 가만히 바라보았다. 그러다 갑자기, 그 사건이 무엇인지 깨달았다. 나를 두근거리게 하는 것. 기대하게 하는 것. 지금 이곳으로 다가오는 것. 예감. 아니 확신. 그러니까 이런 것이었다. 앞으로 오랜 시간이 흘러 우리가 서로를 보지 못하게 된다 해도, 그러니까 이 아이들이 나를 떠나고, 혹은 내가 이들을 떠나게 되더라도, 나는 오늘 이 순간을, 이들이 내게 다가오는 지금을 영원히 기억하게 되리라는 것. 그리하여 미래의 내가 어느 어두운 곳에 갇혀 무너져 있을 때, 지금을 떠올리며 조금 더 살게 될 것 같다고. 절대 죽지 않을 것 같다고.

친구들이 내 앞에 함께 도착했다.

나는 두 팔을 벌려 그들을 맞이했다. 끌어안았다. 그리고 옆을 돌아보았다.

나의 또 다른 친구, 나의 새로운 기억이 그곳에 있었다. 나는 그녀에게 손을 흔들었다.

오래도록. 그래. 아주아주 오래도록.

응. 나는 아직 살아 있어.

계속 살아 있을게.

작가의 말

　한때 나는 아픈 작가들의 이야기를 찾아다녔다. 그들이 어
떤 병을 앓았는지, 통증은 어땠는지, 얼마나 살았는지, 그 와중
에 책은 몇 권이나 썼는지 계속 찾아보았다.

*

　이 소설에 등장하는 명칭들, 그러니까 영직동, 민덕병원, 채
수회관, 자구동 등등의 장소는 실제로 존재하지 않는다. 우연
히 이름이 겹친다 해도 소설의 내용과는 전혀 관계가 없다.
소설의 모든 갈등과 공간, 그리고 인물들은 모두 안진이라는
세계에 속해 있다. 그러나 그 세계는 실제 역사와 현실에 기
반해 창작되었으며, 무엇보다 실재하는 통증과 병, 고통에 의
존하여 만들어졌다는 점을 고백하고 싶다. 나에게 상상력이

란 물풍선과도 같다. 공기 대신 출렁이는 물이 가득 차 있는, 깊은 수심 아래로 떨어지고 떨어지는, 직접 만질 수 있는 어떤 덩어리.

만질 수 있어서 다행이었다.

*

1940년 조지 오웰은 이렇게 썼다.

"난 건강이 좋지 않지만, 지금까지 그것 때문에 내가 하고 싶은 일을 못한 경우는 없다."* 역시 한때, 나는 이 문장을 노트 첫 장에 써두곤 했다. 이제는 쓰지 않는다. 외워버렸기 때문이다.

*

원고를 오랫동안 기다려주신 은행나무 관계자분들께 인사를 전하고 싶다. 보이는 곳에서, 또 보이지 않는 곳에서 전해주신 응원이 정말 힘이 되었다. 특히 서해 편집자에게 진심으로 감사를 전한다.

---

* 조지 오웰, 〈조지 오웰의 자전노트〉,《영국식 살인의 쇠퇴》, 박경서 옮김, 은행나무, 11쪽.

*

별것 아닌 이야기를 매번 반갑게 읽어주시는 독자분들에게
도 언제나 감사드린다.

*

이어, 소설에 등장한 몇몇 장면들에 대해 약간의 설명을 덧
붙이고 싶다.

'왜 너만 살아남으려고 하지.'

이 문장은 어린 시절 봤던 영화 〈링2〉에 등장한 대사이다.
그날 이후 이 영화를 다시 본 일은 없다. 때문에 이 말이 정말
로 〈링2〉에 등장하는지 아닌지 확신하지 못한다. 그러나 나는
정말로 이 말을 들었다고 믿는다. 그 기억을 소설에 빠뜨린 순
간, 《치유의 빛》은 본격적으로 쓰이기 시작했다.

'들풀나라'에 대한 신문기사는 「수원정자시장협동조합·경
기도의료원 수원병원, 상생협약 체결」, 브릿지경제(2024. 01.
28)를 참조해 변용하여 썼다.

소설에 등장하는 또 다른 이야기들, 〈힐라리아〉〈호랑이 설

화〉〈호수의 전설〉 등은 어린 시절 읽은 전래동화와 신화를 참조하여 재창작한 것이다. 그 밖의 소소한 에피소드들 역시 마찬가지다.

아우더와 이장화는 실존하지 않는다. 그러나 나는 그들이 존재했으면 한다.

《치유의 빛》에 대해 이야기할 수 있는 기회가 올 때마다, 아끼지 않고 나누고 싶다.

2025년 여름
강화길

치유의 빛

1판 1쇄 발행 2025년 6월 11일

지은이 · 강화길
펴낸이 · 주연선

(주)은행나무
04035 서울특별시 마포구 양화로11길 54
전화 · 02)3143-0651~3 | 팩스 · 02)3143-0654
신고번호 · 제1997-000168호(1997. 12. 12)
www.ehbook.co.kr
ehbook@ehbook.co.kr

ISBN 979-11-6737-562-9 (03810)